절대종사

절대종사 4
송명섭 판타지 장편 소설

초판 1쇄 찍은 날 § 2003년 5월 26일
초판 1쇄 펴낸 날 § 2003년 6월 10일

지은이 § 송명섭
펴낸이 § 서경석

편집장 § 문혜영
편집책임 § 김희정
편집 § 장상수 · 유경화
마케팅 § 정필 · 강양원 · 이선구 · 김규진 · 홍현경

펴낸곳 § 도서출판 청어람
등록번호 § 제1081-1-89호
등록일자 § 1999. 5. 31
어람번호 § 제1-0390호

주소 § 경기도 부천시 원미구 심곡1동 350-1 남성B/D 3F (우) 420-011
전화 § 032-656-4452 팩스 § 032-656-4453
http://www.chungeoram.com
E-mail § eoram99@chol.com

값 7,500원

ISBN 89-5505-700-8 04810
ISBN 89-5505-646-X (SET)

절대총사

송명섭 판타지 장편 소설

 4 천사의 날개

도서출판
청어람

CONTENTS

4 천사의 날개

제33장 제안

　"에리엘!!"

　갑작스레 나타난 에리엘을 보자 이클립스는 이성을 잃은 채 그녀의 이름을 외치며 달려들었다. 눈 깜짝할 사이에 그의 얼굴이 지독하게 일그러졌다. 가리트와 비슷하게 생긴 것들이 하늘을 가득 메우고 있는 한가운데에서 에리엘이 나타나자 그녀 역시 가리트와 한패라고 생각한 모양이었다.

　"죽여 버리겠다, 에리엘!"

　"잠깐 기다리거라."

　이클립스가 비명 같은 외침을 토하며 움직이려는 찰나의 순간, 이스가 어느새 그의 가슴 앞을 가로막았다.

　"비켜주십시오, 이스님!!"

　"잠시만 기다려 보거라, 진아야."

커다란 목소리로 비켜달라고 말하는 이클립스를 무시한 채 이스는 하늘에서 시선을 거두지 않았다. 이성을 잃고 피처럼 붉어진 눈동자의 이클립스. 그의 고개가 이스의 시선을 쫓았다. 그 순간 하늘 곳곳이 하얀빛으로 물들기 시작했다.

"응?!"

이성을 잃어 찢어질 것처럼 커다랗게 떠졌던 이클립스의 두 눈에 날카로운 빛이 번들거렸다. 하늘을 온통 메우고 있는 이상한 존재들의 숫자도 많았지만 눈부신 빛무리 역시 그에 못지않았다. 그리고 그것은 이클립스에게 매우 익숙한 장면이었다. 바로 천계의 전사들이 다른 공간으로 모습을 드러낼 때 보이는 장면이었다.

"으음."

에리엘과 천계 전사들의 출현에 가리트의 굵은 목소리가 신음처럼 흘러나왔다. 이클립스와 이스가 서둘러 고개를 돌리자 구겨진 종이처럼 일그러진 가리트의 얼굴을 확인할 수 있었다. 어찌 보면 불쾌한 듯하고 어찌 보면 귀찮아하는 듯한 표정이었지만 한 가지만은 확실했다.

"아무래도 천계와는 연관이 없는 듯하구나."

『그런 것 같아요, 이스.』

이스의 말에 이클립스는 잔뜩 미간을 찡그린 채 고개를 끄덕일 뿐 아무런 말도 하지 않았다. 이스의 어깨 위에 앉아 있던 사이나가 안도하는 표정으로 나직이 한숨을 내쉬었다. 에리엘과 천계의 전사들을 동료나 같은 편이라고 할 수 없었으나 지금 같은 상황에서는 도움이 될 것 같다고 생각한 모양이었다. 아니, 충분히 도움이 될 것이었다. 잠시 주변을 둘러보던 이스가 에리엘에게 말했다.

"오랜만입니다, 수장님."

"여기서 뵙는군요."

살얼음판 위를 걷는 듯한 대치 상황에서도 이스를 대하는 에리엘의 입가로 작은 미소가 나타났다. 그 어느 누구라도 자신의 한 수 아래인 듯 깔보던 에리엘이었으나 이스를 대하는 태도는 확연히 달라져 있었다.

푸스스.

"으응?!"

이스가 잠시 에리엘을 바라보고 있을 무렵 가리트와 주변 하늘을 가득 메우고 있던 존재들이 순식간에 먼지처럼 변하며 사라져 버렸다. 믿을 수 없는 힘의 소유자인 이스조차도 벅찬 상황에서 갑작스레 천계의 수장 에리엘과 많은 천계 전사들까지 나타났으니 상황이 불리하다고 판단한 모양이었다.

"허어, 그것참."

에리엘에게 시선을 빼앗겨 가리트를 잡을 기회가 사라졌다. 테라처럼 먼지로 변해 사라지기 때문에 항 워프 마법이 필요없었지만, 영검(靈劍)에 더욱 집중력을 발휘한다면 그가 도망치지 전에 어떤 방도를 구했을 수도 있을 것 같았다. 하지만 이미 엎질러진 물. 이스는 씁쓸한 표정으로 고개를 흔들었다.

"응?"

잠시 고개를 흔들던 이스의 얼굴이 순간 무척이나 심하게 일그러졌다. 그러나 그것도 잠시, 그의 눈꺼풀이 무겁게 닫혀지며 몸이 휘청였다.

"으음……."

"이, 이스님!"

너무도 갑작스럽게 이스가 휘청거리자 깜짝 놀란 이클립스가 부축하며 커다랗게 그의 이름을 외쳤다. 그런 이클립스의 얼굴이 이스에 대한 걱정으로 잔뜩 상기돼 있었다.

"정신 차리십시오, 이스님! 이스님!"

다급한 표정으로 이클립스가 연신 자신의 이름을 외치는데도 이스는 두 눈을 꼭 감은 채 좀처럼 몸을 움직이지 못했다. 이클립스는 오래지 않아 이스의 몸이 미세하게 떨리는 것을 느낄 수 있었다. 마치 지독한 고통을 겪는 것 같았다.

"이, 이스님…… 크으으!"

오랫동안 이스를 지켜보던 이클립스의 입에서 이빨이 부딪치는 섬뜩한 소리가 흘러나왔다. 이클립스의 고개가 천천히 들려졌다.

"이놈……."

느린 속도로 에리엘에게 시선을 가져가는 이클립스에게서 분노가 가득 실린 신음이 흘러나왔다. 이스가 갑작스레 쓰러진 이유가 무엇 때문인지 정확하지 않은데도 그는 모든 것을 에리엘과 천계 전사들 때문으로 생각한 모양이었다.

"에… 리… 엘!"

조용히 에리엘의 이름을 중얼거리는 이클립스의 얼굴이 무시무시하게 변했다. 쭉 찢어진 눈매는 사방으로 피처럼 붉은 빛을 뿜어댔고, 안개 같은 검은 기운이 폭발하듯 주변으로 뻗어 나갔다.

쿠쿠쿠. 우루루루.

콰쾅! 콰콰쾅~!

초토화돼 드문드문 형태만 남아 있던 란스하르드 왕국이 순식간에 무너져 내리기 시작했다. 이클립스에게서 뿜어져 나오는 검은 기운이

스친 곳에는 건물의 흔적조차 남지 않았다. 마치 지진이 일어난 듯 도시 전체가, 아니, 도시 외곽을 둘러싸고 있는 산까지도 심하게 흔들렸고 대지의 이곳저곳이 쩍쩍 소리를 내며 갈라졌다. 구름 한 점 보이지 않는 하늘에선 상당한 굵기의 검정색 뇌전들이 셀 수 없이 생성돼 소름 끼치는 소리를 뿜어대며 춤을 췄고, 마치 거대한 폭풍이 일어난 것처럼 도시 전체에 칼날 같은 바람이 몰아쳤다. 시야로 보이는 모든 곳이 순식간에 공포스럽게 변해 버렸다.

"억!!"

"헉……!"

눈 깜짝할 사이에 변해 버린 주변의 모습에 천계의 전사들 모두가 깜짝 놀란 듯 비명을 지르며 주위를 두리번거렸다. 하지만 그것도 잠시, 천계의 전사들 모두 두 팔로 자신들의 어깨를 부여잡고서 몸을 잔뜩 웅크린 채 고통스러운 신음을 토하기 시작했다. 주변에 가득한 어마어마한 살기를 견뎌낼 수 없었기 때문이다. 실로 가공할 위력의 살기였다.

"이, 이럴 수가……!"

천계의 수장이라는 위치답게 에리엘은 다른 전사들처럼 고통스러워하거나 괴로워하지는 않았다. 하지만 그녀의 표정은 놀라움을 넘어서 경악에 가득 차 있었다. 피처럼 붉게 물들어 있는 이클립스에게서 느껴지는 힘과 살기는 지금까지 그녀가 겪어왔던 그 어떤 마족 전사나 마왕과는 상대조차 되지 않을 정도였다. 이클립스의 시선을 보는 것만으로도 몸이 움츠러들고 피부가 따끔거릴 정도였으며 손과 발이 부르르 떨릴 지경이었다. 또한 주위에 가득한 어마어마한 살기 때문에 몸이 경직되는 듯한 착각이 들 정도였다. 눈으로 직접 보고 있는 것임에도 마치 지독한 악몽 속에 들어온 것 같았다.

"이곳 천계에서 이클립스, 그 아이를 이길 수 있는 전사는 아무도 없을 것입니다. 그리고 만약 그 아이가 이곳 천계로 온다면… 아마도 천계 전사의 반수 이상이 한꺼번에 그 아이를 상대해도 많은 어려움을 겪을 것입니다."

순간, 에리엘의 뇌리로 천계에서 했던 이스의 말이 떠올랐다. 당시엔 협박을 통해 보다 많은 것을 얻어내려는 것으로 생각했고, 바로 조금 전까지 에리엘의 그런 생각은 굳건한 성벽처럼 흔들리지 않았었다. 하지만 지금 느껴지는 이클립스의 힘이라면 천계 전사의 반수 이상이 아닌 모든 천계의 전사들을 이끌고 싸운다 하더라도 이클립스 하나를 상대로 이길 수 있을지 의문이 들 정도였고, 그것은 에리엘 그녀가 직접 나서도 같은 결과를 낳을 것이 분명해 보였다.

"이, 이클립스!"

놀란 것은 에리엘과 천계의 전사들뿐만이 아니었다. 리켄 역시 에리엘만큼이나 놀라고 있었다. 이클립스와 몇 번 힘 대결을 해봤던 리켄은 누구보다 그의 힘에 대해 잘 알고 있다고 자부하고 있었다. 하지만 지금 보이는 이클립스의 힘은 리켄이 언제나 생각해 왔던 것을 몇 배나 상회하고 있었다. 만약 몸 상태가 완전하더라도 지금의 이클립스와 싸운다면 상대조차 되지 않을 것 같았다.

"저, 저게… 이클립스……?!"

이클립스를 바라보던 리켄의 아랫입술이 부르르 떨리기 시작했다. 너무나도 강대해지는 살기와 힘이 도무지 멈출 기미를 보이지 않고 끝없이 높아지는 것 같았다. 리켄조차 이클립스의 힘을 가늠하지 못할 지경이었다.

"모두 죽여 버리리라."

웅웅거리듯 흘러나오는 이클립스의 목소리가 대지를 흔들었다. 이제 이스를 안고 있는 이클립스의 모습은 그 형체조차 제대로 확인할 수 없었다. 시커멓게 타오르는 검은 불길 속에 있는 것처럼 그의 몸 전체는 물론 주변 모두가 검은 기운으로 넘실거렸고 오직 피처럼 붉은 눈빛만이 그의 위치를 알게 해주었다.

"꺄흑!"

"끄윽!!"

새하얀 빛을 발하며 하늘을 가득 뒤덮고 있던 천계의 전사들이 마치 떨어지는 낙엽처럼 하나둘 격한 신음을 토하며 대지로 추락했다. 이클립스의 힘과 살기를 견디다 결국 기절한 모양이었다.

"큭! 이, 이럴 수가!"

부르르 떨리는 눈동자로 이클립스를 바라보던 에리엘이 추락하는 천계 전사들의 모습에 사뭇 동요를 보이고 있었다. 그러나 지금은 그들을 신경 쓸 처지가 아니었다. 끝없이 강대해지는 이클립스의 위력 앞에 그녀 역시 버티기가 힘들어진 것이다. 에리엘은 그러나 이를 악물고 이클립스를 노려보았다. 천계 최고의 전사인 그녀가 고작 상대가 내뿜는 기운에 나가떨어진다면 두고두고 웃음거리가 될 것 같았다.

"크흐흐."

맹렬하게 타오르는 검은 불길 속에서 이클립스의 낮은 웃음소리가 주변을 가득 메우며 흘러나왔다. 드디어 움직이려는 모양이었다. 간신히 버티고 있는 에리엘의 표정에 긴장감이 가득 피어올랐다. 다시 천계로 돌아갈 수도 있었다. 하지만 그녀는 그것을 택하지 않았다. 이클립스에게 당하더라도 결코 물러설 수 없었다.

그때였다.

"그만 하거라."

음산한 이클립스의 웃음 뒤로 이스의 인자한 목소리가 흘러나왔다. 순간 주변을 가득 메우고 있던 검은 기운들과 칼날처럼 맹렬하게 소용돌이치던 바람들이 일순간에 사라졌다. 마치 처음부터 아무런 일도 없었던 것 같을 정도로 눈 깜짝할 사이에 없어져 버렸다. 고통스러워하던 에리엘과 다른 천계 전사들의 표정이 멍하게 바뀔 정도였다.

"이, 이스님!"

형체조차 알아보기 힘들 정도로 이성을 잃고 무서운 분노와 광기를 터뜨렸던 이클립스. 그러나 언제 그랬냐는 듯 원래의 모습으로 돌아온 그의 얼굴에선 조금의 분노도 찾아볼 수 없었다. 오직 이스에 대한 걱정만이 가득한 얼굴이었다.

"괘, 괜찮으십니까, 이스님? 이제 괜찮으신 겁니까, 이스님?"

"가슴이 잠시 분탕질을 친 것뿐이니 너무 걱정하지 말거라."

"저, 정말로 괜찮으십니까? 이제 괜찮으신 겁니까?"

"허허허."

이클립스의 부축에 의지하고 있던 이스는 허허 웃으며 이클립스의 머릿결을 부드럽게 쓰다듬어 주었다. 이스는 그러나 누구도 느끼지 못하도록 기를 대주천(大周天)시켜 암암리에 몸 상태를 확인해 보았다. 그가 생각하기로도 이상했던 것이다. 에리엘이 나타나고 가리트가 사라지자 갑작스레 가슴이 쿵쾅거리며 혈의 속도가 뒤죽박죽으로 변해 잠시 의식을 잃을 정도였다. 지금까지 이렇게 이상한 일을 겪은 적은 단 한 번도 없었다.

'허어, 이상한 일이로다.'

자신을 바라보는 이클립스의 걱정스런 표정에 애써 태연한 얼굴을 하고 있었지만 이스로서도 도무지 이해가 가지 않는 현상이었다. 기를 대주천시킨 결과 지금의 몸 상태는 언제나처럼 건강 그 자체라는 걸 알 수 있었다. 몸 구석구석 이상한 곳은 어디 한 군데도 없었고 특이한 징후 역시 눈곱만큼도 느껴지지 않았다.

"이스님, 아무래도 안 되겠습니다. 마계… 닥터 루드리오에게 가시지요. 닥터 루드리오가 마족을 치료하는 데도 뛰어난 능력을 발휘하지만 보통 사람들의 병 역시 모르는 것이 없습니다."

"허허허, 녀석……."

태연한 표정의 이스였으나 이클립스는 여전히 안심이 되지 않는 듯했다. 이제 그는 주변에 가득한 천계의 전사들이나 천계의 수장인 에리엘은 눈에 들어오지 않는 것 같았다. 그의 모든 신경이 오로지 이스에게만 집중돼 있었다.

이클립스의 어깨를 토닥이며 이스가 말을 이었다.

"우리 진아가 할아비를 믿지 못하는 모양이로구나. 너무 걱정하지 말거라, 진아야. 할아비가 그 가리트인지 뭔지 하는 자 때문에 잠시 신경이 예민해졌던 모양이니 이제 근심하지 않아도 되느니. 허허허."

"이스님."

갑작스레 의식을 잃었던 것은 차후에 확인하기로 한 이스는 태연히 웃으며 이클립스에게서 벗어나 에리엘 쪽으로 걸음을 옮겼다. 하지만 그의 뒷모습을 바라보는 이클립스의 걱정스런 얼굴은 조금도 변하지 않았다.

"여기서 뵙는군요, 수장님."

몇 걸음 걷던 이스가 이내 몸을 띄워 에리엘 가까이 다가가 인사를 건넸으나 이클립스에게 닿아 있는 그녀의 시선은 조금도 움직이지 않았다. 이제는 원래의 상태로 돌아와 있는 이클립스였고 가공할 살기와 힘 역시 조금도 느껴지지 않았다. 하지만 에리엘은 아직까지도 떨리는 눈초리로 이클립스를 바라보았다.

　"이 늙은이의 말이 틀리지 않지요?"

　"아? 아… 네."

　대략 삼사 보 거리를 두고 멈춰 선 이스가 다시금 조용히 말을 건네자 그제야 정신을 차린 에리엘이 이스를 향해 고개를 돌렸다. 이클립스에 대한 그녀의 놀라움을 보여주기라도 하듯 에리엘의 얼굴은 여전히 경직돼 있었고 목소리도 무척이나 떨리는 듯했다. 한차례 뒤쪽으로 고개를 돌려 이클립스를 잠시 바라보던 이스가 에리엘을 향해 말을 이었다.

　"비록 커다란 기연을 얻었다고 하나 저 아이는 이 늙은이도 깜짝 놀랄 정도로 대단한 성취를 보였지요. 하지만 더욱 놀라운 것은 저 아이의 잠재력이 아직도 무궁무진하다는 것입니다. 물론 앞으로의 노력 여하에 달려 있겠지만 시간이 가면 갈수록 저 아이의 능력은 더욱 무섭게 발전할 것 같습니다."

　"그, 그런……!!"

　이스는 조금의 가감없이 자신이 느낀 그대로를 에리엘에게 말해 주었다. 어쩌면 에리엘이 더욱 놀랄지도 모를 일이었지만 사실대로 말해 주는 것이 정기적으로 벌어지는 천계와 마계 사이의 전쟁을 억제하는 데 효과가 있을 것 같아서였다.

　전대의 마왕이었던 아버지와 전대의 마족 최강의 전사였던 형의 원수인 천계. 그러나 지금의 이클립스라면 이스 본인이 나서서 어떻게든 설득할 수 있을 것 같았고 마계의 주인인 마왕 역시 그리 어렵지 않게 설득할 수 있을 것 같았다.

문제는 천계였다. 긍정적으로 검토하겠다는 에리엘의 답변을 얻어내기는 했지만 이스로선 보다 확고한 대답을 원했다. 천계와 마계 사이의 공간이 열리고 천계가 공격을 시작한다면 그때는 모든 것이 늦은 이후일 것이기에 이번 참에 이클립스의 힘에 대해 확실히 알려주려는 심산이었다.

"정말 놀랍군요."

몇 차례나 기다란 한숨을 내쉬며 간신히 냉정을 되찾은 에리엘이 침착한 목소리로 대꾸했다. 인정하고 싶지도, 믿고 싶지도 않았지만 이스의 말은 모두가 진실이었다. 무엇보다 그녀의 눈이 거짓말을 할 리가 없었던 것이다.

"하지만 오늘은 그것 때문에 찾아온 것이 아니에요."

"그러리라 생각했습니다."

주위를 환기시키는 에리엘의 말에 고개를 몇 차례 끄덕이던 이스가 품속에서 뭔가를 꺼내 들었다. 시커먼 묵(墨)빛을 머금은 작은 돌멩이였다.

"두 번째 열쇠를 얻고 세 번째 것을 얻으려 할 때에 이 늙은이의 목숨을 취한다고 하셨었지요. 기억하고 있습니다."

묵빛 돌멩이를 보여주며 이스가 인자한 미소를 지어 보였다. 그가 망설이지 않고 묵빛 돌멩이를 보여준 것은 그것이 정말로 두 번째 열쇠인지를 확인하고자 하는 의도에서였다.

테라에게서 묵빛 돌멩이를 취한 이후 일행 모두는 그것이 두 번째 열쇠일 것이라 추정만 했을 뿐이었다. 그렇기에 천계의 수장인 에리엘이라면 혹시 알지 않을까 하는 생각에서 주저없이 묵빛 돌멩이를 보여 주는 이스였다.

"이것이 정녕 수장님께서 말씀하셨던 두 번째 열쇠가 맞는지요?"

"맞아요, 이스님. 제가 알고 있기로… 그것은 분명 두 번째 열쇠가 확실합니다."

두 번째 열쇠가 아니라고 해도 이스는 자신의 말을 믿을 것 같은 느낌이었다. 그러나 에리엘은 선선히 고개를 끄덕이며 사실을 시인했다. 파괴신을 부활시키기 위해 열쇠를 찾으러 다닌다는 이스의 말이 있었기는 했지만, 왜인지 그녀 생각으로는 그가 그런 일은 절대로 하지 않을 것 같았다.

"실제로 보는 것은 처음이로군요."

"그렇습니까?"

보일 듯 말 듯 고개를 주억거리는 이스의 목소리가 무척이나 무겁게 느껴졌다. 어린아이 주먹만한 이 작은 돌멩이 하나 때문에 그동안 셀 수 없이 많은 사람들이 영문도 모른 채 피를 흘리며 죽어갔다. 항구 도시 미렐리아드가 그랬고, 4국 연맹과 이곳 란스하르드 왕국까지… 모두가 이 작은 것 때문에 전쟁보다 더한 고통을 겪으며 멸망해 갔다고 생각하니 절로 미간이 일그러질 지경이었다.

"한 가지 여쭈어볼 것이 있습니다, 수장님."

"말씀하세요, 이스님."

한동안 미간을 찡그린 채 아무런 말 없이 묵빛 돌멩이를 바라보던 이스가 뭔가가 생각난 표정으로 말을 이었다.

"이것을 없애 버리거나 혹은 공간이 다른 천계나 마계에 가져간다면… 파괴신은 부활시킬 수 없는 것인가요?"

묵빛 돌멩이를 취하고 파괴하려 했을 당시 하이 엘프 미넬의 말 때문에 주저했던 이스는 두 번째 열쇠에 대해 확실히 알고 있는 듯한 에리엘에게서 보다 자세한 것을 알고자 했다.

미넬이 했던 말은 묵빛 돌멩이를 파괴한다면 테라나 다른 이들이 란스하르드 왕국에서 벌인 일과 같은 일들을 다시금 실행할지 모른다는 말이었다. 설득력은 그다지 없었으나, 이스는 보다 확실한 것을 알고 난 연후에 일을 처리할 심산으로 에리엘에게 물어보는 것이었다. 에리엘이 천천히 고개를 흔들며 입을 열었다.

"이스님께서 가지고 계신 것은 분명히 두 번째 열쇠입니다. 하지만… 어째서인지 저도 명확히 알지 못하지만 그것은 이곳 인간계에서만 적용되는 것이에요. 그것을, 아니, 파괴신의 부활과 관련된 열쇠들을 천계나 혹은 마계에 가져가신다면 그 즉시 열쇠의 힘을 잃게 될 거예요. 그리고 만약 그 돌멩이를 이스님께서 파괴하신다면 그들은 지금 같은 일을 다시금 저지를 것이지요. 두 번째 열쇠를 어떤 방법으로 얻는 것인지는 자세히 모르겠지만, 그들이 지금 같은 방법으로 두 번째 열쇠를 얻었다면 아마도 다시금 똑같은 일을 벌일 것 같은 생각이 드네요. 그리고 또 하나, 인간계에 두 번째 열쇠가 있고 그것이 없어지지 않는 이상 똑같은 두 번째 열쇠는 만들 수도 없고 얻을 수도 없다고 알고 있어요."

"허어, 그것참."

혹시나 했던 미넬의 말이 딱 들어맞는 순간이었다. 이스는 그러나 불행 중 다행이라 생각했다. 파괴신을 부활시킬 수 있는 세 가지의 열쇠 중 한 개를 자신이 가지고 있다면 다른 이들에게 이것을 빼앗길 염려는 하지 않아도 될 것 같아서였다. 지독한 마법을 사용하는 테라와 가리트라는 자가 무서운 존재들이기는 했지만 이스의 영검을 당해내기에는 역부족이기 때문이었다. 에리엘의 말이 이어졌다.

"이스님, 제가 오늘 이곳에 온 이유는 그 두 번째 열쇠 때문이 아니에요. 그리고 이스님께 위해를 가하기 위해서는 더 더욱 아니랍니다."

"그렇습니까?"

묵빛 돌멩이에 닿아 있던 이스의 시선이 천천히 에리엘에게로 향했다. 착잡한 심정으로 상념에 젖어 있던 이스의 눈동자에 일순 의아함이 스쳐 지나갔다. 엄청난 숫자의 천계 전사들을 이끌고 나타난 에리엘이었기에 두 번째 열쇠 때문이거나 혹은 세 번째 열쇠를 취하려는 것에 대해 경고를 하기 위해서라고 생각했던 이스였다.

"혹여 그 가리트라는 사람 때문인가요?"

"네."

이스의 물음에 에리엘은 선선히 고개를 끄덕였다. 이스의 말이 이어졌다.

"가리트라는 사람과 다른 이들에 대해 알고 계신 겁니까?"

가리트는 이름을 밝혔지만 테라와 가면의 여인, 그리고 이클립스가 잡은 크레이스, 거기에 항구 도시 미렐리아드에서 이클립스를 곤경에 처하게 한 마지앙에 대해선 아무런 것도 알지 못하는 이스였다. 한데 가리트 때문에 에리엘이 수많은 천계 전사들을 이끌고 인간계를 찾은 것이라면 이스와 일행들이 모르는 것을 상당 부분 알고 있을 것 같았다.

"후우."

이스의 물음에 에리엘은 기다란 한숨부터 내쉬었다. 천계에서 겪었던 믿을 수 없을 정도로 강한 이스의 힘과 뛰어난 인품, 그리고 오늘에서야 그녀 자신이 눈으로 직접 확인한 이클립스의 엄청난 변화. 생각해 보니 이스는 지금까지 단 한 번도 거짓말을 하지 않았었다. 하지만 그녀 자신은 어떠했던가. 오랜 세월 동안 이어진 승리에 도취돼 자신도 모르는 사이에 자신감이 오만함으로 변해 버렸고 그 어떤 상대라도 하찮게 여겼었다. 그 결과 대산맥에서는 절체절명의 위험에 빠지기도 했으며, 천계에 초대한 이스에게 함부로 대하다 커다란 곤욕을 겪을 뻔하기도 했었다.

"이제 제가 알고 있는 사실에 대해 말씀드릴 때가 온 것 같군요."

한숨을 내쉬고 잠시 생각에 잠겼던 에리엘이 보일 듯 말 듯한 미소를 지으며 이스를 바라보았다. 헤어나지 못할 오만함과 자만심을 일깨워 준 것을 생각한다면 이스에게는 커다란 은혜를 입었다고 할 수 있었다. 아니, 이스가 아니었다면 어쩌면 자신은 언제까지나 변하지 않았을 것이다. 그리고 또 하나, 그녀가 진실을 말해 주려는 의도 역시 이스의 인품 때문이었다. 초대장까지 보내 청한 이를 철창에 가두고 무력을 앞세워 굴복시키려던 에리엘이었다. 한데 이스는 단 한 번도 공격하지 않고 오히려 그녀를 지도해 주기까지 했다. 만약 이스에게 해할 의도만 있었더라도 천계의 수장인 그녀 자신만이 아닌 천계의 모든 곳이 치명적인 타격을 입었을 것이다.

천계에서 이스와의 만남 이후 에리엘은 오랜 시간 동안 깊이 반성하고 뉘우쳤다. 그렇기에 지금 이스를 믿고 자신이 알고 있는 사실을 망설임없이 말해 주려는 것이었다.

"가리트… 그자는 파괴신이 봉인당하며 떨어진 파편이라고 할 수 있는 자예요."

"허어?"

에리엘의 이야기가 시작되자 이스의 얼굴이 금세 호기심으로 가득 찼다. 태초에 있었다는 파괴신에 관한 이야기는 이미 이클립스에게 들어 어느 정도까지 알고 있는 이스였다.

에리엘의 말이 이어졌다.

"우리 천족들은 마족의 힘을 누구보다도 잘 알 수 있는 능력이 있어요. 그리고 마족의 기운보다 더욱 지독한 가리트 같은 자들의 힘 역시 잘 알지요. 가리트… 자세히는 모르지만 태초에 흩어진 파괴신의 파편인 그 자는 지금까지 제대로 된 힘을 쓸 수는 없었지요. 한데 이상하게도 얼마 전부터 가리트의 강력한 기운과 움직임이 느껴졌어요. 그것도 제 힘을 상회하는 가공할 능력이 느껴지는 힘을 소유한 가리트가 말이지요."

"흐음……."

어느새 이클립스는 물론 다른 일행들 모두가 에리엘의 이야기를 경청하고 있었다. 모두들 처음 듣는 이야기였고, 그 내용이 주는 충격파가 대단했기에 조용히 이목을 집중시키고 있었다. 잠시 말을 멈추고 무겁게 고개를 흔들던 에리엘의 말이 이어졌다.

"천계에선 그동안 여러 경로로 가리트의 위치를 암암리에 수색해 봤지만 그 어디에서도 그자의 정확한 위치를 찾을 수 없었어요. 그래서 한동안은 제가 잘못 느낀 것이라고 생각할 정도였지요. 한데 오늘 우리가 찾던 가리트가 확실히 모습을 드러냈고 그것 때문에 제가 전사들을 이끌고 이곳을 찾은 것이에요."

"허어, 그런 일이 있었군요."

로브를 깊숙이 쓴 인물(테라)이 아닌 '계약에 따라 움직인다'는 가리트를 찾기 위해서였다는 것이 조금은 의외였으나, 에리엘과 천계 전사들의 등장이 조금 이해가 가는 이스였다. 천계의 수장인 에리엘의 힘을 상회할 정도이니 많은 숫자의 전사들을 대동하는 것은 당연한 일일 것이다.

"어이, 천계나리?"

"말씀하시죠."

조용히 지켜보던 리켄이 비릿한 미소를 지으며 다가왔다. 걸레처럼 찢어진 옷과 여기저기 상처를 입어 힘든 듯 조금 비틀거리긴 했지만 처음 이스가 봤을 때보다는 훨씬 기운을 차린 모습이었다.

"난 무식해서 잘 이해가 가지 않는데 말야, 그렇게 오랫동안 움직이지 않던 가리트가 어째서 나타난 것이지? 그쪽이 뭔가 잘못 알고 있는 것 아냐?"

"그건……."

에리엘을 대하는 리켄의 태도는 누구나 확연히 알 수 있을 정도로 비아냥거리는 투였다. 미간은 잔뜩 일그러져 있었고 입술은 비릿한 미소를 머금고 있었다. 이클립스의 영향 때문이었다. 툭하면 서로 헐뜯고 싸웠지만, 이클립스의 과거와 천계에 대한 원한을 리켄이 모를 리 없었다. 잠시 망설이던 에리엘의 말이 이어졌다.

"정확한 정보는 없지만 누군가가 그를 움직이게 한 것 같아요."

"허어, 누군가라… 설마……."

태연한 모습으로 대꾸하는 에리엘의 말에 이스는 그가 만났던 로브의 인물, 테라에 대해 설명해 주었다. 두 번째 열쇠를 가지고 있던 테라라면 가리트를 움직이게 했을 가능성이 클 것 같아서였다. 그리고 여러 가지 정황으로 봤을 때 테라밖에 떠오르는 이가 없었다. 하지만 에리엘은 이내 고개를 저었다.

"비록 파편이라고 하나 파괴신과 연관된 자가 자신보다 약한 존재에 의해서 움직이지는 않습니다, 이스님."

"허어, 그 말씀은 가리트라는 자가 그보다 더욱 강한 누군가에게?"

"네, 아마도… 아니, 분명히 그럴 것이에요."

확고한 목소리로 대답하는 에리엘에게서 사실을 숨기거나 은폐하려는 의도는 찾을 수 없자 모두의 표정이 더욱 심각하게 변해갔다. 테라보다, 그리고 가리트보다 강한 자라는 것은 이스를 제외하고 상대할 수 있는 사람이 아무도 없다는 이야기였다.

"허어, 그것참……."

이스는 연신 낮은 한숨을 내쉬며 기다란 수염을 쓰다듬었다. 자신에겐 상대가 되지 않았지만 가리트의 역량은 실로 대단할 정도였다. 이스가 느끼기에도 깊숙이 로브를 눌러쓴 인물보다 훨씬 상회하는 힘의 소유자였다. 그리고 또 하나, 가리트는 로브의 인물과 달리 혼자서 움직이지 않았다. 로브의 인물이 수많은 좀비 떼와 광기로 물든 늑대들을 자유자재로 부리기는 했지만, 가리트에 의해 나타난 많은 숫자의 인영들과는 비교 대상이 되지 않았다. 란스하르드 왕국을 뒤덮었던 늑대들과 좀비들. 그 모두가 가리트와 비슷하게 생긴 것들 중 하나조차 제대로 상대하지 못할 것이었다.

'계약에 따라 움직인다고 했으니 분명 누군가와 계약을 했다는 말일 터. 허어, 그렇다면 우리들이 모르는 자가 또 있다는 말이 아닌가?'

이스의 미간 사이에 깊이 파여진 주름이 좀처럼 펴질 기미를 보이지 않았다. 일이 더욱 복잡해지는 것 같아 좀처럼 생각에서 빠져나오지 못하는 이스였다.

"이스님."

지금까지 끼어들지 않고 조용히 지켜보던 이클립스가 손에 누군가의 목 언저리를 잡아 들고서 이스에게 다가왔다. 완전히 기절한 듯 온몸이 축 늘어진 인물이었다. 얼마 전 이클립스에게 제압당해 정신을 잃은 크레이스였다. 이스가 고개를 돌리자 이클립스가 조용히 말을 이었다.

"제가 잡은 이놈이 놈들과 한패입니다. 이놈을 족친다면 놈들에 대해 자세한 것을 알 수 있을 것입니다."

"허어……."

피가 흐를 정도로 뜯겨져 버린 크레이스의 머리칼과 얼굴에 가득한 상처를 보자 이스의 눈망울로 안타까움이 짙게 피어올랐다. 이스는 그러나 이클립스를 탓하지 않았다. 항구 도시 미렐리아드에서 죽다 살아날 지경까지 당했으니 살려준 것만 해도 대견할 지경이었다.

"뭐?!"

이스와는 달리 크레이스를 발견한 에리엘은 상당히 놀란 표정이었다. 이클립스의 말처럼 크레이스가 가리트와 한패라면 시간을 들여 조사해 많은 사실을 알 수 있을 일이었다. 그래서인지 놀란 표정으로 이클립스와 크레이스를 보던 에리엘의 표정에 아쉬움이 얼핏 스쳐 지났다. 이클립스가 아닌 그녀 자신이 잡았다면 좋았을 것이라 생각한 모양이었다.

"크큭."

에리엘의 시선을 느낀 이클립스의 눈매가 순간적으로 피처럼 변하며 지독한 살기를 사방으로 뿜어댔다. 이스에 의해 상당 부분 제어할 수 있었던 천계에 대한 원한이 어리엘의 시선과 마주하자 다시금 가슴속에서 용솟음치는 듯했다. 그것을 눈치 챈 이스가 에리엘을 가리며 이클립스의 앞으로 다가왔다.

"그리하자꾸나, 진아야. 그러니 너는 홍아와 함께 물러서 있거라. 할아비는 할 말이 조금 더 남아 있구나."

"큭… 아, 알겠습니다, 이스님."

"허허허, 녀석."

언제 살기를 내뿜었냐는 듯 이스의 부드러운 목소리를 듣자 순식간에 이성을 되찾은 이클립스였다. 그는 아무런 반론 없이 곧바로 이스에게 고개를 숙여 보인 후 몸을 돌려 디아루가 있는 곳까지 물러섰다. 재수없다는 표정으로 에리엘을 노려보던 리켄 역시 고개를 흔들며 이클립스의 뒤를 따랐다.

"하……."

이클립스의 행동을 주시하던 에리엘의 표정이 멍하게 변해 버렸다. 그녀가 알고 있기로, 이클립스는 마왕을 제외한 그 누구의 명령을 듣지 않는 마족이었다. 하지만 이스의 말에 이클립스는 곧바로 물러섰다.

'믿어지지 않는군.'

천계에서 보였던 힘이라면 지금의 이클립스라도 이스의 상대는 되지 않을 것이었다. 그러나 이클립스의 표정에선 이스의 힘에 굴복해 자존심을 꺾은 것 같지는 않았다. 마치 할아버지의 말을 듣는 착한 손자처럼 아주 자연스러운 행동이었기에 직접 눈으로 보고 있으면서도 믿어지지 않았다.

"수장님?"

"아, 아… 네, 네."

이클립스와 리켄이 물러서고도 한참 동안 멍한 표정을 하고 있던 에리엘이 이스의 목소리에 정신을 차렸다. 가리트와 그들의 일행에 대한 것은 여전히 오리무중이었지만, 대략적인 용건은 끝난 것 같다고 생각한 이스가 에리엘에게 작별 인사를 하려 했다. 하지만 에리엘의 입이 이스보다 먼저 열렸다.

"사실 이스님께 한 가지 제안을 드리려고 생각하던 참이었어요."

"허어, 어떤 제안인가요?"

"하지만 이제 한 가지 제안이 더 생겼네요."

"허허허. 무엇이든 말씀하시지요."

"감사해요."

미소와 함께 말하는 에리엘에게 이스 역시 인자한 웃음으로 화답했다. 에리엘이 화사하게 머금던 미소를 지우고 심각한 표정으로 말을 이었다.

"이스님, 원래의 세상으로 돌아가고 싶은 마음은 없으신가요?"

"허어, 원래 세상으로 돌아간다라?"

에리엘의 제안이 뜻밖이었는지 이스는 잠시 그녀의 말을 되뇌었다. 무림을 떠돌다 장백산에서 영검(靈劍)의 극한을 실행하고 도착한 이상한 세계. 이곳에서 만나 지금까지 함께했던 이클립스와 리켄 등등. 그리고 그동안 겪었던 여러 가지 일들. 그러고 보니 중원에 대해 지금까지는 단 한 번도 생각해 보지 않은 것 같았다.

처음 얼마간은 느긋하게 세상을 주유하듯 움직였으나 파괴신에 대한 일들이 점차 복잡해지기 시작하면서 자신이 있던 곳에 대한 생각은 한 번도 하지 않은 것 같았다. 조용히 생각에 잠긴 이스를 보며 에리엘이 말을 이었다.

"저는 천계에 있는 신전에서 천계 모두의 주인이신 '라 샤이테' 님의 권능을 얻어 그 힘을 발휘할 수 있어요. 이스님께서 천계를 방문하시고 나서 제가 알아보았는데, 이스님을 태어나신 고향으로 모실 수 있는 방법이 있더군요."

"고향? 허어, 고향이라……."

에리엘의 말이 끝나자 이스는 어색한 웃음을 지으며 '고향'이라는 말을 몇 번이고 중얼거렸다. 그는 고아 출신이었다. 부모님의 함자(銜字)는 물론 얼굴조차 기억나지 않는 고아였다. 어린 시절의 기억 역시 거의 없었다. 한동안 추억을 더듬던 이스가 에리엘을 향해 입을 열었다.

"고향이 어디인지 모르는데도 갈 수 있다는 말입니까?"

지금까지 단 한 번도 생각해 보지 않았던 '고향'이라는 단어가 가슴에 와 닿았다. 예민하던 청년기에조차 무공에 미쳐 떠올리지 않은 것이 지금은 웬일인지 강하게 이끌리고 있었다. 고개를 끄덕이며 에리엘이 말을 이었다.

"천계의 신전 안에서 라 샤이테님의 권능을 사용한다면 과거에 대한 기억이 아무것도 없는 자라도 고향으로 갈 수 있답니다. 권능의 능력은 피사용자를 그가 태어났던 장소로 돌려보내는 것이니까요. 또 공간에 대한 제약 같은 것도 없답니다."

"허어……."

이스는 긴 탄성을 흘릴 뿐 좋다거나 싫다는 반응을 보이지 않았다. 에리엘이 화사한 미소를 지으며 말했다.

"지금 당장 선택하시라는 말은 아니에요. 그저 이스님께서 원하신다면 언제라도 제게 말씀하세요. 이스님께 입은 은혜에 보답코자 드리는 제안이니까요."

"허허허."

이스는 너털웃음으로 대답을 대신했다. 단번에 생각해서 대답할 문제가 아닌 것 같아 훗날 결정지을 요량이었다. 하지만 이번만큼은 어느 정도 답이 나와 있는 듯했다.

'돌아간다라······.'

고개를 돌려 이클립스와 리켄, 그리고 다른 일행들을 바라보던 이스의 고개가 보일 듯 말 듯 저어졌다.

'나를 아는 자가 과연 남아 있으려나······.'

고향이라고 해봐야 그가 아는 사람은 한 명도 없을 것이다. 그리고 무림으로 돌아간다고 해도 마찬가지였다. 이스가 무림에 있을 당시 그가 유일하게 존경하고 따르던 인물인 소림사의 혜성 대사는 이스가 화산파를 떠나기 1년 전에 입적(入寂)했다. 비록 오랫동안 정파무림을 위해 싸워 친분이 돈독한 고수들도 여럿 있기는 했지만, 그들이 지금까지 살아 있을 리 만무했다. 어쩌면 이스가 무림으로 돌아가 자신을 예전의 고수인 '철검무적(鐵劍無敵)'이라고 말한다면 오히려 미친 사람이라고 손가락질당할 것이다. 면식(面識)이 있는 사람과 만나기 위해 돌아간다고 해도 세월이 너무도 많이 흐른 이후였다.

'허허허, 저 아이들을 떠날 수가 있으려나.'

이클립스와 리켄을 보며 생각에 잠겼던 이스의 입가로 흐뭇한 미소가 지어졌다. 처음 이클립스와 리켄을 만났던 당시에는 그저 당분간 함께하며 둘의 고약한 성미를 고치려는 심산뿐이었다. 하지만 그들과 함께하는 시간이 길어지면 길어질수록 그만큼 정도 깊어졌다. 이제 이스에게는 이클립스와 리켄이 단순히 마족과 드래곤이 아닌 가까운 피붙이로 느껴졌다. 그리고 언제 끝날지 알 수 없었지만 자신에게 주어진 생(生)이 끝날 때까지 그들과 함께하고 싶다는 마음까지 생겼다.

"두 번째 제안은 무언가요, 수장님?"

인자한 미소를 지으며 오래도록 이클립스와 리켄을 보던 이스가 두 번째 제안을 물어보며 궁금하다는 표정을 지어 보이자 약간이지만 어색한 미소와 함께 에리엘이 입을 열었다.

"어떤 일이 있어도 가리트의 위치와 그 배후를 캐내야 합니다. 자칫 잘못하다간 일이 돌이킬 수 없는 지경까지 이르게 될 것이지요."

"그리해야겠지요. 이 늙은이가 두 번째 열쇠를 가지고 있는 이상 그들이 파괴신을 부활시킬 수는 없겠으나, 그들의 악행을 언제까지 보고만 있을 수는 없는 일이지요."

"그래서 드리는 말씀인데……."

슬쩍 말꼬리를 흐린 에리엘의 시선이 이클립스에게 잠시 머물다 돌아왔다. 아니, 이클립스를 본 것이 아니었다. 정확히 이클립스의 손에 잡혀 있는 크레이스를 흘깃거린 것이었다. 이클립스의 말에 의하면 그가 가리트와 연관된 자라고 했기에 앞으로 크레이스에게서 나올 정보가 탐이 나는 모양이었다.

"허허허, 수장께선 무얼 그리 망설이십니까? 속 시원히 말씀하시지요. 이 늙은이가 할 수 있는 일이라면 얼마든지 도움을 드리겠습니다. 그리고 이런 때일수록 서로서로 돕는 것이 좋은 일이지요."

"감사해요, 이스님."

에리엘의 속셈을 이스 역시 어느 정도 알 것 같았다. 가리트를 찾기 위한 좋은 단서가 나올 수 있는 일이니 천계의 수장으로서 욕심이 나는 것은 당연할 일이었다. 이스의 호탕한 대답에 에리엘이 환하게 미소 지으며 말했다.

"두 번째 제안은 다름이 아니라… 가리트, 그자를 찾는 데 우리 천계도 도움을 드렸으면 해요. 비록 큰 도움은 되지 못하겠지만."

"허허허, 그리해 주신다면야 이 늙은이는 감사할 따름이지요."

"에……."

크레이스에게 나온 정보를 이용해 천계에서 방해할 수도 있는 일이건만 이스는 아무런 반론 없이 허허 웃는 낯으로 고개를 끄덕여 주었다. 너무도 쉽사리 고개를 끄덕이는 이스의 말에 에리엘이 오히려 멍한 표정을 지을 정도였다. 잠시 웃음을 흘리던 이스가 말했다.

"수장님."

"네, 말씀하세요."

"이건 꼭 거래를 하는 것 같아 송구스럽긴 하지만, 이 늙은이의 청을 한 가지 들어주실 수 있겠습니까?"

"물론입니다, 이스님. 아무리 어려운 일이라도 우리 천계가 할 수 있는 일이라면 기꺼이 도와드리겠습니다."

어색한 미소를 보이며 민망해하는 이스의 말에 에리엘은 환한 미소와 함께 고개를 끄덕여 주었다.

"허허허, 이 늙은이의 청은 다름이 아니라……."

에리엘의 흔쾌한 대답에 이스는 어린아이처럼 좋아하며 조용히 말을 꺼냈다.

제34장 포기

콰콱! 파파팍—

"크으윽!!"

수많은 책들이 들어차 있는 책장 사이에서 깊숙이 로브를 눌러쓴 인물이 이빨을 갈아대며 분노를 토해댔다. 그의 행동은 마치 미친 사람 같았다. 손에 잡히는 책이란 책은 닥치는 대로 집어 던졌고 발에 채이는 책들 역시 마구잡이로 걷어찼다. 항상 정리가 잘되어 있던 주변이 어느새 쓰레기장처럼 변해 버렸다.

"으으으, 빌어먹을! 이제… 이제 끝을 볼 수 있었는데! 그 망할 놈의 늙은이가… 그 망할 놈의 늙은이가~!!"

강철 바닥 위를 쇠못으로 긁는 것 같은 괴성이 끊임없이 터지고 있었다. 괴성의 주인공은 바로 테라였다. 란스하르드 왕국에서 온몸이 갈라져 먼지처럼 없어진 그였으나 지금은 온전한 모습을 하고 있었다.

"크으으."

오랫동안 발악하듯 책들을 집어 던지던 테라가 거친 숨을 토하며 고개를 저었다. 기다란 책장의 대부분을 망쳐 놓고서야 진정이 되는 듯했다.

"크후… 후우우."

들끓는 분노를 삭인 연후에도 테라는 좀처럼 움직이지 않았다. 여기저기 책이 부딪치고 테라의 거친 외침이 가득하던 주변이 어느새 적막하게 변해 음산하기까지 했다.

끼이이.

어디선가 귀를 자극하는 소리와 함께 누군가의 발자국 소리가 들려왔고, 그것은 이내 테라의 등 뒤로 조심스럽게 다가왔다. 발목까지 내려오는 붉은색의 기다란 원피스에 치렁치렁한 금발 머리, 얼굴의 대부분을 가리는 화려한 가면을 쓴 여인이었다. 라이제스였다.

"크레이스가 돌아오지 않았는데, 당한 건가요?"

한동안 날카로운 눈초리로 주변을 둘러보던 라이제스의 입에서 무미건조한 목소리가 흘러나왔다. 그녀의 목소리에선 크레이스에 대한 걱정이나 근심은 조금도 느껴지지 않았다. 그저 건성으로 묻는 듯한 느낌이었다.

"으으음."

라이제스의 물음에도 테라는 한마디 대답조차 하지 않은 채 오래도록 낮은 신음을 흘리고 있었다. 아마도 무언가를 생각하는 듯했으나 무척이나 쉬어빠진 신음 소리라 잘못 듣는다면 그가 큰 상처라도 입어 고통스러워하는 듯한 착각이 들 정도였다.

라이제스는 그러나 테라에게서 대여섯 보 정도 떨어진 거리에서 조금도 움직이지 않고 조용히 그의 대답을 기다렸다. 심기가 불편한 테라를 잘못 건드려 봤자 자신만 손해라는 걸 그녀가 모를 리 없었다. 그러나 아무리 기다려도 테라에게서 반응이 없자 라이제스가 참지 못하고 한 걸음 앞으로 나서며 입을 열었다.

"테라님?"

"닥쳐!"

테라에게서 터진 일갈에 그에게 다가가려던 라이제스가 어깨를 움찔하며 멈춰 섰다. 그녀의 눈동자가 공포로 인해 흔들렸으나 테라는 언제나처럼 곧바로 욕을 퍼붓고 체벌을 가하지는 않았다.

"죄, 죄송합니다, 테라님."

깜짝 놀라 잠시 움츠러들었던 라이제스가 이내 깊숙이 고개를 숙이며 용서를 구했다. 그런 그녀의 눈빛에 자책의 빛이 얼핏 스쳐 지나갔다. 가끔 발악하듯 신경질 부릴 때엔 며칠 동안 조심스럽게 테라의 눈치를 살펴야 했지만 가리트에 대한 궁금함을 참지 못해 결국 용서를 빌어야 하는 처지가 되어버렸다.

'누구지?'

고개를 숙인 채 두어 걸음 뒤로 물러선 라이제스는 여전히 가리트에 대해 생각하고 있었다. 란스하르드 왕국에서 리켄에게 당해 의식을 잃기 전 그녀는 분명 가리트의 거대한 모습을 확실히 목격했었다. 비록 가리트의 형상을 본 이후 곧바로 의식을 잃기는 했지만, 그가 아니었다면 라이제스는 이미 이 세상 사람이 아닐 것이었다.

'도대체……'

이곳에 도착해 의식을 되찾은 라이제스는 사방을 돌아다니며 가리트를 찾아보았다. 가리트의 체구가 상당했기에 그리 어렵지 않게 찾을 수 있을 것이라 생각해서였다. 그리고 또 하나, 의식을 잃기 직전이었기는 했지만 가리트에게서 느껴졌던 그 엄청난 힘을 라이제스는 잊지 않았다. 아니, 결코 잊을 수 없었다. 언제나 두려움의 대상이었던 테라조차 가리트에게는 비견할 수조차 없을 정도였기 때문이다.

'저놈이?'

한동안 가리트에 대해 생각하던 라이제스의 고개가 슬며시 들려지며 테라에게 향해졌다. 그녀와 크레이스, 그리고 마지앙. 모두들 각자의 이익을 위해 테라를 따랐고 지금까지 함께했었다. 하지만 테라는 지금까지 단 한 번도 가리트에 대한 이야기를 꺼낸 적이 없었다. 분명 둘 사이에 뭔가가 있는 것 같았다. 그리고 테라보다 더욱 엄청난 능력자인 가리트가 테라의 수하일 리가 없다고 라이제스는 판단했다. 테라를 바라보는 라이제스의 눈초리에 날카로운 빛이 번뜩였다.

"테라님."

무서운 표정으로 테라를 노려보던 라이제스가 조심스런 어조로 그의 이름을 불렀다. 테라는 여전히 고개를 푹 숙인 채였기에 라이제스의 사나운 눈초리를 보지는 못했다.

"뭐냐?"

평소의 억양으로 돌아온 테라의 반문에 라이제스는 속으로 안도의 한숨을 내쉰 후 더욱 조심스럽게 입을 열었다.

"제가 레드 드래곤 때문에 위급에 처했을 때 어떤 분께서 나타나 다행히 목숨을 건질 수 있었어요."

"으음."

라이제스는 자신이 기억나는 대로 가리트에 대해 설명해 주었다. 그러면서도 그녀의 눈초리는 테라의 일거수일투족을 놓치지 않고 있었다. 하지만 석상처럼 서 있는 테라에게선 어떤 움직임이나 동요를 느낄 수 없었다.

"그분… 누구신가요, 테라님?"

"그분? 큭큭큭."

라이제스의 물음에 테라가 어깨를 들썩이며 듣기 싫은 웃음소리를 터뜨렸다. 라이제스의 날카롭던 눈매에 의구심이 피어올랐다. 가리트는 분명 대단한 실력자이고 테라의 힘을 훨씬 상회하는 자였다. 그런데도 테라는 비웃음이 가득한 웃음을 흘리고 있었다.

'뭔가 있구나.'

얼마 전 크레이스와 모종의 계획을 생각할 당시 그는 테라의 힘에 대한 것만 이야기했었고, 그의 이면에 있을 누군가에 대해 의구심을 말했었다. 그렇다면 크레이스 역시 가리트의 존재를 모르고 있다는 말이었다. 결국 테라는 뭔가 중요한 것을 감추고 있다는 말이었다. 테라의 웃음이 끝나고 잠시 그의 눈치를 살피던 라이제스가 입을 열었다.

"테라님, 그분이 누구인지 어째서 저희들에게 말씀해 주시지……."

"라이제스."

"넷!"

라이제스의 물음은 끝까지 이어지지 못했다. 갑작스레 몸을 돌리며 자신의 이름을 부르는 테라의 모습이 지독할 정도로 무섭게 느껴져서였다. 얼굴의 일부분조차 보이지 않을 정도로 깊숙이 로브를 눌러쓴 작은 체구인데도 그저 고개를 돌리는 것만으로 소름이 끼치는 것 같았다. 상당 부분 힘이 약해진 것 같다는 크레이스의 말과는 달리 지금 느껴지는 테라의 힘은 언제나와 같았다.

"크흐흐."

"아……."

천천히 다가오며 음산한 웃음을 흘리는 테라의 모습에 라이제스의 얼굴이 잔뜩 굳어져 버렸다. 작은 꼬마아이만한 키였음에도 마치 태산이 다가오는 것 같은 위압감에 저도 모르게 뒤로 물러서려 해도 다리가 움직이지 않았다.

"라이제스."

"꺅!!'

한 걸음 앞까지 다가온 테라가 슬쩍 고개를 들자 라이제스가 격한 비명을 토하며 몸을 뒤틀었다. 보이지 않는 무형의 힘에 제압당한 듯 바닥에 닿아 있던 그녀의 발이 한 뼘이나 공중에 떠올랐다.

"기어오르지 마라, 라이제스. 너는 장기판의 말일뿐이다. 가만히 내 지시만 따르면 그뿐이다. 잊지 마라, 라이제스."

"네… 테, 테라님."

"크크……."

원하는 대답이 나오자 테라에게서 만족스런 웃음이 흘러나왔다. 그리고 웃음이 멈춘 순간 테라의 신형이 감쪽같이 사라져 버렸다.

"커헉! 하악, 하악……."

테라가 사라지자 힘없이 바닥에 쓰러진 라이제스는 연신 거친 호흡을 토해댔다. 하지만 그녀의 눈빛은 빛이 번뜩이는 것처럼 매섭게 빛나고 있었다.

"이… 개자식이……."

이빨을 갈며 욕을 하여 분은 삭이기는 했으나 그녀 혼자만으론 어떻게 할 수 있는 상대가 아니었다. 한동안 바닥에 쓰러져 이빨을 갈아대던 라이제스는 이내 자리에서 일어나 밖으로 향했다. 지금으로선 크레이스가 돌아오기를 기다리는 수밖에 없었다. 자신보다 뛰어난 크레이스가 함께라면 가리트에 대해, 그리고 테라가 숨기는 무언가에 대해 보다 계획적으로 움직일 수 있을 것이다.

*　　　　*　　　　*

"으음."

화려하게 치장되어 있는 커다란 레어 안으로 어색한 공기가 흐르고 있었다. 어디로 갔는지 이스와 리켄, 그리고 이클립스의 모습은 보이지 않았고, 오직 여인들(?)만이 커다란 레어를 점령하고 있었다. 그런데 한쪽 침대에 옹기종기 모여 있는 디아루와 사이나, 미넬과 에이라, 그리고 에이프릴의 표정이 심상치 않았다. 레어 중앙 부근에 우뚝 서 있는 새로운 인물 때문이었다.

발목까지 내려오는 순백색 원피스 차림에 사방으로 뻗친 짧은 금발 머리를 한 귀엽게 생긴 여인이었다. 천계 서열 2위라는 엄청난 실력자이자 카린느라는 이름으로 불리는 천족이었다. 그녀가 이곳 리켄의 레어에 있는 이유는 모두 에리엘의 명령 때문이었다.

에리엘의 두 번째 청.

그것은 바로 천계 전사들 중 한 명을 도와준다는 명목으로 이스 일행에 가담시키고 싶다는 내용이었다. 에리엘은 가리트가 나타났을 시 언제라도 천계에 연락을 취하기 위한 방편이라고 말을 늘어놓았으나, 실상 크레이스에게서 나올 정보 때문이었다.

이스는 에리엘의 의도를 모두 파악하고 있었다. 그녀가 천계 전사들을 이끌고 란스하르드 왕국을 찾았던 것도 가리트의 기운 때문이었다고 했으므로 그녀의 욕심이 당연하다고 생각했다. 이스는 허허 웃으며 모든 것을 허락했고 그것이 카린느가 이스 일행에 합류할 수 있었던 결정적인 이유였다.

천족의 '천' 자만 들어도 경기를 일으키는 이클립스가 못마땅한 표정을 보이기는 했지만 이스의 결정을 거부하지 않았고 리켄 또한 몇 번 궁시렁거렸을 뿐이었다.

"어, 언제까지 저렇게 있어야 하는 거예요?"

찰싹 달라붙듯이 에이라의 곁에 기대고 있던 에이프릴이 속삭이는 목소리와 함께 모두의 눈치를 살폈다. 카린느를 대동한 이스 일행이 레어에 도착한 지도 벌써 몇 시간이 흐르고 있었다. 리켄과 이클립스는 아무런 말도 해주지 않은 채 누군가를 데리고 사라졌고, 이스 역시 잠시 생각할 것이 있다는 말을 남기고 레어 밖으로 나가 버렸다.

"언니?"

"흥. 이클립스님께서 잡아온 사람 때문일 거야, 에이프릴. 천계의 수장이 잔머리를 굴린 것 같구나."

"그, 그런……."

남아 있는 일행들 중 에이라가 가장 못마땅한 표정을 짓고 있었다. 마왕에 의해 생명을 얻은 그녀는 에이프릴의 기억과 함께 천계에 대한 증오심 역시 다른 마족에 뒤지지 않았다. 마왕의 의지에 의해 에이프릴의 보호를 무엇보다 우선시하도록 만들어졌지만, 천계에 대한 증오와 원한은 자연스럽게 전해지는 것이었기에 아무리 마왕이라도 그것을 제어해서 마족이나 마물을 만들 수 없었다.

"그, 그래도 언제까지 가만히 서 있게 하는 건… 그래도 손님인데 자리를 권하거나 차라도 한잔 드리는 게 어떨지……."

"손님이 아니라 훼방꾼일 거야, 에이프릴."

"휴우……."

에이라가 좀처럼 움직일 생각을 하지 않자 에이프릴은 슬쩍 고개를 돌려 디아루를 바라보았다. 그녀에게 부탁하려는 무언의 시선이었다.

"흥."

에이프릴의 애원 가득한 시선에도 디아루는 불쾌하다는 듯 콧방귀를 뀌며 자리에서 일어나 책장 쪽으로 걸어가 버렸다. 그리고 사이나는 천장으로 날아갔고 미넬은 눈을 감고 침대에 누워 버렸다. 행동으로 대답을 대신한 모두였다.

"하하……."

다른 이들의 행동에 에이프릴은 어색한 미소를 지으며 카린느를 바라보았다. 그녀는 아직까지도 레어 중앙 부근에 우두커니 서 있을 뿐 조금도 움직이지 않았다.

"휴우, 할아버지는 어딜 가신 거지?"

조용히 한숨을 내쉰 에이프릴은 이스가 오기만을 기다렸다. 자신이 직접 다가가 몇 마디 말을 건네고 싶었지만, 천계의 전사라는 카린느가 하프 엘프인 자신을 달가워하지 않을 것이 분명했다. 이스를 제외하고 지금까지 그녀가 겪었던 사람들은 모두 하프 엘프가 말을 걸면 인상부터 찡그렸었고, 거의 대부분은 침을 뱉으며 제 갈 길로 사라져 버렸기 때문에 천족인 카린느는 그보다 더할지도 모른다는 생각이 들어서였다.

"하아……."

에이프릴이 한숨을 내쉰 것처럼 카린느 역시 가느다랗게 한숨을 터뜨리고 있었다. 천계를 대표하는 자격으로 몇 번인가 드래곤 로드의 레어에 방문한 적은 있었지만 보통(?) 드래곤의 레어에는 처음이었다. 게다가 이스를 제외한 모두가 그녀를 달가워하지 않았고 지금도 따가운 시선이 등 뒤로 느껴질 정도였다.

'이스님은 도대체 어디를…….'

크레이스에게서 나오는 정보와 이스 일행의 행동을 예의주시하라는 것이 그녀에게 주어진 임무이다. 하지만 에리엘의 명령을 받았을 때 앞으로의 일에 대한 묘한 기대감으로 가슴이 설레기까지 했었던 카린느였다. 수장이 내린 명령을 반드시 실행시켜야 하는 입장이었고, 이스 일행들 중에는 천계에 대한 원한으로 똘똘 뭉친 이클립스와 언제나 비웃음으로 천족들을 대하는 드래곤들까지 함께였었다. 그런 그들 사이에서의 임무 수행은 결코 쉽지 않을 것이다. 카린느는 그러나 이스 일행과 함께하고 싶었다. 아니, 정확히 말한다면 이스와 함께한다는 것이 어째서인지 그녀의 마음을 들뜨게 했었다.

그런데 리켄의 레어에 도착한 이스는 '당분간 함께할 천계의 전사분이시니 서로 오해하는 일 없이 즐거이 지냈으면 좋겠구나' 라는 말을 남긴 채 어딘가로 사라져 버렸다. 이클립스와 리켄, 그리고 이스가 사라지고 지금까지 카린느는 어떻게 처신해야 할지 막막한 심정뿐이었다.

"휴우……."

누구라도 좋으니 자신에게 다가와 한마디 건네주었으면 하고 바랬지만, 등 뒤에서 들려오는 에이프릴의 작은 목소리와 그것에 반응하는 일행들의 행동을 느끼고 있자니 나오는 것은 한숨밖에 없었다.

에이프릴과 카린느가 자신을 애타게(?) 기다리는 줄도 모르고 이스는 시원스레 쏟아지는 폭포수 옆의 커다란 바위 위에서 가부좌를 틀고 앉아 두 눈을 지그시 감고 있었다.

쿠우우…….

십여 미터 높이에서 무서운 기세로 쏟아지는 폭포수가 하얀 물안개를 만들며 시원스런 소리를 사방으로 뿜어댔다. 이곳은 리켄의 레어 반대 편에 자리한 곳으로 잡생각을 지우기에 그만인 장소였다.

란스하르드 왕국을 떠나 일행들과 함께 레어에 도착한 이스는 이클립스와 리켄과 함께 크레이스를 조사하려 생각했었다. 하지만 리켄과 둘이서 하는 편이 더욱 좋을 것 같다는 이클립스의 말에 카린느와 에이프릴이 기다리고 있을 레어로 돌아가지 않고 이곳으로 방향을 잡은 이스였다. 크레이스에게서 정보가 나올 때까지 이곳에서 잠시 동안 생각을 정리할 요량이었다.

쿠우우.

짹짹.

시원한 폭포수 소리와 상쾌한 바람에 흩날리는 나뭇잎 사이로 내리쬐는 따스한 햇살. 파릇파릇한 수풀들 사이로 뛰노는 크고 작은 동물들. 대자연의 정취가 한껏 느껴지는 곳이었다. 바위처럼 고요히 앉아 있는 이스의 모습이 마치 자연의 일부분인 양 주변과 완벽히 동화되어 있었다. 짹짹거리며 하늘을 날아가던 작은 새가 거리낌없이 이스의 머리 위에 내려앉아 잡은 먹이를 편히 먹을 정도로.

"허어……."

파다닥!

"으응?"

먹이를 모두 먹어갈 무렵 이스에게서 낮은 탄식이 터져 나오자 그의 머리 위에서 맛있게 식사하던 새가 깜짝 놀라 하늘로 날아가 버렸다.

"이런, 허허허. 이 늙은이 때문에 애써 잡은 먹이가 헛수고가 되어버렸구나."

날아가는 새를 바라보던 이스가 머리 위로 손을 가져가자 먹다 남긴 작은 곤충이 만져졌다. 새가 날아와 머리 위에 앉은 것도 모르고 깊은 생각에 잠겨 있었던 이스였다.

"이 늙은이의 욕심이 과한 것인가."

이스에게서 한숨 같은 목소리가 흘러나왔다. 그는 파괴신에 대한 것을 생각하고 있었다. 처음 이클립스에게서 '파괴신'에 대한 이야기를 들었을 당시엔 그리 위협적으로 생각하지 않았었다. 한데 시간이 흐르고 사건이 계속될수록 생각이 변해갔다. 그리고 그를 이렇게 깊은 생각에 빠지도록 만든 가장 결정적인 것은 두 번째 열쇠 때문이었다.

위력의 끝을 알 수 없을 정도로 강력한 영검(靈劍)을 뚫고서 손바닥이 욱신거릴 정도로 느껴지는 지독한 사기(邪氣). 고작 어린아이 주먹만한 작은 돌멩이조차 그런 위력을 발휘한다면 파괴신이라는 것은 어쩌면 자신의 생각을 훨씬 초월한 존재일 수 있을 것 같았다. 그리고 만약 그 생각이 정확한 것이라면 자신 때문에 셀 수 없이 많은 사람들과 생물들이 영문도 모른 채 죽어갈 것이다.

"허어."

란스하르드 왕국에서 두 번째 열쇠를 파괴하려 생각했을 때도 그랬고, 지금 역시 파괴신에 대한 것을 모두 잊어버리자는 것으로 결정지으려는 이스였다. 그런데 다른 한편으로는 진한 망설임이 느껴져 연신 한숨만 흘러나왔다.

영검에 대한 자신감 때문이었다. 지금까지 그가 만나왔던 인물들은 커다란 도시 하나쯤은 가볍게 없애 버릴 수 있는 대단한 능력자들이었다. 리켄과 이클립스가 그랬고 마왕이 그랬으며 테라와 가리트 역시 마찬가지였다. 하지만 그들 중 영검을 상대할 수 있는 이는 단 한 명도 없었다. 설혹 그들 모두를 한꺼번에 상대한다고 하더라도 영검 앞에선 손쉬운 상대일 뿐이었다.

"그것참."

절대로 파괴신을 부활시켜선 안 된다는 마음과 한 번쯤 상대해도 이기지 않을까 하는 마음이 복잡하게 얽힌 실타래처럼 풀리지 않았다.

"허허, 어찌하여 이 늙은이의 욕심이 이리도 많단 말인가."

이스는 이내 고개를 휘휘 저으며 자책하듯 기다란 탄식을 터뜨렸다. 지금까지 '자신보다 강한 자'를 찾기 위해 살아온 인생인 것 같았으나, 파괴신을 부활시킨다면 어쩌면 더욱 커다란 무언가를 잃어버릴 것 같았다.

"이스님, 저는 어떤 결정이 나더라도 이스님의 말씀을 따를 것입니다. 제발, 천계에 가시면 안 됩니다, 이스님."

"때린 데 좀 그만 때려요. 그나마 나쁜 머리, 더 나빠진다니까요!"

"할아버지, 할아버지~"

순간 믿음직스럽고 의젓한 이클립스의 얼굴과 언제나 개구쟁이 같은 리켄, 그리고 귀엽고 앙증맞은 에이프릴의 목소리가 들려오는 듯했다. 그러자 복잡했던 마음이 마치 봄날 눈 녹듯 순식간에 사라지며 따스한 무언가가 가슴을 휘감았다. 파괴신의 부활보다 더욱 소중한 것. 그것이 무엇인지 이제야 생각났다.

"허허허~"

연신 한숨만 토하던 이스에게서 돌연 너털웃음을 터져 나왔다. 바로 조금 전까지만 해도 복잡한 마음 때문에 근심과 고민만 가득하던 표정은 더 이상 그의 얼굴에서 찾아보려야 찾아볼 수 없었다.

"어리석구나, 어리석어. 허허, 이미 나와 있는 답을 가지고 어리석은 생각만 계속하고 있었구나. 허허허~"

그동안 담고 있던 고민과 갈등을 웃음과 함께 모두 털어버린 듯 이스는 얼굴 가득 미소 지으며 천천히 자리를 털고 일어섰다.

"흐음, 아직까지 아무런 소득이 없는 것인가?"

자리에서 일어선 이스가 리켄의 레어를 향해 슬쩍 고개를 돌렸다. 이클립스와 리켄과 헤어진 지 두어 시간. 테라의 동료인 크레이스라면 상당한 능력자일 터였고 그만큼 고집이 셀 것이기에 아직까지 정보다운 정보가 나올 리 만무했다. 이스는 이제 생각을 완전히 정리하고 나자 그들의 얼굴이 보고 싶어졌다.

"허허허, 늙으면 외로움을 탄다더니……."

이스는 언제나 혼자였다. 화산파 내에서 잔심부름과 허드렛일을 할 때에는 누구하나 눈길 한 번 주지 않았었고 발해국 사부에게 무공을 전수받아 놀랄 만한 성취를 보였을 땐 시기 어린 눈총만 집중됐었으며, 그나마 가끔 다가오려는 사람들은 모두 어떻게든 그를 이용하려 했었다. 60여 세 즈음에 이스가 무림천하 십대고수의 반열에 올랐을 시기, 그때부터는 구름처럼 많은 사람들이 그를 만나고자 했었다. 하지만 그를 만나고자 하는 이들 모두 어떻게든 그의 눈에 들어 초고수의 무공을 전수받으려 하거나 혹은 말도 안 되는 어려운 일을 부탁하기 위함이었다.

그 시기부터 이스는 사람들과의 만남을 최대한 피했고, 만나더라도 결코 마음을 열지 못했다. 그나마 이스가 기쁜 마음으로 만났던 이는 오직 소림사의 혜성 대사와 수왕교주 진천마인, 그리고 마교 교주 흑살천마 이렇게 세 명뿐이었다. 하지만 소림의 혜성 대사는 그가 화산을 떠나기 1년 전에 입적했고, 수왕교의 진천마인과 마교 교주 흑살천마는 혜성 대사보다 일찍 세상을 떠났다.

화산파를 떠나 오랫동안 무림을 주유하다 장백산에 도착할 때까지, 그리고 장백산의 화산이 폭발하고 영검(靈劍)의 극한을 깨달아 이 세계에 도착해 리켄과 이클립스를 만날 때까지 이스는 언제나 혼자였다.

"허허, 우리 홍아 녀석이 고약한 짓거리를 하고 있진 않으려나."

잠시 우뚝 솟은 산봉우리를 바라보던 이스는 은은하고 부드러운 미소를 지으며 천천히 레어를 향해 걸음을 옮겼다. 애꿎은 리켄을 탓하며 그들이 있는 곳에 방문하기 위한 변명을 만드는 이스였다. 그러나 그의 걸음은 오래가지 않았다.

"으응?"

느릿느릿한 걸음으로 고작 서너 발자국 옮겼을까, 갑작스레 움직임을 멈춘 이스의 얼굴이 놀라움으로 가득 찼다.

"이… 무, 무슨……?"

자리에 멈춰 선 이스가 한쪽 팔을 들어 왼쪽 가슴 언저리로 가져갔을 때였다. 돌연 이스의 몸이 허물어지듯 휘청이며 바닥으로 쓰러졌다.

"우욱!"

바닥에 한쪽 무릎을 꿇은 채 이스는 연신 격한 신음을 토해냈다. 란스하르드 왕국에서처럼, 아니, 그때와는 비교조차 되지 않을 지독한 고통이 가슴으로부터 느껴졌다. 혈류가 무척이나 빠르게 흘러갔고 심장은 터질 듯이 쿵쾅거렸다.

"윽… 하아, 하아!"

털썩 바닥에 주저앉은 이스의 입에서 거친 숨이 토해졌다. 갑작스레 나타난 고통은 시작됐을 때처럼 순식간에 사라졌다. 급격하게 흐르던 혈류도 순식간에 정상으로 돌아왔고 거칠게 토해지던 숨도 빠른 속도로 안정을 되찾았다.

"허어, 괴이한 일이로다. 도대체 무슨 영문이란 말인가."

아무리 살펴봐도 몸 구석구석 이상한 곳은 단 한 군데도 없었다. 이스는 기다란 수염을 쓰다듬으며 다시금 바닥에 앉아 눈을 감고 깊은 생각에 잠겼다.

"끄으으… 끄어어억!!"

직사각형 형태의 작은 방 안에서 누군가의 끊어질 듯한 비명이 이어지고 있었다. 아무런 장식이나 문양이 없는 바닥과 천장, 그리고 네 군데의 벽면 모두가 옅은 하늘색 빛을 뿜어대는 방이었다. 이곳은 리켄의 레어 지하에 마련된 방이었고 비명의 주인공은 바로 크레이스였다. 그는 한쪽 벽면에 대(大)자로 붙은 듯한 모습으로 끊임없이 고통스런 비명을 터뜨리고 있었다.

"끄으어어억~"

"야야, 적당히 좀 해라, 적당히 좀. 네놈 대단한 건 인정해 줄 테니까 이제 그만 버티고 입 열어, 짜샤."

뒤쪽 벽면에 등을 기댄 리켄이 지독하다는 표정으로 혀를 내둘렀다. 크레이스를 이곳으로 데려와 이클립스가 고문을 시작한 것이 벌써 세 시간이 넘어서고 있었지만, 지금까지 그는 비명만 터뜨릴 뿐 단 한 마디도 열지 않았다.

"히야! 그놈, 정말 독종이네."

리켄의 입에서 절로 감탄사가 튀어나왔다. 오래전 몇 번이지만 이클립스가 인간을 가지고 장난하는 장면을 목격했던 리켄이었다. 그가 알기로 이클립스의 고문을 이겨낸 인간은 지금까지 단 한 명도 없었고, 가장 오래 버틴 인간이라고 해도 십여 분 이상 가지 않았었다. 한데 크레이스는 세 시간이 넘도록 비명만 지를 뿐이었다.

"크으, 크으으."

이클립스가 고문을 멈추자 크레이스의 낮은 신음 소리가 작은 공간을 가득 메웠다.

뿌득.

"이놈이……!"

이클립스의 입에서 이빨이 부딪치는 섬뜩한 소리가 흘러나왔다. 인간이지만 정말로 대단한 의지의 소유자였다. 세 시간이 넘도록 지독한 고문이 계속됐음에도 자신을 노려보는 크레이스의 지독한 눈초리는 조금도 변함이 없었다. 이런 부류의 인간들에게는 아무리 시간을 들여봐도 소득이 나오지 않는다는 건 이클립스가 가장 잘 알고 있었다.

"제법이군."

리켄처럼 이클립스의 입에서도 감탄사가 튀어나왔다. 마지앙 때보다 더욱 지독한 힘이었음에도 크레이스의 매서운 눈매는 여전했다. 이클립스의 얼굴에 살짝 난처한 빛이 스쳐 지나갔다. 여기서 더욱 강력한 힘을 쏟아 붓는다고 해도 입을 열지 않을 것 같았고, 잘못된다면 크레이스의 목숨을 앗아갈 수도 있는 일이었다.

"아, 짜식이 정말 지겹게 구네."

뒤쪽에서 느긋하게 지켜보던 리켄이 신경질적으로 침을 뱉으며 다가왔다. 종족이 다른 인간이야 몇 명이 죽거나 말거나 상관할 바는 아니었다. 하지만 아무리 신경 쓰지 않으려 해도 몇 시간째 계속 이어지는 비명 소리는 리켄의 신경을 곤두세우게 했다.

"야, 야, 적당히 좀 하자. 응?"

짝, 짝, 짝!

크레이스에게 다가간 리켄은 매섭게 노려보는 그의 얼굴을 사정없이 후려쳤다. 고작 세 번밖에 안 되는 손찌검에 크레이스의 한쪽 얼굴이 시커멓게 변해 버렸지만 눈빛만큼은 변하지 않았다. 리켄의 표정도 더욱 무서워져 갔다.

"뭘 믿고 그렇게 까부는지 모르겠지만 말야, 여기선 절대 빠져나가지 못해. 늙어 죽을 때까지 고통만 받게 해줄 수도 있어. 알아?"

겁을 주기 위한 거짓말이 아니었다. 이 정도로 작은 공간이라면 리켄의 항 워프 마법의 지속 시간이 무척이나 오랫동안 지속될 수 있었다.

"그냥 네놈들 아지트가 어디인지만 말해. 그럼 네놈 목숨을 절대로 지켜줄 테니까 말이야. 못 믿겠으면 내가 맹약이라도 하지."

"퉤."

리켄의 말에 대답으로 돌아온 건 피가 섞여 있는 침덩어리였다. 세 시간이 넘도록 지독한 고문을 당해 힘이 빠질 대로 빠진 상태였기에 튀어나온 침은 크레이스의 턱 바로 앞에서 떨어져 버렸지만 리켄의 분노를 사기엔 충분하고도 넘쳤다.

"이 버러지 같은 놈이!!"

퍽, 퍼퍼퍽, 퍼퍼퍽!

화가 난 리켄은 인정사정없이 주먹을 날려댔다. 크레이스의 얼굴이 순식간에 피 범벅이 되어버렸다. 이빨이 몽땅 부러져 바닥을 나뒹굴었고 코뼈와 광대뼈가 허물어져 얼굴 모양이 이상하게 변해 원래의 얼굴을 알아보기 힘들 지경이었다. 더 이상 놔뒀다간 정말 죽일 것 같자 이클립스가 서둘러 리켄을 제지했다.

"그만 해. 죽일 생각이야?"

"익! 젠장……."

이클립스가 뜯어 말려서야 뒤로 물러서는 리켄이었다. 하지만 그는 여전히 분통이 터진다는 듯 씩씩거리며 이빨을 갈아댔다. 란스하르드 왕국에서 레어로 돌아온 이후부터 리켄의 표정이 좋지 못했다.

"빌어먹을!"

팔짱을 끼고 벽에 등을 기댄 채로 리켄은 끊임없이 욕을 터뜨리고 있었다. 가리트를 상대할 때 사용할 수 없었던 마법은 레어에 도착한 순간 할 수 있었다. 욱신거리던 육체 또한 순식간에 치료할 수 있었다. 가리트라는 미지의 인물과의 싸움에 진 것 역시 그가 파괴신과 연결된 것이라면 그럴 수도 있다고 생각했다. 그런데도 조금만 일이 틀어지면 짜증부터 솟구쳤다. 조금 전의 행동 역시 처음엔 가벼운 마음으로 크레이스를 놀려줄까 하고 다가갔던 것이 순간적으로 울컥하는 마음 때문에 이성을 잃을 지경이었다.

"젠장."

오랫동안 욕지거리를 흘리며 씩씩거리던 리켄의 표정이 빠른 속도로 안정을 되찾았다.

'왜 이렇게 짜증이 나는 거지?'

슬쩍 눈을 감은 리켄은 평소와 다르게 행동하는 자신이 이상하게 여겨지는지 슬쩍슬쩍 고개를 흔들었다. 몸 상태가 좋지 않아 작은 일에도 짜증부터 이는 모양이었다.

"이런, 이런, 기절해 버렸군."

폭 숙여진 크레이스의 고개를 잡고 잠시 살펴보던 이클립스가 어색한 미소와 함께 혀를 내둘렀다. 피투성이로 변해 버린 얼굴과 축 늘어진 팔. 그야말로 죽지 않은 게 다행이었다. 이클립스는 슬쩍 마법을 일으켜 크레이스를 치료하려 했다.

"훙."

치료 마법이 통하지 않았다. 크레이스의 몸속에서 이클립스의 마법을 받아들이지 않았다. 이클립스는 할 수 없다는 표정으로 몸을 돌렸다. 마법이 듣지 않는다면 약초라도 만들어야겠다고 생각해서였다. 그냥 내버려 둬도 당분간 죽지는 않을 것 같았으나 이스가 본다면 걱정할 것 같아서였다.

"이, 이스님!"

이클립스가 고개를 돌리고 몇 걸음 걸었을 때였다. 리켄의 옆쪽에서 돌연 이스가 모습을 드러냈다. 이곳은 특별한 방법으로 들어오는 것이었기에 출입문 같은 것은 없었다.

"히익!"

"허어……."

이스가 들어선 순간 그때까지도 짜증 섞인 표정으로 있던 리켄이 깜짝 놀라며 이스를 돌아보았다. 도둑이 제 발 저린다는 말이 꼭 들어맞는 순간이었다. 리켄은 그러나 광속에 가까운 속도로 원래의 태평스런 얼굴로 돌아와 애원 섞인 표정으로 이클립스를 바라보았다. 어떻게든 도와달라는 무언의 시선이었다.

"죄송합니다, 이스님. 제가 미처 말릴 사이도 없이……."

그러나 리켄의 바람과는 달리 이클립스는 안쓰러운 표정으로 모든 사실을 털어놓았다.

꽁.

"아야! 에이, 씨~ 저 녀석이 먼저 시비 걸었다니까요!"

오랜만에 머리를 쥐어 박히는 것이지만 아픈 것은 예나 지금이나 마찬가지였다.

"이 녀석 홍아야, 아무리 잘못한 일이 있다고는 하지만 움직이지도 못하는 사람에게 어찌 그리 잔인한 일을 벌인 게냐."

"에이… 잘못했어요."

"그 녀석, 참……."

조금 더 타일러 줄까 생각하던 이스가 이내 고개를 저으며 크레이스를 향해 다가가 이클립스처럼 그를 치료해 주려 했다.

"안 됩니다, 이스님. 제 치료 마법도 통하지 않았어요."

이클립스는 크레이스의 독특한 기운이 치료 마법을 막고 있다고 설명해 주었다. 이스는 그러나 한차례 미소를 지어 보였을 뿐이었다.

"허어, 지독한 기운이로세."

크레이스에게서 느껴지는 지독한 기운, 그것은 분명 마족인 이클립스의 것과 비슷한 느낌이었지만 조금 더 지독하고 사이한 느낌을 주었다.

'흐음, 일전에 진아에게서 흡마공으로 뽑아냈던 기운과 흡사한 것이로구나. 허어… 어찌 사람에게서 느껴지는 기운이 이다지도 지독하단 말인가.'

이스의 미간 사이의 굴곡이 조금씩 깊이를 더해갔다. 이런 사악하고 지독한 기운을 얻기 위해선 분명 무언가 좋지 않은 방법을 이용했을 것이었다. 그리고 그것은 아마도 테라나 가리트와 연관되어 있을 것 같았다.

'도대체 어떤 사연이 있기에…….'

항구 도시 미렐리아드가 완전히 사라지고 4국 연맹과 란스하르드 왕국 역시 멸망해 버렸다. 그러나 이스는 피투성이가 된 채 힘없이 고개를 숙이고 있는 크레이스를 보고 있자니 안쓰러운 마음부터 일었다.

이제 고작 서른을 조금 넘겼을 젊은 나이. 그런 젊은 나이에 믿을 수 없는 힘을 소유했다는 것은 칭찬할 만하지만 절로 미간이 찡그려질 만한 지독한 힘이라면, 그리고 그것이 무수한 사람들의 생명을 앗아가는 데 쓰이는 것이라면 스스로의 노력에 따른 결과는 아닐 것이다.

"흐음, 이럴 때가 아니지."

연유야 어찌 되었든 지금 중요한 것은 크레이스의 안위를 살피는 일이었다. 이스는 잡생각을 지우고 슬쩍 내력을 일으켜 크레이스의 상태를 살피려 했다. 진기(眞氣)를 주입해 크레이스의 상처를 치료하려는 의도였다.

"허어."

진기를 주입하려던 이스가 살짝 놀란 표정으로 낮은 탄식을 터뜨렸다. 진기가 조금도 들어가지 않았다. 이클립스의 말처럼 크레이스의 지독한 기운이 이스의 진기를 가로막고 있는 것 같았다.

'어찌한다…….'

힘으로 밀어붙인다면 크레이스의 지독한 기운을 밀어내고 진기를 불어넣을 수 있을 것 같았지만, 그렇게 하다간 오히려 역효과를 가져와 생명에 지장을 줄 수도 있었다. 정순하고 맑은 이스의 내력과 크레이스의 지독한 기운이 너무나도 판이하게 달랐기 때문에 자칫 잘못하다간 순간적으로 목숨을 잃을 것이었다.

"허어, 이것 참……."

고개를 흔들며 망설이는 이스를 향해 이클립스가 다가왔다.

"제가 약초를 만들어오겠습니다. 저런 인간에게 제 약초가 효험이 있을지 의문이지만 그래도 가만 놔두는 것보다 나을 것 같습니다."

"그리하는 게 좋을 것 같구나."

다시금 흡마공(吸魔功)을 사용해 볼까도 생각했지만, 지독한 기운이 전신을 휘어 감고 있는 크레이스였기에 이클립스의 의견을 따르는 이스였다.

"그럼."

"에이… 나도 나갈래."

이클립스가 밖으로 나가자 그때까지 꿍한 표정으로 궁시렁거리던 리켄이 이클립스의 뒤를 따랐다. 이곳에 이스와 단둘이 있어봐야 매를 벌 것 같았기 때문이다.

"흐음."

이스는 조용히 크레이스의 얼굴을 살펴보았다. 리켄에 의해 생긴 상처 말고도 다른 것들이 보였다. 아주 오래전에 얻은 상처가 흉터로 된 것들이 크레이스의 얼굴을 무수히 뒤덮고 있었다.

"아니?"

잠시 크레이스의 얼굴을 주시하던 이스가 돌연 깜짝 놀란 표정을 지었다. 엉망으로 부어올랐던 크레이스의 얼굴이 놀라운 속도로 치유되고 있었다. 광대뼈가 부러져 움푹 들어갔던 곳이 제 모습을 되찾기 시작했고, 주먹만하게 부어올랐던 시커먼 눈두덩도 가라앉았다. 몽땅 빠져버렸던 이빨이 솟아올랐고, 찢겨졌던 피부가 순식간에 재생됐다. 이스가 놀라움의 탄성을 터뜨리고 고작 십여 분 정도 흘렀을 때 크레이스의 얼굴에서 상처들이 말끔하게 사라져 버렸다.

"허어, 이런 괴이한 일이!"

"쿨럭, 쿨럭……."

기절해 힘없이 고개를 숙이고 있던 크레이스가 격한 기침을 토하며 몸을 들썩였다. 상처가 치유되자 정신이 든 모양이었다.

"괜찮으신 게요?"

가만히 올려다보며 입을 여는 이스의 표정이 호기심 가득한 어린아이 같았다. 의식을 잃고 있는 상태에서 부러진 뼈가 붙고 새살이 돋는 장면은 처음으로 목격하는 이스였다.

"으… 응?"

갑작스레 노인의 목소리가 들려오자 크레이스가 슬그머니 고개를 들었다. 그리곤 슬쩍슬쩍 눈을 돌려 주변을 확인했다. 이클립스와 리켄의 모습을 찾는 것 같았다.

'이 늙은이는?!'

주변을 둘러보던 크레이스가 이내 이스에게 시선을 고정했다. 항구 도시 미렐리아드에서 일행들의 일을 결정적으로 방해한 인물이란 게 이제야 생각났다. 당시엔 상당한 거리에서 스치듯 봤지만 이렇게 가까운 곳에서 보니 의아함만이 솟아올랐다. 아무런 힘도 느껴지지 않는 그저 인상 좋은 노인일 뿐이었다.

한동안 지그시 지켜보던 이스가 고개를 흔들며 말했다.

"어찌하다 그 고운 얼굴이 그리된 게요?"

콧잔등 위에서부터 시작돼 이마까지 뒤덮은 수많은 흉터들. 리켄에 의해 얻은 상처가 순식간에 사라질 정도의 능력자라면 얼굴을 뒤덮은 상처 자국들은 그런 능력을 얻기 전에 입었다는 말이었다.

"누구에게 당한 것인지 이 늙은이에게 말씀해 줄 수 있습니까?"

근심 어린 이스의 목소리에도 크레이스에게선 아무런 말도 나오지 않았다. 물어봐도 소용이 없을 것 같자 이스는 보일 듯 말 듯 고개를 저으며 한 걸음 뒤로 물러섰다.

"어찌하여 그대들이 파괴신을 부활시키려고 그러는 것인지, 혹은 이 늙은이가 모르는 다른 이유 때문에 그러는 것인지 알 수는 없지만 그리 쉽지만은 않을 것이오."

약초를 만들어온다는 이클립스를 기다리는 듯 슬쩍 뒤를 돌아본 이스가 다시금 크레이스를 향해 말을 이었다.

"이 늙은이 또한 얼마 전에는 파괴신을 부활시키려고 했었지요. 하지만 이제는 생각이 바뀌었다오. 허허허. 아무리 생각해 봐도 사람들이 신(神)이라고 하는 것을 부활시켜 봤자, 그리고 좋지 못한 신을 부활시켜 봤자 득(得)보다는 실(失)이 많을 것 같아서지요. 그렇지 않소이까. 허허허."

마치 혼잣말하듯 중얼거리는 이스의 목소리였다. 이미 파괴신을 부활시키려는 생각을 완전히 포기했다고 생각했지만 그의 얼굴에선 슬쩍 아쉬운 빛이 스쳐 지나갔다.

"당신… 인간인가?"

"응?"

끔찍하고 지독한 고통 속에서도 입 한 번 열지 않던 크레이스가 미간을 좁히며 입을 열었다. 비록 손과 발이 속박돼 움직이지 못하는 상황이었지만 상대방의 힘이나 능력에 대해 알아보는 것은 어렵지 않았다. 그런데 이스에게서는 아무것도 느껴지지 않았다. 생명체라면 있어야 할 아주 미세한 기의 흐름조차도 없었다.

항구 도시 미렐리아드에서 라이제스는 이스를 일컬어 드래곤 로드라고 말했었다. 또 먼 거리에서 슬쩍 이스를 지켜봤던 크레이스 역시라이제스와 비슷한 생각을 했었다. 하지만 이스는 결코 드래곤 로드가아니었다. 절대로 드래곤 같은 마법 생명체가 아닌 보통(?) 인간이었다. 아무리 인간의 형상으로 모습을 바꾸고 있다고 해도 크레이스 같은 실력자들에겐 본모습을 숨길 수 없었다. 또 에인션트 급을 넘어선드래곤일지라도 눈빛 속에 숨겨져 있는 지독한 광기와 은은하게 풍겨오는 엄청난 위력을 숨기지 못했다.

그러나 이스에게선 그 어떤 것도 느껴지지 않았다. 부드러운 미소와인자한 얼굴은 보는 이의 마음을 절로 푸근하게 만드는 것 같았고 잔잔한 호수 같은 맑은 눈망울은 보는 것만으로도 마음을 안정시키는 것같았다.

이클립스나 다른 마족에게서 느껴지는 느낌도, 드래곤에게서 감지할 수 있었던 지독한 광기도, 절정의 기량을 갖추고 있다는 인간 고수들에게서 알 수 있었던 힘도 이스에게선 느껴지지 않았다.

"허어… 지금 이 늙은이에게 사람이냐고 물었소? 그건 이 늙은이가그대에게 묻고 싶은 말이오."

크레이스의 물음에 한동안 지그시 바라보던 이스가 한 걸음 다가가며 말했다. 은은하게 머금고 있던 미소가 사라지고 눈매와 목소리에크레이스를 추궁하는 느낌이 완연히 담겨 있었다. 순간 크레이스의 눈동자가 흔들렸다.

"어······."

숨이 막힐 것 같은 힘이나 위압감 같은 것은 느껴지지 않았다. 그저 미간을 살짝 찡그리고 표정이 조금 굳은 것뿐이었다. 그런데 그 순간, 자신보다 머리 하나 이상 작은 키의 이스가 마치 태산처럼 커진 것 같았고, 보이지 않는 이스의 목소리가 자신의 온몸을 옥좨는 듯한 이상한 느낌이 들었다. 이스의 말이 이어졌다.

"그대들이 무엇 때문에 파괴신을 부활시키려는지 이 늙은이로서는 알 길이 없으나, 지금까지 이루 헤아릴 수 없을 만큼의 사람들이 그대들 때문에 아무런 영문도 모른 채 죽어갔소. 한낱 작은 미물에게조차 그 생(生)의 의미가 바다처럼 깊다고 하거늘 어찌 사람 모습을 하고 그런 야차와 같은 짓을 한 것인지······. 허어."

굳은 표정으로 추궁하듯 말하던 이스가 결국 기다란 탄식과 함께 고개를 저었다. 혜성 대사가 말하길 어떤 악인이라도 언젠가는 자신의 과오를 깨닫고 참회할 날이 있을 것이라 했지만, 과연 이런 사람들이 잘못을 알 것인지 의문이었다. 이스가 직접 눈으로 목격한 장면만도 벌써 세 번이었다.

항구 도시 미렐리아드와 란스하르드 왕국은 모든 사람들이 죽어버렸고, 4국 연맹은 극히 소수의 사람들만 간신히 목숨을 건졌다. 이들이 아니었다면 그 많은 사람들은 여전히 자신에게 주어진 삶과 시간을 보내고 있었을 것이다.

"이스님."

"벌써 왔구나."

이스의 등 뒤에서 이클립스가 뭔가를 들고 모습을 드러냈다. 상처를 치료하기 위해 만든 약이었다. 이클립스가 만든 약은 유명한 의사나

신관이 보더라도 깜짝 놀랄 만큼 대단한 치료 능력을 보유하고 있었다. 리켄이 그의 어머니이자 드래곤 로드인 레오니아에게 사랑의 매(?)를 자주 맞았고, 그때마다 이클립스가 치료를 위해 약초를 제조했기에 시간이 지나면서 그 성능이 더욱 좋아진 것이다. 그러나 그의 약초는 더 이상 쓸모가 없었다.

"아니?! 어떻게 된 겁니까, 이스님?"

불과 한 시간도 되기 전에 말쑥하게 변한 크레이스의 모습에 이클립스가 의아한 표정으로 이스를 돌아보았다. 이스는 궁금해하는 이클립스에게 그동안 있었던 일을 자세히 말해 주었다.

"흐음……."

크레이스를 노려보는 이클립스의 눈매가 가늘게 변하며 날카로운 빛을 머금었다. 그가 알고 있기로 약이나 치료 마법이 아닌 스스로가 상처난 몸을 재생시키는 종족은 마족과 천족들뿐이었다. 물론 트롤 같은 몬스터들 중에 제법 빠른 재생 능력이 있는 종족도 있었으나 크레이스처럼 빠르지는 않았다.

"흥! 파괴신, 그놈의 능력인가? 재미있군."

그것밖에는 달리 설명이 되지 않았다. 이클립스는 더욱 잔인하고 비릿한 미소를 머금으며 크레이스를 노려보았다. 몸이 재생된다면 지금까지보다 더욱 잔인한 고문을 해도 괜찮을 것 같았다. 얼마 전까지 그는 상처가 드러나지 않도록 고문을 시행했었다. 웬만한 상처쯤이야 생명에는 상관이 없었지만, 이스가 볼지 모르기에 의도적으로 그렇게 했던 것이다. 하지만 이제 상처 걱정은 하지 않아도 되었고 그만큼 강도 높은 고문을 해도 된다는 말이었다.

"이스님, 이곳은 제게 맡기고 잠시 쉬시지요."

생각이 정리되자 이클립스는 이스를 레어로 보내려 했다. 앞으로는 더욱 지독하고 혹독한 고문을 시행할 생각이었고, 정보를 캐내기 위해선 어쩔 수 없는 선택이었다. 하지만 이스가 함께 있다면 제대로 된 고문은 할 수 없을 것이 분명했다. 그의 고문을 이기지 못하고 크레이스가 끔찍한 비명을 터뜨릴 건 자명한 일이었고, 마음 약한 이스가 가만있지 않을 것 같아서였다. 그러나 이스는 고개를 저었다.

"아니. 우리 모두 잠시 물러가 있자꾸나, 진아야."

"네?"

이스에게서 생각 외의 말이 나오자 이클립스는 어째서인지 이유를 물어보려 했다. 하지만 이스는 그를 지나쳐 크레이스에게 다가갔다.

"젊은이에게 어떤 깊은 사연이 있는지 이 늙은이가 어찌 헤아릴 수 있겠소. 하나 젊은이보다 이 늙은이가 세상을 더 많이 살아온 듯싶으니 지나가는 늙은이의 허튼소리로 생각하시고 들어주시오."

잠시 말을 멈춘 이스가 크레이스를 지그시 바라보았고 둘의 눈이 허공에서 마주쳤다. 그러나 크레이스가 이내 침을 뱉으며 이스의 시선을 피해 버렸다.

"이놈이 감히!!"

크레이스의 건방진 태도가 마음에 들지 않는지 이클립스가 죽일 듯한 표정으로 달려오려 했으나 이스의 제지로 이내 제자리로 돌아갔다. 후우 하고 낮은 한숨을 내쉰 이스가 천천히 말을 이었다.

"한때… 이 늙은이 또한 깊은 원한에 사로잡혀 물불을 가리지 않았던 적이 있었다오. 허어, 그때가……."

조용히 말을 잇던 이스가 아주 오랜 옛날에 있었던 자신의 이야기를 들려주었다.

　　　　　*　　　　　*　　　　　*

　화산(華山) 인근 동굴에서 발해국 출신의 사부에게 무공을 전수받은
지 8년이 되던 해였다. 천명이 다한 것 같다는 사부의 말에 이스는 칠
주야가 넘도록 잠을 이루지 못했다. 태어나서 처음으로 진한 정(精)을
느끼게 해준 분이었기에 더욱 안타까웠던 것이다. 그렇게 7일이 지나
고 그가 사부를 찾았을 때 사부는 이미 이 세상 사람이 아니었다. 천명
이 다해 생을 마친 것이 아닌 날카로운 검에 온몸을 난자당한 끔찍한
모습으로 죽음을 맞이한 사부의 신형이었다.

　오래전에 입은 상처가 몇 달 사이에 악화된 사부는 제대로 걷지도
못했을 뿐만 아니라 팔도 하나뿐이었기에 잠시 밖으로 나갈 때에도 이
스가 옆에서 시중을 들어주어야 간신히 거동할 수 있었다. 그런 사부
가 잔인하게 도륙당했기에 이스의 분노는 하늘을 찌를 듯했다.

　원한에 사로잡힌 이스는 사부가 항상 몸에 품고 있던 철검을 쥐고
세상 밖으로 뛰쳐나왔고, 이때가 처음으로 그가 무림에 출사한 날이었
다.

　약관(弱冠)의 나이.

　아무리 사람들에게 칭송받는 뛰어난 기재(奇才)나 천재(天才)라 하더
라도 고수가 되기 위해선 한창 무공을 수련할 나이였고 해야 할 시기
였다. 하지만 당시 이스의 무공은 천하 백대고수의 반열에 당당히 오
르고도 남을 정도로 대단한 성취를 보이고 있었다. 발해국 출신 사부
의 가르침과 무공이 어느 정도인지 알 수 있는 대목이었다.

　무림에 출사한 이스는 사부의 원수를 찾아다녔다. 그렇게 3년이라

는 시간이 흘렀을 때, 어느새 사람들은 그를 가리켜 '철검(鐵劍)'이라 부르기 시작했고, 당금 무림 최고의 후기지수라고 치켜세웠으며 화산 파를 존경과 부러움 어린 시선으로 대했다. 이스가 철검이라는 외호로 명성을 날리자 그에 대해 은밀히 알아본 화산파의 장문인이 이스를 화산의 제자라며 만천하에 자랑을 하고 다녔기 때문이다.

그렇게 사부가 기거하던 동굴을 뛰쳐나온 지 만 5년이 채 되지 않았을 때 드디어 이스는 사부의 원수를 찾을 수 있었다. 놀랍게도 사부의 원수는 몇십 년 동안이나 무림에 활동이 뜸했던 마교의 4대 호법(護法) 중 한 명이었으며 당금 무림 십대고수의 반열에 올라 있던 흑황마검(黑皇魔劍) 진천(秦闡)이라는 자였다. 당시 이스의 무공이 제아무리 대단하다고 하더라도 결코 상대할 수 없는 대단한 무공의 소유자라는 건 어린아이조차 알 수 있는 사실이었다. 그러나 원한에 사로잡힌 이스는 그에게 당당히 결투를 청했다.

마(魔)의 무리라 해서 잔인무도하고 성정이 사악하며 예(禮)와 거리가 멀다는 마교 출신답지 않게 진천은 정중하게 이스의 결투를 받아들였고, 수하를 시켜 전 무림에 결투 사실을 알리게 했다.

무림 십대고수와 백대고수의 싸움.

애당초 싸움이 될 리 없는 싸움이었다. 사람들은 저마다 마교를 힐난하며 비무 장소에 구름처럼 모여들었다. 화산파를 선두로 소림과 무당 등 내로라하는 구파일방의 정예 고수들이 모여들었고, 제갈세가를 비롯한 사대세가의 고수들과 정파를 자처하는 무수한 사람들이 그야말로 구름처럼 운집했다. 그야말로 전 무림이 철검무적과 흑황마검 진천의 결투를 보기 위해 모여들었다고 해도 과언이 아니었다.

사람들은 그러나 이스가 이기든 진천이 이기든 결국은 정파와 마교

간의 커다란 싸움으로 번질 것이라고 생각했고 그것은 어쩌면 당연한 수순일지도 몰랐다. 하지만 사람들의 예상을 비웃듯 진천은 홀홀 단신으로 결투 장소에 나타났고, 묵묵히 결투에 응했다. 또한 마교에서는 이번 결투가 어떤 식으로 끝나더라도 결코 상관하지 않겠다고 공표까지 했다.

3일 밤낮 동안 이어진 이스와 진천과의 싸움. 아니, 그것은 싸움이라고 할 수 없는 이상한 대결이었다. 마치 스승이 제자를 가르치는 듯 진천은 시종일관 이스의 검에 대한 의견을 늘어놓았고 잘못을 고치게 했으며 충고를 아끼지 않았다. 하지만 이스는 진천의 충고를 사부의 무공에 대한 모욕으로 여겨 더 더욱 매섭게 공격을 쏟아 부었다.

그렇게 3일 밤과 3일 낮이 지났을 때 이스는 기력을 잃어 제대로 움직이지조차 못했으나 진천은 처음 결투에 응했을 때와 똑같은 모습을 유지하고 있었다. 누가 보더라도 승부는 이미 끝난 것이나 마찬가지였다. 그러나 이스는 포기하지 않은 채 무작정 검을 휘둘렀다. 하지만 그의 검은 마치 어린아이가 장난하는 것처럼 힘이라곤 조금도 느껴지지 않았다. 그런데 진천의 가슴을 이스의 검이 파고들었다. 아니, 누가 보더라도 그것은 진천이 이스의 검을 향해 뛰어든 모습이었다.

＊　　　　＊　　　　＊

"훗날… 이 늙은이의 사부님과 그 진천이란 분과는 서로 복잡한 사정이 있다는 이야기를 들었지요. 허어… 지금 와 생각해 봐도 진천이란 분께서 이 늙은이의 검에 뛰어든 것은 이해가 가지 않지만서도."

"그 따위 개소리를 무엇 때문에 지껄이는 것인가?"

이스의 말이 끝나자 크레이스는 마치 죽여 버리겠다는 표정으로 으르렁거렸다. 이스의 등 뒤에 서 있던 이클립스가 엄청난 살기를 뿜어 댈 정도로 크레이스는 상당히 불쾌한 표정으로 미간을 잔뜩 일그러뜨리고 있었다.

"허어……."

찢어 죽이겠다며 크레이스에게 달려드는 이클립스를 간신히 뜯어말린 이스가 긴 한숨과 함께 말을 이었다.

"사람이란 자고로 원한에 사로잡히거나 무언가에 잔뜩 빠져들게 되면 사리를 정확히 판단하지 못하는 경우가 많다오. 그리고 시간이 흘러 그때가 생각날 때에는 후회만이 찾아들게 되지요. 게다가 그것이 돌이킬 수 없는 실수일 때에야……."

"닥쳐라, 늙은이! 네까짓 늙은이가 뭘 안다고 함부로 지껄이는 것인가?!"

몸부림치며 괴성을 터뜨리는 크레이스의 얼굴이 순식간에 붉게 물들어 버렸다. 찢어질 것처럼 커다랗게 변해 버린 눈에는 붉은 실핏줄이 가득했고, 앙다물려진 이빨은 부서질 듯 섬뜩한 소리를 뿜어냈다.

"허허… 이 늙은이가 허튼소리를 했구려. 하지만 말이오, 그때 당시엔 옳다고 생각되던 것이 시간이 지나면 후회로 변할 때가 종종 있다오. 조금만 더 알아보았더라면, 조금만 깊이 생각했더라면 하고 후회해도 흘러가는 세월을 돌릴 수 없다오."

"닥쳐라!!"

이성을 잃고 크레이스에게 달려들려는 이클립스의 팔을 붙잡아 밖으로 향하며 이스가 조용히 말을 이었다.

"때론 가는 길을 멈추고 잠시 생각해 보는 것도 좋을 것 같소이다

그려."

"이 늙은이가!!"

크레이스가 이빨을 뿌드득 갈며 이스에게 외쳤으나 이클립스와 이스는 이미 사라지고 없었다.

"죽여 버리겠다, 늙은이! 어디서 개수작을 부리는 것인가! 어딜 가느냐, 늙은이! 그 헛바닥을 뽑아버리겠다!"

이스와 이클립스가 사라지고도 크레이스는 오랫동안 발악하듯 괴성을 터뜨리며 몸부림쳤다.

제35장 계시(啓示)

"어서 오십시오."

이스와 이클립스를 맞는 킬리오드의 얼굴에 잔잔한 미소가 아른거렸다. 이스가 마계를 떠난 것이 인간 세상의 시간으로는 얼마 되지 않았으나 마계의 시간이 더욱 빨랐기에 반가움이 한층 더한 모양이었다. 마주 웃어주며 이클립스가 말했다.

"오랜만이군, 킬리오드. 그런데 마왕님께선 어디에 계시는가? 어찌하여 모습이 뵈지 않는 것이지?"

커다란 내성 어디에서도 마왕의 모습이나 기척은 느껴지지 않았다. 자신이 마계에 도착했다는 소식만 들리면 만사 제쳐 두고 찾아왔던 마왕이었기에 어색한 모양이었다. 킬리오드가 씨익 웃으며 대답했다.

"지금 마왕님께선 수련 중이십니다. 이스님과 이클립스님께서 마계를 떠나신 후 곧바로 수련을 시작하셨지요. 마왕님께선 당신께서 돌아올 때까지 특별한 일이 아니고선 연락을 취하지 말라는 명을 내리셔서 지금까지 저도 마왕님을 뵙지 못했습니다. 이제 천계와의 공간이 열릴 때가 얼마 남지 않았기 때문에 다른 마족들도 대부분이 수련에 들어갔고 말입니다. 지금 마왕성에는 저희 친위대들뿐입니다, 이클립스님."

"흐음… 그렇군."

슬쩍 미간을 찡그린 이클립스가 알겠다는 듯 고개를 끄덕였다. 천계와의 전쟁이 벌어지기까지 인간 세상의 시간으로 이제 2년이 채 남지 않았다. 마계의 시간으로 20년이 채 남지 않았으니 무척 짧은 시간이라고 할 수 있었다. 게다가 지난 세 번에 걸친 천계와의 전쟁에서 천계 전사들에 의해 철저하게 유린당했으니 마왕과 다른 마족들의 행동은 오히려 늦은 감이 없지 않았다.

"이 이클립스가 있는 한!"

천계와의 싸움을 생각하자 이클립스의 두 눈이 피처럼 붉어졌다. 그 누구보다 천계에 대한 증오와 원한이 깊은 그였기에 잠시만 천계와 천계 전사들을 떠올리는 것만으로도 분노에 휩싸이는 이클립스였다. 자신감 넘치는 미소를 머금으며 이클립스가 말을 이었다.

"아버님께 받은 명예로운 이름이 버티고 있는 한 우리 마계는 결코 천계 따위에게 지는 일이 없을 것이다."

"지당하신 말씀입니다, 이클립스님. 이클립스님만으로도 저 천계의 창녀들 따위는 순식간에 죽어 버릴 것입니다."

"크크크, 물론이지."

어느새 킬리오드와 이클립스는 마치 활활 타오르는 불꽃처럼 천계에 대한 분노를 곱씹고 있었다. 그런 이클립스의 모습에 안타까운 표정으로 잠시 고개를 흔들던 이스가 조용히 입을 열었다.

"진아야, 네가 먼저 마왕님께 가 있지 않으련?"

"네?"

무서운 얼굴로 천계에 대한 분노를 머금던 이클립스가 의아한 표정으로 이스를 돌아보았다. 그와 이스가 이곳에 온 이유는 마왕을 만나고 싶다는 이스의 청 때문이었다. 이스가 고개를 끄덕이며 말을 이었다.

"할아비는 여기 계시는 킬리오드님께 잠시 드릴 말씀이 있구나. 허허허, 여기 계신 분이 천계의 전사이신 카린느라는 분을 조금 알고 있는 듯해서 말이다. 이 할아비가 천계 전사들에 대해 잠시 물어볼 것이 있구나."

"알겠습니다, 이스님. 그럼."

뭔가 이상하기는 했으나 이클립스는 더 이상 묻지 않고 킬리오드에게 물어 마왕이 있는 곳으로 사라졌다. 이클립스가 사라지자 허리를 숙이며 킬리오드가 말했다.

"말씀하십시오, 이스님. 카린느에 대해 그다지 많은 것을 알고 있지 않지만 제가 알고 있는 것은 모두 말씀드리겠습니다."

"이런이런. 허허허, 아닙니다, 아니에요. 이 늙은이가 잠시 거짓말을 한 것입니다."

"네? 그, 그럼……?"

어색하게 굳은 얼굴로 재차 물어오는 킬리오드의 말에 이스가 인자한 미소를 머금고 조용히 말을 이었다. 그리고 잠시 후 킬리오드가 만든 차원 이동 홀을 통해 둘의 모습이 완전히 사라졌다.

"아이구, 이게 누구십니까?!"

갑작스레 나타난 이스와 킬리오드의 모습에 루드리오가 산만한 뱃살을 출렁이며 헐레벌떡 뛰어왔다. 160㎝의 작은 키에 축 처진 눈매와 반짝이는 대머리. 마족과는 전혀 어울리지 않는 외모였으나 마계 서열 12위라는 엄청난 실력자였으며 재생되지 않는 마족들의 상처를 돌보는 닥터 루드리오였다.

"어서 오십시오, 이스님."

"허허허."

차원 이동 홀을 빠져나와 잠시 주변을 둘러보던 이스가 루드리오를 향해 부드러운 미소를 지어 보였다.

"오랜만입니다."

시야를 온통 뒤덮고 있는 시커먼 대지와 짙은 검회색 하늘. 황량하기 그지없는 척박한 대지. 루드리오는 이곳을 수련 장소로 삼은 모양이었다. 그의 역할이 비록 다른 마족들을 치료하는 것이었지만, 천계와의 전쟁은 마족은 물론 모든 마물까지 함께하는 것이기에 수련을 게을리 할 수 없었다.

"이스님께서 자네를 만나고 싶다고 하셔서 모셔온 것이네."

"네? 저를 말씀이십니까?"

마족 서열 3위인 킬리오드와 마왕이 마계 최고의 손님으로 모신다는 이스. 이 둘의 갑작스런 방문에도 놀랐지만, 이스가 자신처럼 힘없는(?) 마족을 만나러 왔다는 킬리오드의 말에 더욱 놀란 표정이 되어버린 루드리오였다.

"허허허. 맞습니다."

몇 차례 웃는 낯으로 루드리오를 향해 고개를 끄덕이던 이스가 킬리오드에게 말했다.

"잠시 이분과 말씀을 나누었으면 합니다만……."

"네. 그럼……."

살짝 궁금함을 내비치기는 했으나 킬리오드는 묵묵히 고개를 끄덕인 후 차원 이동 홀을 통해 사라졌다. 여전히 어리둥절한 표정을 지으며 루드리오가 이스를 향해 입을 열었다.

"무, 무슨 일로 이 미천한 소인을 찾으신 건지……?"

"우리 진아에게 들으니 닥터 루드리오님께서 마족은 물론이거니와 사람들의 병에 대해서도 아주 잘 알고 계시다 들었습니다만……."

"아, 아이고, 이스님. 절 죽이시려는 것입니까? '님' 이라니요. 그냥 '루드리오' 라고 불러주십시오. '뚱뚱이' 라고 부르셔도 됩니다."

"허허허."

다른 이의 귀에 이스의 말이 들어갈까 두려운 표정으로 주변을 둘러보며 땀을 닦아 내리는 루드리오였다. 그런 그의 모습에 이스는 허허 웃으며 자신이 겪었던 이상한 증상에 대해 말해 주었다. 갑작스레 가슴 부근에서 통증이 시작되다 감쪽같이 사라지는 일과 한 번은 의식까지 잃었던 일, 그리고 통증이 사라지고 확인해 본 결과 어떤 이상 징후를 발견할 수 없었던 일들을 자세히 설명해 주었다. 루드리오의 얼굴이 점차 굳어져 갔다.

"으음… 증상을 듣는 것보다 이스님의 몸 상태를 제가 한번 확인해 봤으면 좋겠군요. 나름대로 사람들의 병에 대해 99% 이상 알고 있다고 자부하지만… 이스님 말씀만으로는 확실하게 알 수 없을 듯합니다. 저도 처음 듣는 것이어서 말입니다."

"허허허, 그렇게 하시지요."

웃는 낯으로 고개를 끄덕이는 이스의 모습에 루드리오는 천천히 두 팔을 그에게 뻗었다. 그러자 루드리오의 팔로 넘실거리는 검은 기운이 생겨나더니 뭉실거리며 이스에게 다가갔다. 하지만 이스의 몸 근처에 닿는 순간 루드리오의 검은 기운들이 마치 연기가 공중으로 사라지는 것처럼 순식간에 없어져 버렸다.

"이, 이런… 이스님, 힘을 잠시 거두어주십시오. 이스님의 힘 때문에 진찰을 할 수 없을 듯합니다."

"허어, 이런 낭패가……."

루드리오의 말에 이스는 깊은 탄식부터 터뜨렸다. 이스의 몸 주위에는 눈에 보이지 않는 무형의 막이 펼쳐져 있었다. 극한의 영검(靈劍)으로 보호되는 호신강기였다. 그런데 이것이 문제였다. 루드리오가 펼치는 기운을 받아야 몸을 진찰할 수 있었는데 무의식적으로 이스의 몸이 그것을 거부하고 있었고, 그것은 스스로 괜찮다고 다짐해도 없어지지 않았다.

"허어, 그것참."

아쉬움이 가득 담긴 표정으로 고개를 흔들던 이스가 자신은 분명 받아들여야겠다고 생각하는데도 몸이 거부한다고 말해 주었다. 이스의 이야기에 잠시 생각에 잠겼던 루드리오가 입을 열었다.

"흐음… 그렇다면 이스님, 결례가 되지 않는다면 이스님의 피를 한 방울만 제게 주실 수 있겠습니까? 조금 시간이 걸리긴 하겠지만 오히려 그 방법이 더욱 자세한 것을 알 수 있습니다."

"허어, 그런 방도가 있었습니까? 허허허. 우리 진아가 말하길 마계의 닥터 루드리오가 모르는 병은 없다고 하더니 과연 명불허전(名不虛傳)이로군요."

"하하… 아, 아직 정확히 알아낸 것이 아닌……."

이스의 얼굴에서 근심스런 표정이 싹 사라졌다. 그는 곧장 루드리오에게 손을 내밀었다. 그러자 이스의 손에서 한 방울의 피가 솟아나 허공을 둥실 날아 루드리오에게 다가갔다.

"한 방울이면 되겠습니까?"

"물론입니다, 이스님. 이 루드리오에게는 그것보다 더욱 적은 양으로도 충분합니다. 그리고 이 루드리오를 믿고 귀한 피를 주시니 몸둘바를 모르겠습니다. 이 루드리오, 목숨을 걸고 반드시 알아내겠습니다."

"수련 중이신데 이 늙은이가 괜한 욕심을 부려 닥터의 천금같은 시간을 뺏었습니다그려. 고맙습니다, 루드리오님."

"흐엑! 그냥 이름을 불러주십시오. 이스님께서 저 같은 하급(?) 마족을 그리 부르시면 이놈은 쥐도 새도 모르게 죽을 것입니다."

"허허허."

놀란 토끼처럼 화들짝 놀라는 루드리오의 말에 이스가 얼굴 가득 환한 미소를 지어 보였다.

"그런데 말입니다, 이 일은 닥터와 이 늙은이 이렇게 둘만 알고 있었으면 합니다."

"네? 아, 넷. 알겠습니다, 이스님. 이 뚱뚱이가 마왕님께 소멸되는 한이 있더라도 위대한 천만 마족의 지배자이시자 마계의 자랑스런 주인 마왕님께서 주신 루드리오라는 이름을 걸고 반드시 지키겠습니다."

"고맙습니다."

푸근한 미소와 함께 말하는 이스의 표정에서 루드리오는 그가 이클립스와 다른 일행들에게 걱정 끼칠 것을 염려한다는 걸 알 수 있었다.

"그럼 지금부터 조사를 시작하겠습니다. 최대한 빠른 시간 안에 알아내겠습니다. 함께 가시지요, 이스님."

"허허허, 급한 일이 아니니 천천히 하셔도 됩니다."

허공에 둥실 떠 있는 이스의 핏방울을 갈무리한 루드리오는 마왕성에 위치한 연구실로 차원 이동 홀을 만들어 이스와 함께 이동했다.

쿠우우.

검회색 대지와 잿빛 하늘. 천계와의 전쟁이 벌어지지 않는 한 언제나 특별한 일이 벌어지지 않는 곳, 마계의 대지. 그러나 지금은 아니었다. 끝없이 펼쳐져 있는 검회색 대지가 은밀히 넘실거리는 파도처럼 꿈틀거리고 있었다. 짙은 잿빛 하늘은 천천히 소용돌이치듯 맴돌았고 귀청이 멍해질 듯 윙윙거리고 있었으며 바닥에서 퉁겨 올라간 먼지들이 공기 중에 떠올라 내려올 생각을 하지 않았다.

슈우우.

대지의 정중앙에 커다란 덩치의 사내가 칠흑처럼 검은 거대한 검(劍)을 가지고 우뚝 선 채 두 눈을 감고 있었다. 30대 중반쯤으로 보이는 외모에 강철 같은 턱수염, 드러난 팔과 목, 그리고 얼굴에 무수히 가득한 상처들……. 천만 마족의 주인이자 마계의 지배자인 마왕이었다. 그리고 그가 있는 이곳은 대대로 마왕의 전용 수련 장소로 사용된 '검은 태양의 그늘'이라는 곳이었다. 주변 수십 킬로미터 안으로는 마계 서열 3위인 킬리오드까지만 출입이 허용됐고 그것 역시 마왕의 허락이 있어야 가능했다.

"으응?"

마치 석상과 같은 모습으로 오랫동안 움직이지 않던 마왕이 미간을 잔뜩 좁히며 눈을 떴다. 그의 앞쪽에 생기는 길쭉한 차원 이동 홀 때문이었다. 하지만 마왕의 미간은 이내 빠른 속도로 펴졌다. 마왕의 허락이 떨어지지 않았는데도 차원 이동 홀이 생겼다면 그것이 누구의 것인지 보지 않아도 알 수 있었던 것이다.

"작은아버지!!"

차원 이동 홀에서 모습을 드러내기도 전에 마왕은 얼굴 가득 미소를 머금고 다가갔다. 이클립스였다.

"이런. 한창 수련 중이신데 제가 방해한 것은 아닌지 모르겠습니다, 마왕님."

진하게 자신을 껴안는 마왕을 마주 안는 이클립스의 얼굴에도 미소가 가득했다. 며칠만 얼굴을 보지 않아도 마왕은 항상 어린아이처럼 자신의 품으로 달려왔다. 하지만 덩치 차이가 상당했기에 마치 마왕이 이클립스를 완전히 안아버린 형국이었다. 이클립스의 말에 마왕이 환하게 웃으며 대답했다.

"그렇지 않아도 잠시 쉴 생각이었어요."

"얼굴이 좋지 않습니다. 무슨 일이 있는 것입니까, 마왕님?"

품에서 간신히 벗어난 이클립스가 의아한 표정으로 마왕을 바라보았다. 밝은 표정으로 달려들 때와 달리 마왕의 표정에 근심이 엿보였기 때문이다. 긴 한숨을 내쉰 마왕이 설레설레 고개를 저으며 대답했다.

"휴우, 사실 요 근래에 계속 조바심이 생기는군요. 나름대로 꽤나 열심히 수련하고 있다고 생각하는데도 아무리 해도 좀처럼 진척이 없는 것 같습니다. 이스님께 배웠던 파천마검(破天魔劍)도 그렇고……."

"이런이런. 마왕님, 마왕님께선 천하무적이십니다. 천계의 창녀 에리엘 같은 계집 따윈 백만 명이 온다고 해도 결코 마왕님의 상대가 되지 않을 것입니다. 자신감을 잃지 마십시오, 마왕님.”

“하하. 농담이 느셨군요.”

“결코 농담이 아닙니다.”

이클립스의 말에도 마왕의 표정은 별반 좋아지지 않았다. 전대의 마왕은 물론이거니와 마계 역사상 최강의 힘을 자랑하는 마왕이었고, 그 스스로도 그렇게 느끼고 있었다. 하지만 지난 세 번의 전쟁에서 내리 지기만 했기에 한편으로 조바심이 생기는 것은 어쩔 수 없는 모양이었다.

“후후후.”

마왕의 걱정스런 표정에 이클립스는 작은 미소만 지을 뿐 뭐라고 해 줄 말이 떠오르지 않았다. 천계와의 전쟁이 다가오면서 이클립스 역시 그런 마음이 들었기 때문이다. 바로 얼마 전 란스하르드 왕국에서 봤던 많은 천계 전사들과 천계의 수장인 에리엘은 결코 자신의 적수가 되지는 않을 것 같았다. 하지만 천계는 만만한 곳이 아니었다.

에리엘이 처음 수장으로 출전했던 전쟁 당시, 마계는 압도적인 힘을 소유한 엄청난 전사들이 즐비했었고, 객관적인 평가를 보더라도 마계의 압승으로 끝날 전쟁이라고 판단했었다. 하지만 결과는 마계의 참패로 끝이 났다. 힘에 대한 지나친 자신감이 자만으로 바뀐 결과일 것이다.

“참, 이스님께서도 함께 오셨습니다. 마왕님을 뵙고 싶다고 하시더군요.”

침울한 분위기를 바꿔볼 요량으로 이클립스가 이스에 대해 말했다. 이제야 생각난 것이긴 하지만 어쩌면 마왕의 꽉 막힌 무언가를 이스가 해결할 수 있을지 모른다는 생각이 들어서였다.

"오! 저를요? 어디 계십니까? 함께 오시지 않은 건가요?"

이클립스의 생각대로 역시나 마왕의 표정이 순식간에 밝아졌다. 씨익 웃으며 이클립스가 말을 이었다.

"이스님께선 잠시 볼일이 있는 듯하셨습니다. 지금은 아마도 킬리오드와 함께 있을 것입니다."

"그렇습니까? 그렇다면 어서 가지요, 작은아버지."

어린아이 같은 표정으로 재촉해 대는 마왕의 모습에 이클립스의 얼굴에 지어진 미소가 더욱 짙어졌다. 이클립스는 그러나 고개를 흔들었다.

"죄송합니다만 마왕님, 이스님께선 볼일이 끝나는 대로 이곳을 찾으신다고 하셨습니다. 그러니 이곳에서 이스님을 잠시 기다리시는 게 좋을 듯합니다."

"오! 그렇습니까? 그렇다면야 기다려야지요. 설마 이 마왕을 만나려고 마계까지 찾아오셨는데 얼굴도 보지 않고 그냥 가시지야 않겠지요. 하하하~"

겉으로는 킬리오드에게 볼일이 있다고 했지만, 이스의 표정이 어딘가 어색하고 이상했었다. 이클립스는 그러나 기다리자고 마음먹었다. 언젠가는 자신이 묻지 않더라도 말해 줄 것이라는 믿음이 있기 때문이었다.

"그건 그렇고… 작은아버지, 오래간만에 함께 수련이나 할까요? 예전에는 자주 함께했었지요."

"하하하. 우리 마계의 주인이신 마왕님께서 원하는 일이신데, 이 이클립스가 무엇을 마다하겠습니까?"

마왕과 이클립스, 둘의 얼굴에선 미소가 가득 피어 있었다. 근심이

나 걱정이라곤 조금도 보이지 않았다.

＊　　　＊　　　＊

오래된 나무를 잘 가공한 듯 연한 갈색으로 이루어진 벽면과 바닥은 보는 사람의 마음을 차분하게 만드는 것 같았다. 사방의 둘레라고 해봐야 고작 네다섯 걸음 안팎인 작은 방이었다. 그렇다고 특별한 치장이 들어간 곳도 없었고, 정면에 놓여 있는 여신의 조각상 역시 나무를 깎아 만든 것이었다. 화려하거나 웅장한 것과는 전혀 어울리지 않는 곳이었다.

이곳의 이름은 '라 샤이테의 고요' 라는 곳으로 오직 천계의 수장만이 출입할 수 있었으며 빛의 신 라 샤이테의 권능을 얻기 위한 신전이었다.

천계에 떠 있는 수많은 섬들에는 저마다 빛의 신 '라 샤이테' 를 모시는 신전이 세워져 있었고, 그 크기 역시 각양각색이었다. 산처럼 거대하고 웅장한 신전들이 있는 반면 인간들이 기거하는 집보다 작은 신전들도 셀 수 없을 정도로 많았다. 하지만 크기에 상관없이 신전들 모두는 우아한 멋과 은은한 기품이 넘쳐흘렀고 내부 역시 마찬가지였다. 한데 그 수많은 신전들에선 빛의 신 라 샤이테의 권능을 얻을 수 없었다. 오직 이곳에서만 가능했다.

라 샤이테의 고요라 일컬어지는 이 작은 신전과 나무로 된 여신의 조각상 모두는 에리엘이 천계의 수장이 되기 훨씬 이전부터 존재했었다. 오래전 수장이 된 에리엘은 조각상을 다른 거대하고 웅장한 신전으로 옮겨도 봤었고 이곳을 화려하게 치장해 보기도 했었다. 하지만 어찌 된 일인지 그렇게 했을 땐 권능을 얻을 수 없었다. 결국 에리엘은 작고 누추하지만 이 모든 것을 원상태로 유지해야만 했었다.

"라 샤이테시여……."

이 작은 공간에 깨끗하고 정갈한 하얀 드레스를 입은 여인이 무릎을 꿇은 채 정면을 바라보고 있었다. 발목 아래까지 내려갈 것 같은 기다란 황금빛 머릿결과 아름다운 호수 같은 눈망울의 여인, 천계의 수장인 에리엘이었다. 란스하르드 왕국에서 이스와 만난 이후 천계로 돌아와 제일 먼저 그녀가 찾은 곳이 바로 이곳이었다.

"마계와 마족들의 힘이 여느 때와 달리 상상을 초월하고 있습니다. 그리고 가리트의 움직임 역시 포착되고 있습니다. 라 샤이테시여, 부디 당신의 뜻을 따르는 저희들에게 자비를 베푸시어 당신의 뜻을 무한히 따를 수 있도록 하시옵소서."

여신상을 바라보는 에리엘의 표정에 간절함이 가득했다. 마계와의 공간이 열릴 때까지 이제 1년 8개월 남짓. 시간이 너무나도 부족했다. 바로 얼마 전까지, 란스하르드 왕국에서 이클립스를 보기 전까지 자신감으로 넘쳤던 에리엘이었다. 한데 이클립스의 능력은 그녀의 상상을 훨씬 초월했고, 이 상태라면 지난 세 번에 걸쳐 평온함을 유지했던 천계가 마족들에 의해 처참하게 짓밟힐 것이 분명했다.

그러나 에리엘에겐 뾰족한 방법이 없었다. 전쟁은 코앞이고 천계 전사들을 수련시키기에는 시간이 부족했다. 거기에 파괴신과 연관된 가리트까지 움직이고 있는 형국이었다. 이렇게 나가다가는 아무것도 하지 못한 채일 것 같았다.

"라 샤이테시여, 부디……."

간절한 애원과 굳건한 믿음을 가지고 몇 번이나 권능을 빌었으나 여신상은 그 어떤 변화조차 보이지 않았다.

건장한 청년의 팔뚝만한 크기의 조각상이었다. 치렁치렁한 원피스에 살아 움직일 것처럼 생동감이 넘치는 얼굴은 마치 최고로 아름다운 여인을 조각해 놓은 것 같았다. 그러나 인간이라면 절대 있을 수 없는 날개가 여신상의 등 뒤로 일곱 쌍이나 기다랗게 펼쳐져 있었다. 누가 만들었는지, 누구에 의해 이곳에 자리하게 된 것인지 천계의 누구도 알고 있지 않았지만, 조각상이 빛의 신 라 샤이테의 형상임에는 분명했다. 천계의 수장과 전사들, 이들이 처음 천계의 일원으로 태어날 당시 꿈속에서 보았던 라 샤이테의 모습과 똑같았기 때문이다.

"라 샤이테시여, 당신의 뜻을 따르는 저희들을 정녕 버리시려는 것입니까?"

점차 에리엘의 얼굴에 초조함이 실려갔다. 그녀가 이곳에 온 지도 벌써 하루가 지나고 있었다. 그런데도 조각상은 미동조차 하지 않았다.

빛의 신 라 샤이테의 권능. 그것의 대부분은 신전이라고 할 수 없을 정도로 작은 이곳에서만 발휘할 수 있는 것이었지만, 천계가 위급에 처하거나 인간계 전체의 존망이 걸려 있는 위험한 일이 있을 때에는 예외였다. 일찍이 에리엘이 처음 천계의 수장에 올라 마계와의 전쟁을 할 당시에도 빛의 신 라 샤이테의 권능을 얻음으로써 승리할 수 있었다. 당시에는 마계와의 전쟁을 10년 앞두고 권능을 빌렸었고 그것은 불과 10분도 되지 않아 실현이 가능했었다.

"제발 라 샤이테시여."

그러나 이번에는 그 어떤 반응조차 나오지 않았다. 지금은 그 어느 때보다 더욱 위급하고 위태로운 상황이었다. 얼마 남지 않은 마계와의 전쟁, 그리고 파괴신과 관련된 가리트. 비록 파괴신을 부활시킬 수 있는 열쇠 중 하나가 이스의 손에 있어 어느 정도 안심은 할 수 있었지만, 상황은 언제 어떻게 변할지 모르는 일이었다.

"어찌하여……."

하루가 넘도록 권능을 빌던 에리엘의 입에서 한숨 같은 목소리가 절망처럼 흘러나왔다. 아무래도 이번에는 뭔가가 잘못된 것 같았다. 어쩌면 오랜 세월 동안 자만하고 오만하게 굴었던 자신에 대한 벌일지도 몰랐다.

"후우."

에리엘은 결국 기다란 한숨을 내쉬며 천천히 무릎을 펴고 자리에서 일어섰다. 아무래도 에리엘 자신부터 깨우치고 뉘우치는 것이 먼저일 것 같았고, 그런 연후에 다시 한 번 찾아와 권능을 빌 생각이었다.

"내가 어쩌다가… 후우."

신전 문 앞에 도착한 에리엘은 다시 한 번 기다란 한숨을 내쉬었다. 모든 원인은 자신에게 있었다.

"응?"

좀처럼 떨어지지 않는 발걸음을 애써 한 걸음 옮겼을 때 등 뒤에서 환한 빛이 느껴졌다. 에리엘은 깜짝 놀란 표정으로 뒤를 향해 고개를 돌렸다.

"세, 세상에?!"

빛이 느껴지고 곧바로 고개를 돌린 에리엘이었다. 한데 그녀가 돌아섰을 땐 눈앞이 온통 하얗게 변해 있었다. 라 샤이테의 조각상도, 연한 갈색의 바닥과 낮은 천장도 보이지 않았다. 마치 태양에 가까이 다가가 있는 것처럼 눈앞이 온통 눈부신 빛으로 가득했다.

"용서하소서, 라 샤이테시여. 이 못난 종을 용서해 주시옵소서!"

그저 눈이 부시도록 하얀 빛밖에 보이지 않았으나 에리엘은 쓰러지듯 무릎을 꿇고서 커다랗게 용서를 구하며 고개를 조아렸다. 빛의 신라 샤이테가 권능을 줄 때에는 조각상에서 푸르스름한 빛이 생겨나 그녀에게 전달되는 것뿐이지 이런 현상은 단 한 번도 없었다. 천계의 수장이 된 이후 처음 겪는 현상이었다.

"라 샤이테시여, 벌은 이 못난 종이 모두 받겠습니다. 다른 천계의 전사들에겐 죄가 없으니 저를 벌하시옵소서."

권능이 생길 때의 그것과 다르다면 이제 하나밖에 남지 않았고 그것은 분명 오랫동안 자만에 빠지고 오만하게 굴었던 자신에 대한 벌일 것이라 생각했다. 에리엘은 고개를 숙인 채 두 눈을 질끈 감고서 라 샤이테의 벌을 기다렸다. 너무나도 밝은 빛 때문인지 눈을 감아도 마찬가지였다.

"아?!"

눈을 감고 얼마나 지났을까, 에리엘의 뇌리에 몇 가지 단어들이 선명하게 떠올랐다. 마치 눈앞에 글자들이 생겨나 그것을 보는 같았다.

―순백의 날개를 가진 자.
―슬픔과 사랑을 아는 자.

"이, 이건……."

선명하게 떠올랐던 두 문장은 느껴졌다고 생각된 순간 그녀의 머리 속에서 사라져 버렸다. 그리고 그것들이 없어졌을 땐 시야를 온통 뒤덮고 있던 눈부신 빛도 사라지고 없었다.

"계시··· 인가?!"

반쯤 넋이 나간 표정으로 주변을 둘러보는 에리엘. 하지만 작고 비좁은 신전의 어디에서도 이상하거나 특이한 점은 더 이상 나타나지 않았다. 마치 처음부터 아무런 일도 일어나지 않은 것 같았다.

"그런데?"

에리엘의 표정은 여전히 멍한 상태였다. '순백의 날개를 가진 자'와 '슬픔과 사랑을 아는 자' 이 두 문장 가지고는 뭐라 확신할 수 없었다. 순백의 날개와 슬픔과 사랑을 아는 자가 도움을 준다는 것인지, 아니면 그런 마음을 가지고 있는 새로운 전사를 보내준다는 것인지 너무도 애매모호했다. 하지만 라 샤이테의 계시일 것이 분명할 문장들이라면 무언가 천계에 유리한 상황이 될 것 같기도 했다.

"후우."

오랫동안 조각상을 바라보던 에리엘은 결국 긴 한숨을 내쉬며 걸음을 옮겼다. 조금 전과는 다른 안도의 한숨이었다. 걸음을 옮겨가는 에리엘의 얼굴에서 은은한 미소가 아른거렸다.

제36장 **진단(診斷)**

　"할아버지 왜 안 오시지?"

　하늘 모두를 온통 붉게 물들이며 아름답게 지는 석양을 바라보면서
도 에이프릴은 긴 한숨부터 내쉬었다. 그녀의 눈에는 붉은 석양에 이
스의 얼굴이 겹치는 것 같았다. '빨리 다녀오마' 라는 말을 남기고 이
스가 이클립스와 함께 마계로 떠난 것이 벌써 삼 일을 훌쩍 지나고 있
었다. 에이프릴도 두 번이나 가봤던 마계였고, 마왕과 다른 마족들도
친절했기에 별다른 위험은 없다고 생각됐지만 보고 싶은 것은 어쩔 수
없었다.

　"우리 에이프릴이 할아버지가 보고 싶구나?"

　"응? 으응, 벌써 삼 일이나 지났는데……."

　"호호. 이.제. 삼 일이겠지."

　"벌.써.야, 벌써!"

시무룩해진 에이프릴의 표정에 에이라가 다가와 그녀의 머릿결을 장난스레 쓰다듬어 주었다. 얼마 전까지만 해도 고된 검술 훈련이 끝나자마자 눈물을 흘리며 곯아떨어졌던 에이프릴이 이제는 모든 것을 완벽하게 소화하고 있었다. 에이라가 보기에도 믿을 수 없을 정도로 놀라운 성장이었다. 지금의 에이프릴이라면 마계의 하급 마물쯤은 혼자서도 거뜬히 이길 수 있을 것이다.

"호호. 에이프릴, 이스님께선 천계나 다른 이상한 곳에 가신 게 아니니까 너무 걱정하지 않아도 된단다. 아무리 늦으셔도 이제 두 밤만 자면 돌아오실걸?"

"정말? 그럼 어서 자야지."

"호호호. 녀석도 참……."

뛸듯이 좋아하며 서둘러 침대로 달려가는 에이프릴의 모습에 얼굴 가득 흐뭇한 미소를 짓던 에이라 역시 이내 침대로 향했다. 잠을 자지 않아도 되는 마족이었지만 침대가에서 에이프릴의 잠든 모습을 보는 것은 그녀의 즐거움 중 하나였다.

"쳇. 이럴 줄 알았으면 나도 따라갈걸."

어느새 조용해진 레어 한 귀퉁이에서 리켄의 투덜거림이 들려왔다. 디아루는 여전히 책만 읽었고, 하이 엘프 미넬은 레어 중앙의 분수대에서 명상하듯 눈을 감고 있었으며, 사이나는 어디로 갔는지 보이지도 않았다.

"나만 놔두고… 젠장."

지금은 레어가 조용했지만 모두들 마치 제 집인 양 생활하며 북적거렸었다. 그러나 리켄은 아니었다. 언제나 혼자 생활하던 레어에 많은(?) 일행들로 북적거리고 있음에도 이상하게 가슴 한구석이 허전했다.

"에잇, 짜증난다. 젠장. 에이, 귀찮아~"

괜스레 짜증이 솟아나자 리켄은 자신의 앞에 놓여진 둥그런 돌멩이에 화풀이 해댔다. 수박만한 돌멩이. 이것은 보통 돌멩이가 아니었다. 파괴신의 부활을 위한 두 번째 열쇠가 들어 있는 돌덩이였다.

"너 때문이야, 짜샤!"

이스가 영검의 힘을 빌어 열쇠 주위에 보이지 않는 막을 몇 겹이나 둘렀고, 그 위를 리켄의 최상급 마법이 둘러져 있어 열쇠의 크기가 처음보다 몇 배나 커져 있었다. 이렇게 해야만 지독한 기운이 밖으로 표출되지 않아서였다.

"왜 하필 나냐고!"

오랫동안 돌덩이를 때리고 발로 차던 리켄이 결국 괴성을 터뜨리며 머리칼을 쥐어뜯기에 이르렀다. 그가 레어에 남은 주된 이유, 그것은 바로 두 번째 열쇠를 지키는 일이었다. 마왕의 4대 친위대와 비슷한 역량의 에이라와 상당한 공격력을 자랑하는 다크 드래곤 디아루가 있기는 했지만, 만약의 일에 대비하기 위한 이스의 선택이었기에 어쩔 수 없이 레어에 남아야 했던 리켄이었다.

"우아아악~ 짜증나~!"

"후우……."

뒤쪽에서 들리는 리켄의 괴성에 한쪽 레어에 덩그러니 서 있던 카린느가 기다란 한숨을 내쉬었다. 말을 하진 않았지만 그녀 역시 리켄과 같은 마음이었다.

천계 서열 2위. 언제나 에리엘 다음으로 뛰어난 실력자라는 호칭이 따라붙는 그녀였다. 한데 이번에 맡은 임무만큼은 이해가 가지 않았다. 아니, 이스와 함께 행동할 수 있는 것이 가슴 두근거릴 정도로 기쁘고 즐거웠다. 한데 이스는 고작 몇 번 말을 걸어줬을 뿐 그 이후로는 줄곧 다른 곳으로 볼일을 보러 다녔다. 이렇게 계속 혼자서 덩그러니 있는 것이라면 차라리 다른 천계 전사에게 임무를 이양하고 싶은 마음까지 생겨났다. 하지만 이미 내려진 결정. 이제 와서 번복할 수도 없었고 그렇게 해봤자 수장의 신뢰만 더욱 잃게 될 것이 분명했다.

"하아……."

생각하면 할수록 한숨만 나오는 카린느였다. 그러나 카린느에게서 흘러나오는 한숨의 주된 이유는 다른 곳에 있었다.

'오늘도 누구 하나 말을 건네지 않네. 후우.'

아무도 눈치 채지 못하도록 힐끔힐끔 주변을 둘러봤지만 모두들 자신들의 일에 집중하고 있자 카린느에게서 다시금 기다란 한숨이 흘러나왔다. 이곳에 도착한 지도 벌써 나흘째. 하지만 이스가 잠시 말을 건넸을 뿐 지금까지 누구 하나 그녀에게 다가오지 않았다. 이제는 누구라도 서너 걸음 정도만 다가온다면 그녀가 먼저 말을 건네고 싶은 심정이었으나, 마치 커다란 웅덩이가 고여 있는 것처럼 모두들 멀찌감치에서 그녀를 피해 지나갔다.

"에휴."

나흘째 이어지는 한숨 퍼레이드는 여전히 계속되고 있었다.

*   *   *

리켄이 투덜거리고 카린느가 한숨을 내쉬고 있을 때 이스는 30일이 넘도록 닥터 루드리오의 연구실에서 나오지 못했다. 수많은 책들이 빼곡이 쌓여 있는 연구실 내부는 치료를 위해 연구하는 곳이라기보다 도서관에 어울리는 정경이었다.

길이가 족히 십여 미터가 넘을 듯한 책장이 네 벽면을 모두 막고 있었고, 책장에 들어가지 못한 책들은 바닥에 산처럼 수북이 쌓여 있었다. 원래는 사방이 백여 미터가 넘을 넓이였겠지만, 책들이 너무나 많이 쌓여 있어 몇 사람이 간신히 드나들 수 있을 정도의 공간만이 군데군데 보였다.

슈우우.

연구실 중앙 부근. 루드리오는 푸르스름하게 빛나는 눈동자로 정면을 주시하고 있었고 그 뒤로 이스가 조용히 그를 지켜보고 있었다.

벌써 34일째. 연구실에 도착한 루드리오는 곧바로 이스의 피를 검사하기 시작했다. 두 팔을 엉거주춤 앞으로 뻗었고 그의 손과 손 사이에 이스의 피가 둥실 떴다가 루드리오의 검은 기운과 합쳐져 연기와 같은 형상으로 뭉실거리기 시작했다. 언제나 인상 좋은 아저씨 같은 루드리오의 눈매가 그때부터 날카롭게 빛을 발했고 검은 눈동자도 푸르스름한 빛을 머금었다.

"흐음."

34일째 똑같은 자세를 유지하던 루드리오가 어느 순간 낮게 신음을 토하며 이스를 향해 돌아섰다. 언제나 푸근한 인상을 주던 루드리오의 얼굴이 웬일인지 눈에 띄게 경직돼 있었다.

"이제 모두 끝난 것인가요?"

자신을 향해 돌아서고도 루드리오에게서 좀처럼 말이 나오지 않자 이스가 참지 못하고 입을 열었다. 그러나 굳게 닫혀진 루드리오의 입은 열릴 생각을 하지 않았다. 허허 웃으며 이스가 말을 이었다.

"허허허, 이 늙은이에게 무슨 병이라도 있는 것인가요? 이미 지나칠 정도로 오래 살아온 늙은이니 너무 걱정하지 마시고 속 시원히 말씀하시지요."

"으, 으음……."

웃는 낯으로 고개까지 끄덕이며 말하는 이스의 모습에도 루드리오는 여전히 입을 굳게 닫고 있었다. 이스가 다시 한 번 웃으며 말했다.

"허허허. 계속 말씀하지 않으시니 이 늙은이가 아주 무서운 병을 얻은 모양이로군요. 그렇습니까?"

"후우, 사실……."

마치 오랫동안 숨을 참고 있던 것처럼 길게 숨을 고르던 루드리오가 고개를 저으며 말을 이었다.

"아무리 뛰어난 의사나 신관이라고 해도 오진(誤診)을 하는 경우가 종종 있습니다. 지난 세월 동안 치료술에 대해 많은 연구를 했다고 자부하고 있기는 합니다만… 저 역시 언제나 완벽하게 알고 있는 것은 아닙니다, 이스님."

"허허허, 그렇지요. 지극히 옳은 말씀이십니다. 신(神)이 아닌 이상에야 그것이 당연한 일이겠지요."

"제가 파악한 것을 말씀드리자면… 우선 첫째로, 이스님께선 외모와는 달리 매우 건강한 오장육부(五臟六腑)를 가지셨습니다. 흐르는 혈류는 물론이고 다른 기관들 모두가 마치 20대 후반이나 30대 초반의 건장한 사람처럼 매우 건강하셨습니다."

"허허."

루드리오의 말에 감탄했다는 듯 얼굴로 웃음을 터뜨리며 고개를 끄덕이는 이스였다. 고작 한 방울의 피로 그 정도까지 알아낸다는 건 루드리오의 실력을 입증하는 예였다. 그러나 루드리오의 표정은 더 더욱 굳어갔다.

"그리고 두 번째, 이스님께선 400년을 넘게 살아왔다고 하셨습니다만, 노화(老化)의 기미를 보이는 곳은 어디에서도 찾아볼 수 없었습니다. 모든 곳이 지극히 건강하시고 힘이 넘치십니다."

"허어, 그렇습니까."

부드럽게 대답하는 이스의 얼굴에 의아함이 스쳐 지나갔다. 루드리오의 말은 모두가 좋은 것들뿐이었다. 한데 그의 얼굴이 마치 잔뜩 화가 난 사람처럼 지나치게 일그러져 갔다. 루드리오의 말이 이어졌다.

"그런데… 이상한 증상이 느껴졌습니다."

"이상한 증상이라니요?"

"으음, 뭐라고 말씀드려야 할지… 아주 미세하고 작은 무언가가 어느 순간에 일시적으로 나타나 이스님의 심장과 전신을 옥죄는 것 같았습니다. 하지만 그것이 어느 순간에만 찰나적으로 드러나는 것이었고, 지금까지 제가 한 번도 보지 못한 것이라 정확히는 저도 잘 모르겠습니다만, 제가 판단하기에는 아마도… 지금으로부터 일백 년쯤 전부터 이스님의 몸에 무언가 이상한 현상이 일어난 것 같습니다. 그리고 그 이상한 현상 때문에 지금 같은 증상이 생기지 않았나 싶군요."

"허어! 일백 년쯤 전이라고요?"

루드리오의 말에 돌연 이스가 깜짝 놀라며 커다란 탄식을 토해냈다. 백 년쯤 전이라면 그가 발해 땅에 위치한 장백산에 있었을 때였으며 영검을 극한 가까이 터득했던 시기였다.

"그때 무슨 일이 있었던 것입니까, 이스님?"

"그러니까……."

이스는 백 년 전에 있었던 일을 간략하게 설명해 주었다. 꿈에서나 실현이 가능하다는 영검. 하지만 영검을 터득한 후 얼마 전 갑작스레 통증을 느끼기 전까지 이상한 징후는 단 한 번도 없었다.

"흐음, 그렇습니까?"

이스의 말을 모두 듣고서 루드리오는 한 손으로 턱을 쓰다듬으며 오랫동안 깊은 생각에 잠겼다. 그렇게 십여 분 동안 생각에 잠겼던 루드리오가 고개를 저으며 말을 이었다.

"하지만 이스님, 제 생각에는 아마도 그 영검이라는 것 때문인 것 같습니다. 병이라는 것은 바로 증상이 진행되는 것이 있는 반면 잠복(潛伏) 기간이 긴 것도 상당히 많이 있습니다. 오랫동안 아무런 증상도 보이지 않다가 어느 순간 갑자기 시작되는 것이죠. 그리고… 그렇게 알았을 때에는 치료하기가 더욱 힘들어지지요."

"그렇다면 이 늙은이의 병이 치료가 불가능하다는 말씀이신가요?"

"그것은 아닐 것입니다. 휴우, 지금의 저로서는 도무지 어떻게 해야 치료할 수 있을지, 어째서 어느 순간에만 찰나적으로 반응하고 사라지는지… 그 이유를 찾을 방법이 없습니다. 죄송합니다, 이스님."

조용히 대답하던 루드리오는 결국 침울한 표정으로 고개를 숙였다. 영검이 원인인 것 같지만 그것이 100% 확실한 것은 아니었고 그렇다고 뾰족한 치료 방법도 알 수 없었다. 언제나 확실한 치료 방법을 알아내며 '닥터'라고 칭해지는 자신이 고작 '추측'에 의한 진단을 하고 있었기에 이스에게 더욱 미안한 마음이 드는 루드리오였다.

"허어, 그것참."

이스는 길게 탄식하며 수염을 쓰다듬었다. 어떤 무공을 깨달았다고 병이 생긴다는 말은 한 번도 들어보지 못한 말이었다. 게다가 영검을 극한 가까이 깨달은 것은 분명 백 년쯤 전이었지만, 처음 터득한 시기는 백 년도 훨씬 전이었다.

"그렇다면 앞으로도 이런 증상이 계속 일어나겠습니까?"

한동안 고개를 흔들며 수염을 쓰다듬던 이스의 말에 루드리오의 침통한 대답이 이어졌다.

"아마도… 그럴 것이라 추측됩니다, 이스님."

"허어, 그것참. 괴이한 일이로다."

"죄송합니다, 이스님."

앞으로도 계속된다면 몸에 심각한 부담을 주게 될 것이었는데도 이스는 그저 궁금한 표정만을 지을 뿐이었다. 마치 다른 이의 병에 말하는 것 같아 오히려 루드리오가 멍한 표정을 지을 정도였다.

"하지만 이스님, 이 루드리오가 반드시… 무슨 수를 써서라도 반드시 치료 방법을 알아내겠습니다."

"허허허, 고맙습니다. 이 늙은이 또한 앞으로 방도를 알아봐야겠습니다. 영검이 원인일 것이라 하셨으니 분명 그것에 어떤 문제가 있는 것이거나 혹은 이 늙은이가 깨달은 영검에 뭔가가 잘못된 것일지도 모르지요."

"죄송합니다."

활짝 웃는 이스와 달리 루드리오는 쥐구멍이라도 찾고 싶다는 표정으로 고개를 숙였다. 큰소리쳐 놓고 그저 추측만 했을 뿐이기에 얼굴까지 화끈거릴 지경이었다.

"정말 수고가 많으셨습니다. 그런데 어쩌지요? 이 늙은이가 아무것도 해드릴 것이 없으니 이 은혜를 어떻게 다 갚아야 할지 모르겠습니다그려."

"그, 그 무슨 천부당만부당하신 말씀을! 우리 마계의 자랑이신 이클립스님을 구해주시고, 천만 마족의 주인이신 마왕님에게 가르침을 주셨는데요. 이스님께서 그리 말씀하시면 아무것도 알아내지 못한 이 미천한 놈은 얼굴을 들고 다니지 못할 것입니다."

"허허허."

얼굴을 붉히며 괴로워하던 루드리오의 표정에 작게나마 미소가 피어올랐고 이스 역시 호탕한 웃음을 터뜨렸다. 이스는 루드리오와 차를 마시며 잠시 시간을 보내다 킬리오드를 불러 함께 마왕이 있는 곳으로 떠났다.

"설마 이 내가 모르는 병이 있을 줄이야……."

이스가 사라지자 루드리오는 고개를 숙이고 긴 한숨을 내쉬었다. 마족의 상처와 병, 그리고 치료에 대한 모든 것을 알았다고 생각한 루드리오는 인간들의 병에 관심을 가져 몇백 년 동안 인간들을 대상으로 연구했었다. 하지만 이스 같은 이상한 증상을 보이는 사람은 난생처음이었고 그 어디에서도 들어보지 못한 증상이었다.

"어리석은… 내가 그동안 자만에 빠져 있었구나."

한동안 고개를 숙이고 있던 루드리오가 불끈 주먹을 다잡으며 책이 산처럼 쌓여 있는 곳으로 걸음을 옮겼다. 천계와의 전쟁에 대비하라는 마왕의 엄명이 있었지만, 한번 시작된 호기심을 해소하기 전까진 수련을 해도 제대로 되지 않을 것 같았다. 그리고 또 하나, 조금이라도 이스에게 도움이 된다면 수련 따윈 못해도 상관없었다.

"처, 천계의 수장과 만나보라고요?!"

깜짝 놀란 마왕이 벌떡 자리에서 일어서자 그가 앉고 있던 의자가 맹렬한 속도로 뒤를 향해 날아갔다. 그의 기세가 얼마나 강했던지 강철과 대리석으로 만들어진 의자가 종잇장처럼 구겨질 정도였다.

이곳은 마왕이 수련을 하던 곳으로 원래는 검은 대지와 잿빛 하늘뿐이었지만 이스가 도착하자 마왕이 수하들을 시켜 탁자와 의자를 준비하게 했다.

"허허허."

잘 익은 사과처럼 순식간에 붉어진 마왕의 얼굴과는 달리 이스는 인자한 웃음만 머금었다.

이스가 한 말은 천계의 수장인 에리엘과 마왕의 만남을 주선하고 싶다는 내용이었다. 란스하르드 왕국에서 이스가 에리엘에게 제안했던 것이 바로 그것이었다. 물론 에리엘과 달리 마왕은 마계를 벗어날 수 없어 전권을 위임한 대사로 하여금 만남을 가져 보라는 말이었다. 잠시 인자한 표정으로 웃음을 흘리던 이스가 입을 열었다.

"그동안 마족도, 그렇다고 천족도 아닌 이 늙은이가 나설 일은 아니라고 생각했었습니다만, 그렇다고 마냥 지켜만 보는 것도 좋은 일은 아닌 듯싶어서 이렇게 어렵사리 말씀드리는 것입니다. 천계에 대한 원한이 얼마나 깊고 높은지 모두 헤아릴 수 없겠으나, 그럴 때일수록 만남을 자주 가져 보는 것이 좋지 않을까 해서 말입니다."

"으, 으음."

터질 것 같은 표정으로 이스를 바라보던 마왕이 낮게 신음을 흘리며 고개를 흔들었다. 천계와는 하늘이 두 쪽 나더라도 화해할 생각이 없었다. 아니, 자신의 생명이 다하더라도 결코 그럴 수는 없었다. 하지만 이스의 말을 무시하기도 힘들었다. 하나뿐인 혈족 이클립스를 위험에서 구해주었고 자신에겐 파천마검이라는 검술을 지도해 주었다. 무언가 대가를 바라고 한 것도 아니었기에 이스의 말을 거부하기가 더 더욱 힘이 들었다. 그리고 지금 같은 이스의 얼굴… 한없이 인자하고 자애로운 표정으로 무언가를 부탁하면 꼭 들어주고 싶은 이상한 마음까지 우러났다.

"후우……."

머리 속에서는 분명 '그것만은 절대 안 됩니다' 라고 외치고 있었지만, 그것은 입 안에서만 맴돌 뿐이었다. 마왕은 한숨을 내쉬며 슬쩍 고개를 돌려 이클립스를 바라보았다. 천계에 대한 원한은 자신보다 이클립스가 더욱 깊었기에 한마디 거들어줬으면 하는 마음에서였다. 이클립스는 그러나 이스만을 주시하고 있었다. 약간 이상한 것은 천계에 대한 이야기가 계속되고 있음에도 근심 어린 얼굴로 이스를 보고 있다는 것이었다. 마왕이 궁금함을 참지 못하고 말했다.

"왜 그러십니까, 작은아버지?"

"아, 아닙니다, 마왕님. 아무것도……."

마왕의 물음에 이클립스는 씨익 웃으며 고개를 흔들었다. 그런 이클립스의 표정에 마왕은 뭔가 있는 것 같다고 생각했다. 이클립스의 미소가 평소와 달리 힘이라곤 하나도 느껴지지 않았기 때문이다. 마왕은 그러나 더 이상 묻지 않고 이스를 향해 말했다.

"조금만… 한 며칠만 생각해 보면 안 되겠습니까, 이스님?"

"허허허. 고맙습니다, 마왕님."

떨떠름한 표정으로 말하는 마왕을 향해 이스는 다시금 인자한 미소를 지어 보였다. 오랜 세월 동안 지속됐던 마계와 천계의 싸움이었기에 단시일 내에 결정될 것은 아닐 것이었다. 어쩌면 마왕의 대답이 '절대 불가' 로 결정될 수도 있는 일이었지만 이렇게 천계에 대해 깊이 생각하는 일이 많아진다면 마계와 천계 사이의 벽이 조금씩, 아주 조금씩

이라도 가까워지리라 생각했다.

"그건 그렇고… 이스님?"

"네, 말씀하십시오."

조금 전과는 확연히 달라진 얼굴을 하며 마왕이 일행들이 모여 있는 곳으로부터 서너 걸음 옆으로 걸어가 바닥에 박혀 있는 원혼의 검을 꺼내 들었다.

"이스님께서 예전에 말씀하신 것 말입니다, 파천마검을 깨우치기 위해 선결되어야 한다는……"

말끝을 흐리며 마왕은 들고 있던 검을 대지를 향해 비스듬히 내려뜨렸다. 순간 마왕을 중심으로 이글거리는 듯한 대지의 움직임이 빠르게 사방으로 뻗어 나갔다. 무거운 중압감이 수백여 미터 주위를 내리눌렀고 고요히 불어오던 바람도 순식간에 자취를 감춰 버렸다. 하지만 그것은 그리 오래가지 않았다.

한동안 비스듬히 검을 내려뜨리고 있던 마왕이 고개를 흔들며 이스를 향해 돌아서자 주위를 가득 메우던 중압감이 거짓말처럼 사라져 버렸다.

"후우, 이스님. 여기까지는 되는 것 같은데 그 다음이 꽉 막혀 버린 것 같습니다. 조금 더 가르침을 주심이……"

"허허허."

마치 스승에게 졸라대는 제자 같은 마왕의 표정에 이스가 허허 웃으며 자리에서 일어나 마왕에게 다가갔다. 마왕의 표정이 빠른 속도로 밝아졌다. 그동안 이스에게 배운 파천마검을 깨우치기 위해 각고의 노력 끝에 대지의 기운을 어느 정도 이끌어내는 것까지는 성공한 듯했었지만, 그것이 검술로 이어지지 않았었다.

믿을 수 없을 정도로 강대한 대지의 기운이 느껴져 그것을 검술로 이어가려 하면 순식간에 사라지는 것이었다. 마왕은 그러나 포기하지 않고서 끊임없이 시도하고 시도해 봤다. 하지만 결과는 언제나 지금과 똑같았다. 그렇기에 요 며칠 동안은 대지 위에 서서 조금도 움직이지 않은 채 깊은 생각에 잠겨 있던 마왕이었다.

"그사이에 이렇게나 놀라운 성취를 이루실 줄은 몰랐습니다."

"지금 이 부분만 넘어가면 될 것 같은데 도무지 어떻게 해야 할지 방도를 모르겠습니다. 가르침을 주십시오, 이스님."

기대감이 철철 넘치는 마왕의 얼굴은 마치 선물을 기다리는 어린아이 같았다. 그동안의 고민이 이제 곧 완전히 해결될 것이기에 이보다 더 큰 선물은 없을 것이었다. 하지만 마왕의 기대와 달리 이스는 좌우로 고개를 저었다.

"마왕님께서는 대지의 기운을 이끌어 그것을 검술의 힘으로 승화시킬 수 있는 중요한 길목에 서 계십니다. 이 늙은이가 지금까지 봐왔던 어떤 기재(奇才)들도 이렇게나 빠른 성취를 보이지는 못했지요. 하지만 마왕님, 이제 마왕님께서는 다른 이의 가르침으로 깨우칠 시기는 지나셨습니다. 그리고 지금 마왕님의 단계에서는 다른 이의 조언보다는 스스로가 문제를 해결해야 합니다. 그렇게 해야만 앞으로 혹시 있을지도 모를 난관을 헤쳐 나갈 수 있는 힘이 생기는 법이지요. 다만 이 늙은이가 한마디 드리자면, 서두르지 마시고 조금 더 부드럽고 넓게 생각하심이 좋을 듯합니다. 허허허."

"하… 하하. 그, 그렇습니까?"

머리 속에서 기대감이 와르르 무너지는 소리가 들리는 듯했지만 이스가 괜히 이런 말을 하지는 않을 것이었다. 그리고 생각해 보니 이스의 말에서 상당한 설득력이 느껴졌다. 파천마검을 완전히 깨우치기까지 어쩌면 무수한 난관이 기다리고 있을지 모를 일이었고, 그때마다 다른 이에게 도움을 청할 수는 없는 일이었다.

"알겠습니다, 이스님. 이 못난 마왕이 어리석은 생각을 했습니다."

"허허허. 무슨 그런 말씀을. 쉬운 길이 있다면 알려 드렸을 터인데 그러지 못한 이 늙은이가 오히려 송구스럽습니다."

이스의 웃음을 끝으로 마왕은 들고 있던 원혼의 검을 다시금 대지에 꽂아 넣고 이클립스가 앉아 있는 곳으로 향했다. 비록 이스에게서 원하는 대답을 얻지는 못했지만 마왕의 얼굴에선 흐뭇한 미소가 피어올라 있었다.

"그럼 진아야, 이제 슬슬 홍아가 있는 곳으로 가지 않으련?"

"버, 벌써 가시렵니까? 조금 더 머무시지 않고요?"

"허허허, 이 늙은이 역시 이곳에 계속 머물고 싶은 마음이 굴뚝같지만, 우리 아이들의 얼굴이 눈에 밟히는군요. 아무래도 다음부터는 모두들 함께 와야겠습니다."

아쉽기는 했지만 마왕은 이내 밝은 표정으로 이스와 이클립스를 배웅했다. 마족에게도 칙칙하고 우울한 마계였고 이스의 말처럼 다른 일행들이 함께 오지 않았기에 계속 붙잡을 수 없다고 생각한 모양이었다.

"그럼 다음에는 모두 함께 오십시오. 이 마왕이 극진히 모시겠습니다."

"허허허, 고마우신 말씀. 그럼 모쪼록 큰 성취를 이루시길 빌겠습니다."

"안녕히 가십시오, 이스님."

마지막 인사를 끝으로 이클립스가 차원 이동 홀을 만들었고 이스가 천천히 걸음을 옮겼다. 이클립스는 아무런 말 없이 마왕에게 고개를 끄덕여 보이곤 이스의 뒤를 따랐다. 여전히 그의 표정은 근심으로 가득 차 보였으나 마왕 역시 말없이 그를 보내주었다.

차원 이동 홀을 빠져나오자 시원한 녹색의 전경이 둘을 맞이했다. 잠시 걸을 요량으로 리켄의 레어 근처에 차원 이동 홀을 만든 이클립스였다.

"무슨 일이 있는 게냐?"

"네? 무, 무슨 말씀이신지?"

뒷짐을 진 채 느린 속도로 걸음을 옮기던 이스가 천천히 이클립스를 향해 돌아서며 말을 이었다.

"어찌하여 우리 진아의 얼굴에 수심이 가득한지 모르겠구나."

"아, 아닙니다, 이스님."

"허허허."

분명 뭔가가 있어 보이는 이클립스의 행동이었다. 하지만 이스는 그저 허허 웃으며 몸을 돌려 다시금 걸음을 옮겼고 이클립스 역시 입을 닫은 채 묵묵히 이스의 뒤를 따랐다. 마계에서 보낸 35일여간, 이클립스는 나름대로 마계를 찾은 이스의 의도를 여러 가지로 생각했었다. 바로 조금 전 마왕에게 이야기했던 것처럼 천계와 마계 간의 회담을 주선하기 위함도 큰 이유가 되겠지만, 마왕을 찾기 전까지 30일이 훨씬 넘도록 마계의 누군가와 함께 있었을 터였고 분명 킬리오드는 아닐 것이라 생각했다.

'닥터 루드리오!'

생각이 거기까지 미친 이클립스는 순간 닥터 루드리오가 떠올랐다.

이스가 갑작스레 통증을 호소하며 쓰러졌을 때 이클립스 자신이 닥터 루드리오를 찾아가자고 제안했었기에 그 이유밖에 없을 듯했다.

"후우……."

들릴 듯 말 듯한 한숨이 이클립스에게서 흘러나왔다. 생각 같아선 지금이라도 당장 마계로 달려가 닥터 루드리오에게 물어보고 싶었다. 아니, 바로 앞에 있는 이스에게 사실을 정확히 알려달라고 말하고 싶어 입이 근질거릴 지경이었다. 하지만 다른 한편으로는 좋지 않은 결과라도 나왔을 것 같아 두려움이 솟아났다.

'내가 무슨 생각을…….'

생각이 엉뚱한 곳까지 미치자 이클립스는 고개를 세차게 흔들어 잡생각을 지워 버렸다. 언젠가는 이스가 직접 말해 줄 것이고 지금은 파괴신과 연관된 자들과 그들이 훔쳐 간 첫 번째 열쇠를 찾는 것이 먼저였다.

"이 할아비가 살던 곳에서는 말이다."

멀찌감치 리켄의 레어 입구가 보일 무렵 느릿느릿 걸음을 옮기던 이스가 부드러운 목소리로 말을 이었다.

"회자정리(會者定離)라는 말이 있단다."

"무슨 뜻입니까?"

푸근하게 흘러나오는 이스의 목소리에 두 걸음 뒤에서 따르던 이클립스가 훌쩍 거리를 좁혀 이스의 옆으로 다가와 보조를 맞추었다.

"만난 사람은 언젠가는 반드시 헤어진다는 말이란다. 허허허."

"어, 어째서 갑자기 그런 말씀을……?"

부드러운 미소를 머금고 정면을 바라보며 걷는 이스와 달리 이클립스의 얼굴은 마치 경직된 것처럼 잔뜩 굳어 있었고, 목소리 역시 눈에 띄게 떨렸다. 혼잣말 같은 이스의 말이 조용히 이어졌다.

"사람이란, 아니, 하늘 아래 태어나 주어진 삶을 살아가는 자라면 누구나 천명이 있게 마련이구나. 아무리 욕심을 부리고 떼를 써봐도 그것만큼은 사람의 힘으로 어떻게 할 수 없는 것이란다. 으응?"

느릿느릿 걸으며 조용히 말을 잇던 이스가 자리에 멈춰 서서 가만히 뒤를 향해 고개를 돌렸다. 옆에서 함께 걷던 이클립스가 언제 멈췄는지 대여섯 걸음이나 뒤쪽에서 멈춰 있었기 때문이다.

"허허, 이 할아비가 쓸데없는 말을 한 게로구나."

설레설레 고개를 흔들며 미소 짓는 이스였다. 하지만 이클립스에게선 아무런 말도 나오지 않았다. 그런데 이스를 보는 이클립스의 표정이 이상했다. 잔뜩 좁혀진 미간과 심하게 흔들리는 눈초리, 마치 울음이라도 터뜨릴 것처럼 변해 있었다.

"어서 가자꾸나. 아이들이 한참 기다리고 있겠다."

이상한 표정을 하고 있는 이클립스에게 다가와 어깨를 몇 차례 토닥여 준 이스가 몸을 돌려 리켄의 레어로 향했다. 어째서 그런 말을 한 것인지, 쓸데없는 허튼 말이라고 생각했지만 이미 이클립스는 어느 정도 눈치를 챈 것 같았다.

"허어… 녀석."

몇 걸음 걷던 이스가 다시금 고개를 돌려 이클립스에게로 향했다. 이클립스는 여전히 울 것 같은 얼굴로 자리에 멈춰 서 있었고, 이스는 낮은 한숨을 내쉬며 고개를 흔들었다. 아무래도 마계에서 닥터 루드리오와의 일을 말해 주어야 할 것 같았다.

"흐음, 그러니까……."

이클립스에게 다가간 이스는 그의 팔을 이끌어 한쪽에 있는 나무 그

늘가로 걸어가 마계에서 있었던 일을 조용히 이야기해 주었다. 이스의 말이 계속되면서 이클립스의 얼굴이 시시각각으로 변해갔다. 그렇게 이스의 이야기가 끝이 났을 때 이클립스의 얼굴이 무섭게 변해 버렸다. 이빨은 하얗게 드러나 섬뜩한 소리를 뿜어댔고 두 눈 역시 피처럼 붉게 물들었다.

"이 우둔한 루드리오 놈이 감히 오진을 하다니!"

이클립스는 벌떡 자리에서 일어나 마계로 통하는 차원 이동 홀을 만들었다. 곧바로 달려가 루드리오의 숨통을 끊어놓을 심산인 것 같았다. 하는 수 없이 이스가 영검을 이용해 이클립스의 차원 이동 홀을 없애야 했다.

"이 녀석, 진아야. 어찌 그리 흥분을 잘 하는 게야. 닥터께서는 지난 수십 일 동안 이 할아비를 위해 수고를 마다하지 않으신 분이거늘."

"아닙니다, 이스님. 그놈이 평소 모든 병을 알고 있다고 까불면서 자만하더니 결국 그런 말도 안 되는 진단을 한 것입니다. 이 이클립스가 가서 그놈의 사지를 찢어놓고 와야겠습니다."   .

"어허, 어찌 그리 무서운 말을 하는 게야. 닥터께선 성심성의껏 할아비를 도와주었는데 네가 가서 그리 못난 행동을 한다면 할아비가 어찌 하늘을 바라보며 살아가겠는고?"

"하, 하지만 방법이 없다니요, 방법이?!"

어느새 이클립스의 무서운 표정은 사라지고 없었다. 그러나 이스를 바라보는 그의 눈망울에선 지독한 슬픔과 절망만이 느껴졌다. 언제 어느 때 시작할지 모르는 통증이었고 앞으로도 계속 이어질 것이라면 점차 악화될 것이, 그리고 그 결과는 뻔하다고 생각한 이클립스였다.

"허허허, 너무 걱정하지 말거라."

이클립스의 걱정스런 얼굴과는 달리 이스는 얼굴 가득 주름을 만들며 호탕하게 웃음을 터뜨렸다. 너무도 시원스레 웃어대는 이스의 모습에 이클립스가 의아한 표정을 지을 정도였다.

"호, 혹시 이스님께 방법이라도 있는 것입니까?"

이스의 웃음소리를 듣고 있자니 이상하게 그런 생각이 들었다. 그렇지 않고서야 치료가 불가능하다는 병을 얻은 사람이 이렇게 시원한 웃음을 터뜨리지는 않을 것 같아서였다. 그리고 또 하나, 이스 같은 믿을 수 없는 능력의 소유자라면 어쩌면 병을 이길 수 있는 능력이 있지 않을까 하는 기대감까지 생기게 했다.

"글쎄다, 흐음……."

"말씀해 보십시오, 이스님!"

한참을 웃어대던 이스가 입가에 살며시 미소를 지으며 말하자 이클립스가 가까이 다가와 재촉했다. 어느새 이클립스는 마음속에서 '병을 극복할 수 있는 방법을 알고 계실 것이다'라는 말을 수없이 되뇌이고 있었다.

긴 수염을 쓰다듬으며 생각에 잠긴 표정으로 이스가 말을 이었다.

"이건 어디까지나 할아비의 생각일 뿐이지만 말이다, 아주 오래전에 내 사부님께서 이런 말씀을 하셨단다. 영검의 극한 뒤에는 어쩌면 또 다른 영검이 존재할지도 모른다고 말이지. 그런 게 과연 있을지 의문이지만 말이다. 허허허."

"지금 말씀하고 이스님의 병과 연관이 있는 것입니까?"

"흐음, 닥터의 말로는 이 할아비가 깨달은 영검에 문제가 있을 것 같다고 하는구나. 그런데 아무리 생각해 봐도 할아비가 극한 가까이 깨달은 영검에 어떤 것이 문제일지 알 수가 없었단다. 그렇게 곰곰이 생각하다가 이런 추측을 얻었단다. 어쩌면 할아비의 영검은 완전한 것이 아닐지도 모르고, 완벽히 깨닫지 못한 영검 때문에 그런 괴이한 병에 걸린 게 아닐까 하는……."

이클립스와 이스는 마치 연습이라도 한 것처럼 턱에 손을 괴고 생각에 잠겼다. 추측이라고는 했지만 상당한 설득력이 있는 것 같았고, 그것을 제외한 다른 이유는 좀처럼 떠오르지도 않았다. 한동안 생각에 잠겼던 이클립스가 입을 열었다.

"그렇다면 이스님, 영검을 보다 완벽히 깨닫는 데 얼마 정도의 시간이 필요할 것 같습니까?"

"글쎄다. 이 영검이라는 것이 말로 형용할 수 없는 것이라 원한다고 해서 마음대로 터득할 수 있는 게 아니니. 허허허, 어쩌면 내일 당장 깨달을 수도 있겠고 아니면 몇백 년이 걸려도 이루지 못할 수 있겠지."

"그, 그런……."

떨떠름한 표정을 짓는 이클립스였지만 이스는 허허 웃으며 자리를 털고 일어나 휘적휘적 걸음을 옮겼다. 한 점 걱정이나 수심이라곤 찾아볼 수 없는 얼굴의 이스였다. 그는 리켄의 레어를 보며 예전 일을 떠올렸다.

화산파를 떠나 무림을 한동안 주유하다 도착한 장백산. 그리고 그곳에서 깨달은 영검. 생각해 보니 당시 영검을 깨우칠 때 어느 순간 자연스럽게 터득한 것 같았다. 비록 수박 겉 핥기 식으로 깨닫기는 했지만 지금 떠오르는 것은 상당히 자연스럽게 터득했다는 것이다. 독하게 마음을 먹고 반드시 이루려고 노력한 것은 절대 아니었다.

그가 철검무적이라는 외호로 불렸을 당시 이스는 이미 천하제일고수의 반열에 올라 소림사의 혜성 대사와 함께 모든 무림동도들의 존경을 한 몸에 받고 있었다.

그렇기 때문에 장백산에 도착한 이스에겐 꼭 이루고 싶은 무공도 없었고 독하게 마음먹을 필요는 더 더욱 필요치 않았었다. 신선이 나올 듯한 빼어난 풍광과 시시때때로 변하는 것 같은 아름다운 장백산의 정경. 언제나 명상하듯 산길을 오가며 사부가 가르쳐 준 영검을 떠올렸었고 그렇게 얼마의 시간이 흘렀을 때 자신도 모르는 사이에 터득할 수 있었다.

비록 장백산의 화산 폭발이 있은 이후부터 영검을 극한 가까이 터득하기 위해 많은 노력을 기울여 지금 같은 힘을 얻을 수 있었으나, 그것의 밑바탕이 되는 영검은 흐르는 물처럼 매우 자연스레 깨달은 이스였다.

'사부님께서는 농담처럼 하신 말씀이거늘……'

이스의 생각처럼 사부는 분명히 농담처럼 했던 말이었고 웃자고 한 말이었다. 그러나 곰곰이 생각해 보면 꼭 농담이라고 할 수는 없을 것 같았다. 극한 가까이 영검을 터득하기는 했으나 영검의 끝은 아니었고 무공은 끝은 더 더욱 아니었다.

'허어, 무공의 끝은 없다고 생각해 왔으면서 이 못난 늙은이가 그동안 마음속으로 그리 생각한 모양이로구나.'

장백산의 화산 폭발 이후 무공의 끝은 없다며 깊이 후회했던 것이 이제야 생각나는 이스였다. 어쩌면 이 이상한 세계에 도착한 이후, 아니, 영검의 극한을 깨우친 이후 자신도 모르는 자신감에 도취되어 있었던 것 같았다.

'그래, 시작도 해보지 않고 포기부터 할 수는 없는 일이지.'

조용히 리켄의 레어 가까이 다가가던 이스는 보일 듯 말 듯 고개를 끄덕이며 스스로를 채근했다. 과연 극한의 영검 뒤에 또 다른 영검이 있을지 알 수 없는 일이었지만, 이스는 한번 시도해 보기로 마음먹었다.

"뭐예요, 이스? 왜 이제야 오는 거예요? 짜증나게 정말. 얼마나 기다렸다고요."

"허어……?"

비탈길을 거의 올라 서너 걸음 크기의 둥그런 레어 입구 가까이 도착했을 때 갑작스레 리켄이 튀어나와 투덜거렸다. 이클립스가 닥터 루드리오를 향해 지독한 분노를 표출했을 때 그의 기척을 느낀 모양이었다.

"허허허, 우리 홍아가 할아비가 보고 싶었구나?"

"에이, 누가 보고 싶었다고……. 쳇쳇."

툴툴거리기는 했지만 리켄은 폴짝 뛰어와 이스의 팔짱을 끼고 그를 레어로 이끌었다. 이클립스의 기척을 느꼈음에도 에이프릴이나 다른 이들을 떼놓고 온 걸 보면 그가 얼마나 이스를 기다렸는지 알 수 있었다.

"허허허, 녀석아. 할아비 옷자락이 찢어지겠구나."

"찢어지면 한 벌 사드릴게요. 이래 봬도 창고에 보물이 얼마나 많은데요. 헤헤헤~"

"허허허."

레어로 끌려가듯 걸어가는 이스와 리켄에게선 끊임없이 웃음이 흘러나왔다.

제37장 습격(襲擊)

휘이이—

시원하게 불어오는 바람에 특이한 모양의 잎사귀를 가진 나뭇가지들이 제멋대로 흔들리며 시원스런 소리를 들려주었다. 마치 커다란 뱀이 똬리를 틀어 올린 것 같은 이상한 모양의 줄기와 소나무의 이파리처럼 뾰족뾰족하고 특이한 나뭇잎을 추욱 늘어뜨린 나무들이 주위를 가득 메우고 있었다. 뿌리를 박고 있을 대지에는 고운 모래가 가득했고, 멀리선 시원한 파도가 연신 하얀 포말을 일으켰다.

촤아아아.

사방의 둘레가 고작 삼사백 미터 정도밖에 되지 않을 작은 섬[島]이었다. 눈에 띄는 동물이라고 해봐야 가끔 지친 몸을 쉬기 위해 찾아오는 새들과 알을 낳으려는 바다거북이 전부였다. 육지와 너무도 많이 떨어진 작은 섬이었기에 사람의 모습이 보일 리는 더 더욱 없었다.

그러나 눈이 부시도록 하얀 백사장 한편으로 일단의 사람들이 서로를 마주 보며 모여 있었다. 한쪽은 모두 수영복 같은 옅은 풀빛 옷차림을 한 여인들이었고 다른 한쪽은 한 명을 제외하고 모두 칠흑같이 검은 복장을 하고 있었다.

풀빛 옷차림의 여인들은 천계의 전사들이었고, 검정색 복장의 인물들은 마족들이었다. 얼굴만 보면 으르렁거리며 죽일 듯이 달려들던 이들이 이곳에 이렇게 모인 이유는 모두 이스 때문이었다.

리켄의 레어에 도착한 이스와 이클립스는 십여 일 가까이 일행들과 조용히 시간을 보내며 가리트와 테라의 움직임이 있기만을 기다렸다. 이스가 가끔 크레이스를 찾기는 했지만 그는 눈을 감은 채 한마디 대꾸조차 하지 않았기에 아지트를 알아내지 못해서였다. 리켄이 다시 한 번 고문하자고 제안했지만 이스는 크레이스에게 조금 더 시간을 주자며 고개를 저었다.

그렇게 십여 일이 지났을 때 킬리오드가 마왕의 전갈을 가지고 리켄의 레어로 찾아왔다. 전갈의 내용은 간단했다. 별다른 기대는 하지 않지만 이스의 제안대로 천계와 한번 회담을 가져 보겠다는 내용이었다. 마왕으로선 이스에게 입은 은혜를 모른 체할 수 없었기에 형식적으로나마 빨리 해치우고 싶었던 모양이다.

마왕의 서신에 이스는 곧바로 움직였다. 가리트와 테라 등의 움직임도 없었고 이클립스가 세이트란 대륙의 주요 지점에 설치한 곳에서도 별다른 반응이 없었기에 회담 일정을 곧바로 정한 이스였다. 다만 마족들이 언제 어떻게 나올지 모른다는 천계 측의 우려 때문에 세이트란 대륙에서 가장 멀리 떨어진 외딴 무인도를 회담 장소로 선택했다.

천계 측에선 에리엘을 필두로 카린느를 제외한 8대 수호 전사들이,

마계 측에선 마왕의 전권을 위임받은 킬리오드가 다른 4대 친위대와 수하 두 명을 데리고 자리했다. 그리고 천계와 마계, 양측의 중재를 위해 이스가 자리했고, 이클립스는 이스의 호위를 맡는다는 조건으로 동석할 수 있었다.

"허허허, 그것참……."

수평으로 양쪽에 하나씩 놓여 있는 기다란 탁자에 마주 앉아 있는 천족과 마족들을 보던 이스가 고개를 저으며 낮은 웃음을 터뜨렸다. 에리엘과 8대 수호 전사들은 물론이고 마족들 모두 똑같은 표정을 하고 있었다. 미간은 잔뜩 찡그렸고 서로를 바라보는 시선은 마치 더러운 오물을 보는 것 같았다. 이곳에 자리를 잡은 지도 벌써 많은 시간이 흐르고 있음에도 누구 하나 한마디 입을 열지 않았다.

"아무래도 이 늙은이가 나서야겠습니다."

처음 의도는 서로가 만나 허심탄회하게 이야기를 주고받았으면 하는 마음이었지만 그것은 역시 무리일 듯싶었다. 이스는 자신이 주선했으니 양측의 이야기거리도 자신이 시작해야겠다고 마음먹었다.

"모든 분들께서 이렇게 어려운 걸음을 해주셔서 감사합니다. 하지만 언제까지 이렇게 서로 대화가 없다면 어렵사리 자리한 이 자리가 무슨 득이 되겠습니까. 양측이 서로에 대해 바다처럼 깊고 태산처럼 높은 원한을 가지고 있습니다만… 언제까지나 계속 똑같은 일만 반복되는 것이라면, 그것 또한 무슨 득이 되겠습니까?"

침착하고 부드러운 목소리로 말을 잇던 이스가 킬리오드를 향해 고개를 끄덕였다. 언제까지나 계속 끊임없이 반복되는 싸움에 대한 의견을 마계 측에서 먼저 말하라는 뜻이었다. 킬리오드 역시 이스의 의도를 알 수 있었으나 이클립스가 의식돼 자연스레 시선이 그쪽으로 향했다. 이클립스가 아무런 감정도 없는 목소리로 말했다.

"오늘은 이스님의 호위를 위해 자리했으니 괘념치 말도록. 나는 마계 측에도, 그렇다고 천계 측 입장에도 관심이 없다. 마왕님의 전권은 자네에게 있고, 이곳에서 일어난 어떠한 일에도 관여치 않을 것이다."

"네, 이클립스님. 그럼… 우리 마계는 지난 몇 번의 전쟁에서 비록 천계에 패하기는 했지만 앞으로 다시는, 결코, 절대로 천계 따위에 지는 일은 없을 것입니다, 이스님."

"흥. 지난 세 번의 전쟁에서 우리 천계는 언제나 마계 측보다 열세에 놓였었지만 결과는 항상 우리 천계의 승리였지요."

"흥!"

비아냥거리는 듯한 킬리오드의 말이 끝나기 무섭게 에리엘의 옆쪽에 서 있던 여인이 손가락 하나를 좌우로 흔들며 비릿한 미소를 지어 보였다. 손가락 마디 하나 정도밖에 되지 않을 짧은 황금빛 머리에 가느다란 이목구비의 여인이었다. 무척이나 도도하고 사나울 것 같은 외모였다. '키라'라는 이름으로 불리며 천계 서열 3위의 엄청난 실력자였다. 천계의 수장인 에리엘에게서 아무런 반론도 나오지 않자 그녀가 직접 나선 모양이다. 이곳에 카린느가 없기에 에리엘 다음 실력자는 그녀였다.

"고작 그 따위 실력 가지고 잘도 나불대는군."

"뭣이?! 더러운 마족 따위가!!"

천계 측과 마계 측. 이 두 진영에 앉아 있는 모두에게서 갑작스레 지독한 살기가 뿜어져 나왔다. 명령만 떨어진다면 곧바로 달려들 기세였다. 이스가 한숨을 내쉬며 중앙으로 걸음을 옮기고서야 진정시킬 수 있었다.

"허어, 그것참."

어느 정도 예상은 했지만 사상 유례를 찾아볼 수 없는 천계와 마계의 회담은 시작부터 꽤나 삐걱거렸다. 어떻게 해야 가슴을 열고 허심탄회하게 서로를 대할 수 있을지 막막했지만 이스는 포기하지 않았다.

"이제부터는 양측에서 한 분씩 말씀을 하는 것으로 하지요. 그리고 말씀하시는 분께서 말을 모두 마치기 전까지는 반론을 하거나 중간에 끼어드는 것은 되도록 삼가는 게 좋을 듯싶습니다."

좀처럼 결론이 날 것 같지 않은 천계와 마계 간의 회담은 이스의 중재로 조금이나마 회담답게 변했지만, 그리 진척이 있을 것 같지는 않아 보였다.

*   *   *

이스가 진땀을 흘리며 천계와 마계 사이에서 중재를 하고 있을 무렵, 남아 있는 일행들은 미넬과 디아루를 제외하고 모두 레어 밖으로 나와 조용한 한때를 보내고 있었다. 미넬과 디아루는 여전히 책만 읽고 있었다.

휘이이.

시원한 산들바람에 파란 풀잎들과 나뭇잎들이 아름답게 흩날렸다. 계절은 분명 가을에 접어든 지 오래였으나 리켄의 레어 주변 수십여 킬로미터는 언제나 실록으로 가득해 마치 따스한 봄날의 날씨처럼 느껴졌다. 모두가 겨울을 싫어하는 리켄의 마법에 의한 것이었다.

아주 오래전 리켄이 그의 어머니인 레오니아의 레어에 있을 당시, 추운 겨울에 알몸으로 벌을 섰던 셀 수 없이 많은 기억이 그가 겨울을 싫어하게 한 결정적인 원인이었다.

채채챙! 채챙!

하얀 들꽃과 짧은 풀들이 가지런히 자라나 있는 평지 위에서 에이프릴과 에이라가 검술 훈련에 한창이었다. 에이프릴의 움직임이 몰라볼 정도로 안정돼 있었다. 단 한 번의 움직임으로 수십여 개의 잔영을 만들어내는 에이라의 엄청난 공격을 무리없이 막아내고 있는 에이프릴이었다. 마치 수십 년에 걸쳐 뛰어난 검술을 창안한 검객처럼 느껴질 정도였다. 표정은 침착하고 냉정해 보였고, 에이라의 검을 막는 것에는 여유까지 느껴졌다. 에이라가 며칠 전부터 훈련 강도를 더해가고 있음에도 에이프릴에게선 지친 기색 역시 거의 찾을 수 없었다.

『참나. 이 더위에……』

에이프릴과 에이라가 있는 곳으로부터 조금 떨어진 나뭇가지 위. 사이나는 한심하다는 표정으로 둘을 지켜보고 있었다. 리켄의 마법이 아니었더라도 상당히 더운 날씨였기에 태양 아래서 열심히 땀을 흘리는 둘이 이해가 가지 않는 사이나였다.

『휴우, 나는 또 뭐 하고 있는 건지……』

한동안 에이프릴의 현란한 검술을 지켜보던 사이나가 절레절레 고개를 흔들며 긴 한숨을 내쉬었다. 아이들의 섬에 있어야 할 자신이 어째서 이런 덥고 후끈한 날씨 속에서 한숨을 내쉬고 있는지 생각해 보면 한심한 것은 자신이었다.

"아, 지겨워. 젠장! 왜 또 나냔 말이야!! 흐이구~"

사이나가 앉아 있는 나뭇가지에서 그리 멀리 떨어지지 않은 곳으로부터 짜증이 가득 섞여 있는 리켄의 투덜거림이 들려왔다. 자연스레 사이나의 시선이 그곳으로 향했고 이내 그녀에게서 혀 차는 소리가 흘러나왔다.

『드래곤이 에인션트 급이 되면 이상해진다더니… 쯧쯧.』

"에잇, 젠장. 이것 때문에! 한창 재미있을 텐데 가지도 못하고!"

자신을 향한 사이나의 곱지 않은 시선에도 불구하고 리켄은 연신 돌멩이를 향해 발길질하고 있었다. 그의 발에 차이는 것은 수박만한 커다란 돌덩이였다. 두 번째 열쇠가 들어 있는 돌덩이였다. 이스가 다시금 그를 이곳에 남긴 이유는 역시 돌덩이, 아니, 두 번째 열쇠를 지키기 위함이었다.

"젠장! 무지 재미있을 텐데!"

천계와 마계의 주축들이 모여 회담을 가진다는 소리에 이번만큼은 무슨 일이 있더라도 꼭 보고 싶다며 리켄이 무척 거세게 반발했으나 결국 이스를 이기지 못하고 남겨졌다.

사실 마계나 천계로 직접 가는 것이 아니기 때문에 두 번째 열쇠를 가지고 회담 장소에 갈 수도 있는 일이었지만, 언제 어디로 튈지 모르는 리켄의 성격을 걱정한 이스가 단호히 거절해 버렸다.

"에잇, 젠장!"

레어를 나선 이후 몇 시간 동안 계속되던 화풀이가 끝난 모양인지 리켄이 거친 욕지거리와 함께 자리에 주저앉았다. 생각 같아선 지금이라도 당장 워프해 찾아가고 싶었지만, 그것까지 생각한 이스와 이클립스는 위치와 장소에 대해 절대 함구하고 떠나 버렸다. 위치를 알아야 워프할 것이기에 어쩔 수 없는 일이었다.

"그냥 저걸 한번 냅다 꼬드겨 봐?"

한동안 풀이 죽은 표정으로 축 처져 있던 리켄의 눈매가 날카롭게 변했다. 그의 시선이 닿아 있는 곳, 그곳엔 하얀 원피스 차림의 카린느가 풀밭에 앉아 기분 좋은 표정으로 흥얼거리고 있었다.

"흐응. 흐응~"

마치 먹잇감을 노리는 맹수처럼 이글거리는 눈동자로 리켄이 노려보고 있는데도 카린느는 손에 채이는 풀잎들을 어루만지며 눈을 감고 연신 콧노래를 불러댔다. 이제 그녀는 다른 이와 어울리는 것은 포기한 지 오래였다. 이스가 레어에 머물던 십여 일 동안 나름대로 노력했던 그녀였지만 누구도 말을 걸어오지 않았다. 오히려 가까이 다가가면 몸을 부르르 떨면서 멀어질 정도였다.

"아, 흐응… 기분 좋다~"

좋게좋게 생각하기로 마음먹자 지금 상황이 그렇게 나쁘게만 느껴지지 않는 카린느였다. 이렇게 느긋하게 시간을 보냈던 게 얼마 만인지 모를 정도였다. 천계에 있을 당시는 언제나 바쁘게 지냈었다. 말이 좋아 8대 수호 전사 중 으뜸이고 천계 서열 2위였지, 실상은 수장인 에리엘의 개인 비서나 마찬가지였었다. 무슨 일을 그리도 많이 시키는지 한시도 조용히 쉬었던 기억이 없었다. 자신에 대한 믿음이 강하다는 것까지는 이해하겠지만 정도가 지나쳐도 한참 지나쳤었다.

"어이, 천계나리."

"네?"

한참 기분 좋게 흥얼거리던 카린느가 갑작스레 들려오는 리켄의 목소리에 환한 미소를 머금으며 고개를 돌렸다.

"말씀하세요, 리켄님."

사방으로 뻗친 짧은 금발 머리에 귀여운 눈망울로 생끗 미소 짓는 카린느의 얼굴은 마치 소녀처럼 깜찍하고 귀여워 보였다. 머리칼을 스치는 산들바람과 부드러운 풀 내음에 취해 기분이 상당히 들떠 있는 모양이다. 하지만 그녀의 그런 얼굴은 이내 어색하게 굳어갔다.

"호호호……."

"무, 무슨 이, 일이신가요, 리켄님?"

음흉한 미소를 지으며 다가오는 리켄의 모습에 카린느가 어색한 표정을 지으며 바닥에서 엉거주춤 일어났다. 이곳이 아닌 다른 곳에서 만났다면 리켄을 부를 때 '드래곤 씨' 혹은 '리켄 씨'라고 불렀을 터였으나 임무를 위해 최대한 존칭을 붙이는 카린느였다. 앞으로 언제가 될지 모르는 크레이스로부터의 정보를 얻기 위해서는 이스 일행들에게 최대한 잘 보여야 하기 때문이다.

"호호호, 천계나리. 지금 마계하고 천계하고 회담이란 걸 하고 있다며?"

"그, 그렇습니다만?"

"나한테 살짝 위치 좀 알려줄 수 있을까?"

"에……?!"

킬리오드가 마왕의 전갈을 전해줬을 때 이스는 카린느로 하여금 천계에 알리도록 부탁했고, 그 결과 회담이 시작될 수 있었다. 그렇기 때문에 이곳에서 유일하게 회담 장소를 알고 있는 것은 카린느뿐이었다.

"죄송합니다만 그, 그건 말씀드릴 수 없는……."

잔뜩 겁에 질린 표정으로 카린느가 고개를 흔들었다. 리켄의 힘은 천계의 수장인 에리엘과 비견될 정도였다. 카린느가 아무리 천계 서열 2위의 실력자라 해도 에리엘과는 현격하게 차이를 보였기에 그녀 혼자만으로는 세이트란 대륙 최강의 드래곤인 리켄을 어떻게 할 수 없었다. 하지만 그것 때문에 카린느가 겁에 질린 것은 아니었다.

겉으로 보이는 외모는 깜찍하고 발랄한 여인의 모습이었으나 그녀는 오랜 세월 동안 마족과의 치열한 사투를 경험한 백전노장이라고 할 수 있었다. 설혹 마왕과 단둘이 대적한다고 하더라도 침착함과 냉정함만은 잃지 않을 정도였다. 그런 그녀가 리켄을 보고 겁에 질린 것은 순전히 그의 음흉한 얼굴과 목소리 때문이었다. 보는 것만으로도 이상하게 온몸에 소름이 쫙 끼치는 것 같았다. 게다가 지금은 최대한 잘 보여야 했기에 제대로 된 반항조차 할 수 없는 처지였다. 리켄 역시 카린느의 현재 상황을 누구보다 잘 알고 있었다.

"흐흐흐. 말해 줄 수 없다?"

"그, 그래요."

"천계나리, 그새 자신의 처지를 잊은 거 아냐? 흐음, 아무것도 얻지 못한 채 천계로 쫓겨가면 에리엘이 뭐라고 할까. 히야~ 그거 정말 궁금해지는걸?"

"그, 그런……."

무서운 협박이었다. 카린느의 얼굴이 순식간에 절망의 구렁텅이로 빠져드는 것 같았다. 요 근래 그녀는 맡은 일에서 제대로 된 수확을 얻은 적이 한 번도 없었다. 게다가 가장 최근에, 이스가 천계에 왔을 때에는 수장으로부터 근신 처분까지 받았었다. 비록 지금의 임무 때문에 유야무야되기는 했지만, 여기서 또다시 말썽을 피운다면 근신이 아니라 그보다 더한 벌이 내려질 게 뻔했다. 하지만…….

"흐흐흐."

살짝 고개를 숙인 자세로 연신 혀로 입술을 훔치는 리켄의 모습은 충분히 위협적이었다. 자신도 모르게 그렇게 하겠노라고 고개를 끄덕이고 싶을 정도였다. 카린느는 그러나 고개를 흔들었다. 그녀에겐 아직 마지막 히든카드가 남아 있었다.

"절대 안 됩니다. 절대 말씀드릴 수 없어요, 리켄님. 리켄님께서 절 쫓아낸다고 하셨지만, 그렇게 하면 이제 곧 오실 이스님께서 가만히 계시진 않을 것입니다."

"헉!"

역시나 이스를 걸고넘어지는 게 통한 모양인지 삼류건달 같은 표정으로 다가오던 리켄이 깜짝 놀라며 헛바람을 집어삼켰다. 그러나 그것 역시 오래가지 않았다. 리켄은 거의 순식간에 음흉한 표정을 되찾았다.

"이스는 멀고 리켄은 가깝다. 이런 말을 들어보긴 했나 모르겠네?"

"그, 그런 말이… 안 돼요, 절대!"

다시 이어지는 리켄의 위협에 카린느는 고개를 돌려 버렸다. 계속 상대하다가는 음흉한 흉계에 말려들 것 같아서였다.

"흐음, 전부터 궁금했던 게 있었는데 말야?"

리켄의 말에도 카린느는 아무런 대꾸조차 하지 않은 채 아예 눈까지 질끈 감아버렸다. 그러나 리켄은 포기하지 않았다. 아니, 포기할 수 없었다. 서로를 끔찍하게 증오하고 싫어하는 천족과 마족이 한자리에 모이는 장면은 이번이 아니면 절대 볼 수 없을 것 같았다. 또 이스가 중재하는 자리이기에 서로 공격도 하지 못할 것이다. 생각만 해도 굉장히 재미있을 장면이 눈앞에 펼쳐지는 듯했다.

"흐음, 그 원피스 안에… 그 야시시한 옷을 입고 있으려나?"

"무, 무, 무슨 생각을?! 우리 천계의 전투복을 그렇게 비하하다니!"

"으흐흐."

거의 경악에 가까운 표정으로 고개를 돌린 카린느가 두 어깨를 감싸 쥐었다. 사실 말은 그렇게 했지만 카린느 역시 천계의 전투복이 어색

하고 쑥스러웠다. 다른 천계 전사들 모두는 아무렇지도 않게 생각해
왔고 떳떳이 입고 다녔으나 이상하게도 그녀는 그것이 무척이나 껄끄
럽고 싫게 느껴졌다. 어째서 그런 감정이 나오는 것인지 모를 일이었
으나 에리엘과 함께 행동하지 않을 때에는 언제나 지금과 같은 원피스
를 즐겨 입었다. 리켄이 사악한 웃음을 지으며 말을 이었다.

"내가 아는 어떤 드래곤들이 말이지… 천족의 모습을 그림으로 보
여준다면 보석 일만 박스를 준다고 해서 말이지. 크흐흐."

"그, 그런……."

사악하다 못해 잔인한 웃음을 흘리던 리켄이 슬쩍 옆을 향해 손을
들었다. 그러자 겁에 잔뜩 질려 어깨를 감싸고 있는 카린느의 모습이
고스란히 나타났다. 리켄이 눈으로 보는 것을 그림처럼 나타내는 마법
이었다. 실제와 똑같은. 완벽하다는 말이 무색할 정도로 어떤 것이 진
짜이고 어떤 것이 그림인지 모를 정도였다.

"서, 설마……?"

"흐흐흐, 하지만 천계나리 정도라면… 일만 박스가 아니라 십만 박
스를 불러도 충분히 먹히겠는걸? 크흐흐."

"그, 그런!"

상황이 좋지 않았다. 계속 이렇게 있다가는 드래곤들 사이에 유명인
이 되어버릴 것 같았고, 만약 그렇게 된다면 그녀는 다시는 인간 세상
에 내려올 수 없을 것이며 에리엘의 귀에 들어간다면… 생각만 해도
끔찍했다. 이스가 어서 빨리 돌아왔으면 좋겠지만 지금은 우선 도망치
는 게 먼저일 것 같았다.

"에……?!"

카린느는 천족들만이 사용할 수 있는 능력으로 잠시 먼 곳으로 피신

하려 했다. 하지만 어찌 된 일인지 그것이 이뤄지지 않았다. 멍한 표정으로 주변을 둘러보는 카린느를 향해 리켄이 눈빛을 반짝이며 말했다.

"오오~ 안 되지, 안 돼. 천계나리한테는 드래곤 로드만이 할 수 있는 항 워프 마법이 걸려 있거든. 나도 사실 천족들에게까지 먹힐 줄은 몰랐지만 말이야. 크흐흐."

"히익! 그, 그런 말도 안 되는!!"

드래곤 로드에게는 독특한 마법이 몇 가지 있다는 것은 그녀도 알고 있었지만, 천족들의 이동 수단까지 제어하는 마법은 처음 듣는 것이었다. 귀가 의심스러울 정도로 믿어지지 않을 지경이었지만 몸으로 직접 겪은 것이기에 거짓말이라고 몰아붙일 수도 없었다. 하지만 지금은 그것이 문제가 아니었다.

"으흐흐흐."

마치 막다른 골목에 다다른 생쥐를 보는 것처럼 리켄의 미소가 더더욱 진하게 변해갔다. 카린느는 오싹 소름이 돋는 이상한 느낌에 주변을 빠르게 둘러보았다. 다른 일행들에게 도움을 요청할 생각이었다. 그러나 먼 나뭇가지 위에 올라 있는 사이나는 눈을 감고 있었고 그것보다 더욱 멀리 떨어진 곳에서 검술 훈련을 하고 있던 에이라와 에이프릴은 바닥에 앉아 담소를 나누고 있었다. 누구 하나 그녀에게 시선조차 주지 않았다. 결국 마지막 남은 방법은 하나 뿐이었다.

"까아악~"

두 걸음 앞까지 리켄이 다가오자 찢어지는 듯한 커다란 비명을 지르며 카린느가 몸을 돌려 도망치기 시작했다. 워프가 되지 않는다면 우선 레어로 도망쳐 리켄의 부인인 디아루에게 도움을 요청할 생각이었다. 어찌 됐든 부인 앞에서 그런 망측한 짓은 하지 않을 것이라 판단한 것이다.

"케헤헤……."

비명과 함께 도망치는 카린느의 모습에 리켄은 낮은 웃음을 흘리며 천천히 그녀의 뒤를 쫓았다. 마음만 먹으면 순식간에 따라잡을 수 있는 거리였지만, 좀 더 처절한 패배를 느끼도록 하기 위해 레어 입구 바로 앞에서 잡을 심산이었다.

리켄과 카린느의 거리가 대략 오십 보 정도 떨어졌을 때였다.

콰쾅!

카린느의 발 밑에서 갑작스레 거대한 폭발이 일어났다. 카린느가 있던 곳을 중심으로 주변 십여 미터가 순식간에 아수라장이 되어버렸다. 폭발의 여파로 나무들은 뿌리째 뽑혀 날아갔고 바닥은 움푹 파였다.

"억!"

득의양양한 웃음을 흘리던 리켄의 얼굴이 경악으로 가득 차버렸다. 멀리 떨어진 곳에 있던 사이나는 나뭇가지에서 미끄러졌고 조용히 검술에 대한 이야기꽃을 피우던 에이프릴과 에이라 역시 깜짝 놀란 듯 자리에서 벌떡 일어나 멍한 표정을 짓고 있었다.

"어떤 놈이냐?!"

한동안 넋이 나간 표정으로 멍하게 폭발을 지켜보던 리켄이 비명 같은 괴성을 토하며 카린느에게로 달려갔다. 달려가는 와중에도 그의 시선은 주변을 빠르게 살폈고, 온몸의 감각신경을 최고조로 이끌어 낌새를 파악했다. 그러나 하얀 뭉게구름이 흘러가는 파란 하늘에선 가끔 새들이 날아다닐 뿐이었고 주변에서도 아무런 기척이 느껴지지 않았다.

"이봐, 어이?!"

매캐하게 피어오르는 연기를 뚫고 들어가자 시커멓게 그슬린 구덩이 속으로 아무렇게나 쓰러져 있는 카린느의 모습이 들어왔다. 리켄은 서둘러 달려가 그녀를 일으켜 세워 상태를 살폈다.

"이, 이런!"

반쯤 땅에 묻힌 상반신을 세우자 리켄에게서 이빨 갈리는 소리가 섬뜩하게 퍼져 나갔다. 카린느는 이미 정신을 잃은 채 기절해 버린 상태였다. 하지만 그녀의 오른쪽 팔이 어깨부터 잘려져 보이지 않았고 상반신 전체에 지독한 상처들이 가득했다. 그래도 이 정도라면 그나마 다행이었다. 천족들은 마족과 마찬가지로 재생 능력이 있었기에 천계로 돌아가 조금만 쉰다면 충분히 원래의 모습을 되찾을 수 있을 것이었다.

리켄이 놀란 것은 천계 서열 2위의 실력자조차 일격에 기절할 엄청난 위력의 폭발 때문이었다. 천계 전사들의 방어 능력은 상당히 뛰어난 수준이었다. 게다가 천계 서열 2위인 카린느 정도라면 무의식적으로 상대의 공격을 막을 수 있을 능력자였다. 그런데도 이런 상처를 입힐 정도라면 상대의 힘이 어느 정도인지 예측조차 하기 힘들었다.

"어떤 놈이 감히 내 영역을 침범한 것이냐?!"

잠시 카린느의 상태를 파악하던 리켄이 다시금 주변을 둘러보며 괴성을 터뜨렸다. 가공할 위력이 담겨 있는 그의 외침에 주변에서 매캐하게 피어오르던 시커먼 연기들이 순식간에 사라져 버렸다.

"이놈들이……!!"

언제나 울컥하는 성미로 다짜고짜 달려들었던 리켄이었으나 이번에는 좀처럼 움직일 생각을 하지 않았다. 그도 그럴 것이 상대는 보이지 않았고 누구인지조차도 알 수 없었기 때문이다. 이빨을 하얗게 드러내

뿌득뿌득 갈아대는 리켄의 얼굴로 한줄기 기다란 땀방울이 미끄러졌다.

'지나치게 조용하다.'

마치 숲 전체가 겁에 질려 있는 것처럼 동물들의 움직임도, 그렇다고 작은 풀벌레의 움직임조차 감지되지 않았다. 산 전체가 흔들릴 정도로 커다란 폭발이라면 나뭇가지에 앉아 있던 새들이 깜짝 놀라 하늘로 날아오르거나 했을 것이고, 주변에 있던 작은 동물들 역시 도망쳐야 정상이었다. 한데 아무것도 느껴지지 않았다.

"아!"

한동안 무섭게 치떠진 눈초리로 주변을 살피던 리켄이 뭔가가 생각난 표정으로 고개를 돌렸다. 그의 시선 끝으로 멀리서 에이프릴을 등지고 선 에이라의 모습과 바닥에 아무렇게나 팽개쳐진 돌덩이, 두 번째 열쇠가 들어왔다. 리켄의 얼굴로 슬며시 미소가 나타났다 사라졌다. 카린느를 공격한 자들은 아마도 란스하르드에서 봤던 인물들일 것 같았다. 아니, 분명히 그자들일 것이었다. 어째서 공격한 이후에 모습을 드러내지 않고 있는 것인지는 알 수 없었으나 그들이 확실하다고 리켄은 판단했다. 그렇다면 불행 중 다행이었다. 그들이 노리는 것은 두 번째 열쇠일 터. 이곳을 찾은 것은 놀라운 일이었지만, 두 번째 열쇠에서는 그 특유의 사악하고 지독한 기운은 느껴지지 않을 것이었다.

"에이라."

"말씀하세요."

날카롭게 치떠진 눈으로 연신 주변을 살피며 리켄이 에이라를 찾았지만 그녀는 다가오지 않았다. 마치 보이지 않는 누군가가 숲 전체를 무겁게 내리누르는 것 같은 느낌에 움직이지 않는 것이 좋다고 판단한 모양이었다. 리켄 역시 그것에는 신경을 쓰지 않았다.

"어서 이스를 불러."

"저도 위치를 모릅니다."

"뭣이?!"

주변을 살피던 리켄이 다급한 표정으로 고개를 돌려 '넌 마족이니까 어떻게 해서든 알아보란 말이야'라고 외치려 했다. 하지만 그 순간 에이프릴과 에이라의 발 밑에서 눈부신 빛이 번쩍였다.

콰쾅!

"까악!"

카린느의 의식을 잃게 했던 폭발보다 훨씬 강한 굉음과 함께 에이프릴의 비명 소리가 들려왔다. 경악한 리켄이 서둘러 폭발 지점으로 날아갔다.

"에이프릴!"

"으으……."

에이프릴은 폭발 지점보다 십여 미터 밖에서 쓰러져 있었다. 바닥에서 폭발이 일어나는 찰나의 순간, 에이라가 그녀를 이곳까지 던진 것 같았다. 천계 서열 2위의 카린느가 한쪽 팔과 의식까지 잃을 정도였기에 만약 에이라가 아니었다면 그녀는 목숨을 보전하기 힘들었을 것이었다.

"어, 언니는?"

잠시 신음하던 에이프릴이 번쩍 자리에서 일어나 시커멓게 피어오르는 연기 속으로 들어가려 했다. 팔과 얼굴에 가벼운 찰과상만 보일 뿐 별다른 상처는 입지 않은 듯 빠른 움직임이었다.

"하아… 하아……."

에이프릴이 몇 걸음 걸었을 때 시커먼 연기를 뚫고 에이라가 천천히 걸어나왔다. 하지만 그녀는 몇 걸음 걷지도 못하고 힘없이 쓰러졌다. 카린느처럼 몸의 어딘가가 사라지지는 않았으나 입고 있던 옷이 걸레처럼 찢겨져 있었고 곳곳에 깊은 상처가 드러나 있었다.

"언니! 에이라 언니! 언니?!"

쓰러지는 에이라의 모습에 에이프릴이 울 것 같은 목소리로 그녀의 이름을 외쳐 댔다. 그녀는 직격으로 공격을 받았음에도 정신을 잃지는 않았다.

"나… 나는 괘, 괜찮……."

"언니!!"

괜찮다고 말하려는 것 같았지만 에이라는 결국 말을 맺지 못한 채 기절해 버렸고 에이프릴은 커다랗게 울음을 터뜨렸다. 리켄이 다가가 죽은 것이 아니라 기절한 것뿐이라고 다독여 줬지만 에이프릴의 울음은 좀처럼 멎을 생각을 하지 않았다.

"흐흐흑. 언니……."

적들에게 위치를 알릴 수 있을 정도로 커다란 울음이었다. 리켄은 그러나 에이프릴을 말리지 않았다. 이미 자신들의 위치를 알고 있지 않고서는 공격조차 할 수 없었을 것이기 때문이다.

"이놈들이 정말……."

상당한 간격을 두고 공격만 할 뿐 주변 어디에서도 적들의 모습이나 기척은 느껴지지 않았다. 어째서 모습을 드러내지 않고 간헐적으로 공격만 하는 것인지 놈들의 의도를 알 수 없었다. 리켄은 그러나 더 이상 참지 않을 생각으로 조용히 마법을 일으켜 공중으로 몸을 띄웠다.

"이놈들~! 나 리켄 리커이스가 여기에 있다! 겁쟁이처럼 숨어 있지

말고 나와라~ 같이 놀자, 이 찢어 죽일 놈들~!'

지상에서 대략 오십여 미터까지 몸을 띄운 리켄이 주변을 둘러보며 커다랗게 외쳤다. 순간 그의 목소리가 시야를 가득 메우고 있던 산들을 온통 흔드는 것 같았다. 목소리에 지독한 살기와 광기가 묻어 있다는 드래곤 피어였다.

"나와라, 이놈들! 어서 나와!!"

이성을 잃은 것처럼 괴성을 터뜨리는 리켄이었다. 하지만 그가 이렇게 높은 허공까지 몸을 띄운 것에는 다른 일행들을 배려하기 위함이었다. 멀찌감치 레어 입구에서 놀란 표정으로 서 있는 디아루와 미넬, 한쪽에서 기절한 채 쓰러져 있는 카린느, 그리고 에이라를 안고 흐느끼는 에이프릴. 이 모두가 언제 공격당할지 모르는 일이었다. 그렇기 때문에 리켄이 하늘 높이 몸을 띄워 자신을 적들에게 노출시킨 것이다. 불시에 시작되는 공격이라면 차라리 자신에게 집중시키려는 의도였다. 마치 이성을 잃은 듯 행동하면서도 리켄은 암암리에 최상급 방어 마법을 수십 개 이상 펼치고 있었다.

웅웅…….

리켄이 하늘에 몸을 띄우고 대략 십여 분 정도가 흘렀을 때였다. 하늘 높은 곳에서 웅웅거리는 소리가 들려왔다.

"이놈들!!"

두 눈 가득 섬뜩한 살기를 머금으며 리켄이 서서히 하늘을 향해 고개를 들었다. 어느새 눈이 부실 정도로 파란 하늘 곳곳이 시커먼 그림자들로 덮여가기 시작했다.

"나왔구나."

제38장 이스의 분노

어림잡아도 이삼백은 충분히 넘을 상당한 숫자의 시커먼 그림자들이 리켄을 중심으로 둥그렇게 하늘을 가득 메우며 모습을 드러냈다. 그리고 그들 정중앙으로 아주 익숙한 자가 모습을 드러냈다.

"헤, 이거 또 만나버렸군. 가리트라고 했던가, 이름이?"

말은 장난스럽게 했지만 리켄의 입가로는 잔인한 미소가 가득했다. 3미터는 거뜬할 거대한 체구에 시커먼 상하의. 거기에 뭉툭한 코와 두툼한 입술. 란스하르드 왕국에서 사라졌던 가리트였다. 모습을 드러낸 가리트는 웬일인지 한동안 주변을 둘러볼 뿐 리켄에겐 눈길을 주지 않았다.

"이 자식아! 이게 어디서 감히 나를?!"

무시당한다고 생각되자 화가 치밀어 오른 리켄이 버럭 소리치며 커다란 불덩어리를 쏘아 보냈다. 비록 란스하르드 왕국에서 처참하게 당하긴 했지만 그사이 리켄도 나름대로 여러 가지를 준비했었다.

스스.

"이······!"

리켄의 얼굴이 더욱 일그러져 갔다. 웬만한 인간들의 도시 하나쯤은 거뜬히 없애 버릴 불덩어리가 가리트에게 도달하지도 못한 채 소멸해 버리는 장면 때문이었다. 게다가 가리트는 여전히 주변을 둘러보고 있을 뿐이었다.

"이놈을!!"

리켄은 머리끝까지 화가 치밀어 올라 정말로 이성을 잃을 것 같은 표정이었다. 얼굴은 시뻘겋게 달아올라 곧이라도 터질 것처럼 변해 버렸고, 날카롭게 치떠진 눈매로는 진한 살기가 번뜩이고 있었다. 하지만 겉모습만 이럴 뿐 리켄은 침착함을 유지하고 있었다.

[마누라.]

시선은 여전히 가리트를 향한 채였으나 리켄은 은밀히 마법을 펼쳐 디아루에게 의사를 전달했다. 리켄이 있는 곳에서 레어 입구에 서 있는 디아루까지 거리는 제법 멀었으나 이 정도라면 누구도 눈치 채지 못하도록 의사를 전달할 수 있었다. 가리트를 노려보며 뿌득뿌득 이를 갈아대면서도 리켄은 냉정하게 의사를 전달했다.

[에이프릴하고 나머지 쓰러진 놈들 데리고 어머니한테 가 있어. 어서!]

[하, 하지만······?]

리켄의 명령에도 디아루는 좀처럼 움직이지 않았다. 란스하르드 왕국에서 리켄과 함께 가리트를 상대했던 그녀였기에 누구보다 가리트의 힘을 잘 알고 있었다. 현존하는 드래곤들 중 최고의 공격력을 자랑하는 리켄과 에인션트 급을 불과 천 년 남겨놓은 다크 드래곤. 이 둘이 연합 공격을 했어도 통하지 않던 상대가 바로 가리트였다. 당시 이스와 이클립스가 나서지 않았더라면 어쩌면 치명적인 상처를 입었을지도 모를 일이었다.

[멍청아. 뭐 하고 있는 거야, 어서 가지 않고!]

[혼자선 무리예요. 차라리 저도 함께…….]

"입 닥치고 어서 꺼져!"

아무리 말해도 디아루가 좀처럼 움직이려 하지 않자 화가 난 리켄이 마법으로 의사를 전달하지 않고 고개를 돌려 외쳤다. 순간 아차 하는 마음이 들었지만 이미 때는 늦어버렸다.

"이, 이런……!"

거의 순식간에 디아루와 미넬 주위를 수십이 넘는 검은 형체들이 둥그렇게 에워쌌다. 가리트와 비슷한 외형의 그것들은 가리트보다 존재감이 약하게 느껴졌으나 디아루 혼자서는 열 이상 감당할 수 없을 정도의 기운을 은연중에 풍기고 있었다.

"젠장! 그러니까 말 좀 들으란 말이다, 멍청한 것아!"

디아루를 향해 쏟아 붓듯 외치는 리켄의 표정이 안타까움으로 가득했다. 이젠 불리한 싸움을 할 수밖에 없었다. 다른 일행들을 모두 대피시키고 혼자서 홀가분하게 싸울 생각이었지만, 이미 엎질러진 물이었다.

"빌어먹을!!"

이젠 혼자서 싸우다 도망칠 수도 없었다. 기절한 카린느와 에이라, 거기에 그동안의 혹독한 검술 훈련을 비웃기라도 하듯 바닥에 주저앉아 울어대기만 하는 에이프릴. 가리트와 비슷하게 생긴 검은 형체들에게 포위당한 디아루와 미넬. 이 모두를 리켄 자신이 책임져야만 했다.

"이놈……."

중얼거리듯 낮게 욕지거리는 내뱉으며 리켄이 다시금 가리트를 향해 시선을 가져갔다. 그리고 그 순간 오랫동안 주변을 둘러보던 가리트의 시선이 천천히 리켄에게 돌려졌다. 아무런 감정이나 표정을 읽을 수 없는 얼굴이었다.

"노인이 보이지 않는군."

무감정한 목소리. 입술조차 움직이지 않으면서도 주위에 윙윙거리듯 울리는 가리트의 목소리였다. 지금까지 이스를 찾았던 모양이다. 가리트의 말이 끝난 순간 그의 옆으로 시커먼 연기가 아른거리며 누군가가 모습을 드러냈다. 매우 작은 키에 칠흑처럼 짙은 흑색 로브를 깊숙이 눌러쓴 인물, 테라였다.

"아무래도 없는 듯하군."

"크크크. 괜한 헛수고를 했어. 시간만 낭비했잖아."

가리트의 말에 가래가 끓는 것 같은 목소리로 대답하는 테라였다. 리켄은 안중에도 없는 듯한 행동이었다. 리켄의 미간이 일그러질 대로 일그러졌다.

'이놈들. 이스가 있었다면 네놈들은 한 주먹감이다, 재수없는 버러지들아!'

머리 속에서만 외칠 뿐이었다. 상대는 숫자도 많을 뿐더러 리켄에게는 다른 일행들의 생명이 걸려 있었다. 하지만 그것도 시간문제일 것 같았다. 정신을 차리고 냉정하게 판단을 해봐도 가리트의 힘은 자신의 상상을 몇 배나 초월할 정도이다. 거기에 가리트와 엇비슷한 기운을 풍기는 테라까지 나타났으니 뭔가 다른 방도를 찾아야 했다. 하지만 이렇다 할 좋은 방법이 떠오르지 않았다.

"젠장! 천하무적인 내가 어쩌다 이 모양이 됐는지……."

욕지거리를 뱉으며 리켄이 흘끗 고개를 돌려 일행들을 살펴봤다. 에이프릴은 아직까지도 울먹이며 에이라를 안고 있었고, 카린느는 여전히 의식이 없었으며 디아루와 미넬 역시 똑같은 상황이었다. 그들을 보며 리켄은 긴 한숨을 내쉬며 고개를 흔들었다.

'어쩐다… 어떻게…….'

생각 같아선 곧장 놈들에게 덤벼들어 공격을 퍼붓고 싶었지만, 그렇게 한다면 득보다 실이 더 많을 것이었다. 한동안 생각에 잠겼던 리켄은 결국 마지막 방법을 택했다. 그리고 그가 오랜 생각 끝에 결정을 내린 순간, 그의 신형이 눈 깜짝할 사이에 사라져 에이프릴과 에이라에게 도달했다.

"이, 이런……!"

도착하기는 무사히 도착했으나 그가 에이프릴 곁에 나타난 순간 가리트와 비슷한 형상의 시커먼 그림자들이 그를 둥그렇게 에워쌌다. 놀라운 속도였다. 미넬과 디아루를 포위하던 것들이 아닌 하늘에 떠 있던 자들이 다가온 것이었다. 리켄이 먼저, 그리고 순식간에 움직였는데도 적들의 이동 속도 역시 리켄만큼, 아니, 거리가 더욱 벌어졌기 때문에 어쩌면 리켄보다 더욱 빠른 속도로 움직였다고 할 수 있었다.

"발버둥 치지 마라, 드래곤."

"이……!"

시커먼 그림자들이 나타났다고 생각된 순간 리켄의 등 뒤에서 가리트의 목소리가 흘러나왔다. 테라와 대화를 나누고 있었으면서도 리켄의 움직임을 놓치지 않은 모양이다. 이빨을 부딪치며 고개를 돌린 리켄. 그의 표정엔 당혹감이 가득했다. 검은 그림자들에 함께 있다고는 하지만 가리트가 입을 열기 전까지 리켄은 그의 기척을 조금도 느끼지 못했다. 마치 처음부터 그곳에 있었던 것 같았다.

"쓸데없는 시간 낭비는 하지 마라. 너는 내 상대가 아니다."

"큭!"

재차 이어지는 가리트의 말에 리켄의 미간이 꿈틀거렸다. 자신이 암암리에 펼친 최상급 공격 마법을 이미 눈치 챈 모양이었다.

"아, 아~ 빌어먹을."

공격 마법을 포기한 리켄이 씁쓸하다는 듯 손가락을 퉁겼다. 수십이나 되는 검은 그림자들과 가리트가 앞에 있음에도 마치 평소 때처럼 돌아온 것 같은 리켄의 모습이었다. 쩝쩝 입맛을 다시며 리켄이 말을 이었다.

"가리트라고 했던가?"

"그것이 나에게 붙여진 이름."

"너무 치사한 방법 아니야? 이스도 없는데 힘없는 것들만 다그치고 말이야. 다음에 이스가 있을 때 다시 한 번 오지 그래. 그때 한판 진하게 붙어보자고. 어때?"

"후후."

리켄의 말에 가리트에게서 낮은 웃음이 흘러나왔다. 입술은 여전히 움직이지 않았고 표정 역시 처음과 같은 모습을 하고 있었다.

"재미있는 드래곤이로군. 우리가 그런 공격을 한 것은 그 노인을 끌어내 다른 곳으로 유인하기 위함이었다. 인정하고 싶지 않지만 그 노인은 나보다 강하다. 하지만 오늘은 보이지 않는군."

"헤… 그렇군, 역시. 어쩐지 이상하다고 생각했지. 하지만 말이야,

이스가 있었으면 여기 있는 것들 모두 온전하지 않았을 거야."

"후후."

미소와 함께 대답은 했지만 리켄의 심사는 사뭇 뒤틀려 있었다. 자신의 꼴이 마치 고양이 앞의 쥐 같았다. 가리트 하나도 버거운 판에 완전히 떼로 몰려들었으니 이젠 저들의 마음에 따라 자신과 일행들의 목숨이 오락가락하고 있었다.

팔짱을 끼고 잠시 웃음을 흘리던 가리트가 말을 이었다.

"그 이스라는 이름으로 불리는 노인이 가지고 있던 것, 두 번째 열쇠. 그것을 준다면 그냥 물러가 주지. 시간 끌기 귀찮으니."

"커허~ 그래? 그것참, 정말로 아쉽네. 이걸 어쩌나? 두 번째 열쇠 말이야, 이스가 가지고 갔거든?"

리켄이 어깨를 들썩이며 정말로 아쉽다는 표정으로 대답하자 가리트의 살짝 처진 눈매가 매섭게 치켜 올라갔다.

"정말이라니까. 드래곤은 거짓말 안 하거든?"

"크크크. 웃기는 드래곤이군."

"뭣이?!"

무서운 얼굴로 묵묵히 서 있는 가리트의 옆으로 로브를 깊이 눌러쓴 테라가 모습을 드러냈다. 그는 가리트와 리켄이 대화를 나누고 있었을 때에도 하늘 높은 곳에서 이스가 있는지를 확인하고 있었다. 하지만 그 어디에서도 이스의 모습이나 기척이 느껴지지 않아 이렇게 가리트에게 다가온 것이다. 이스에게선 그 어떤 기운이나 기척이 느껴지지 않았으나 테라는 아직까지 모르고 있었다.

"이걸 봐라, 드래곤. 크크크."

"엥?"

귀를 자극하는 탁한 웃음과 함께 테라가 한 손을 옆으로 들었다. 로브가 슬쩍 벗겨지고 시커먼 빛깔을 한 앙상한 손이 나타났다. 마치 거북이의 껍질 같은 피부에 뾰족하고 시커먼 손톱이 보는 이의 미간을 절로 찡그리게 했다. 그런데 테라의 앙상한 손 주위로 거무스름한 연기 같은 것이 꿈틀거렸다.

슈우우.

"크크크, 이 주변 어딘가에 두 번째 열쇠가 있을 것. 어떤 방법으로 그것의 기운을 막아놓았는지 대견스럽다만… 크크크. 나를 속일 수는 없을 것이다, 어리석은 드래곤이여."

"젠장."

믿을 수 없었지만 테라의 손에서 꿈틀거리는 검은 기운은 아마도 두 번째 열쇠와 연관이 있는 듯했다. 실로 어이가 없을 정도로 놀라운 장면이었다. 그러나 리켄에게는 아니었다. 하얀 이빨을 드러내며 리켄이 비아냥거리는 투로 말했다.

"그런 수가 있었다니, 정말 대단한걸? 세상은 오래 살고 볼 일이야. 그나저나 손이나 좀 닦고 다니지? 보는 사람 입장도 생각해……."

콰쾅—

"크흑!"

리켄의 말은 끝까지 이어지지 못했다. 갑작스레 그의 몸이 바닥으로 움푹 꺼져 들어 허리까지 땅속으로 깊숙이 들어가 버렸다. 보이지 않는 무형의 공격에 당한 듯 리켄의 입에서 격한 신음이 흘러나왔으나 다행히도 그의 몸은 멀쩡한 듯했다. 은밀히 펼치고 있던 최상급 방어 마법 덕분이었다.

"기회는 한 번뿐이다."

가늘게 떠진 눈매로 노려보며 가리트가 리켄 가까이 다가왔다. 리켄을 공격한 것은 아마도 가리트인 듯했다.

"헤… 형씨, 이렇게 보니까 더 커 보이는걸?"

땅속에 몸이 박혀 있음에도 리켄은 비릿한 미소를 짓고 가리트를 바라보았다. 그냥 봐도 상당한 위압감이 느껴지던 가리트가 더욱 크게 느껴졌다.

"죽고 싶은가?"

리켄의 얼굴을 향해 천천히 손을 뻗는 가리트의 손바닥 주변이 아지랑이처럼 뿌옇게 변해갔다. 그리고 그것이 보였다고 생각된 순간, 마치 수많은 바늘로 찔러대는 것처럼 온몸이 아파왔다. 무서운 위압감이고 엄청난 위력이었다. 리켄은 그러나 씨익 웃으며 최상급 공격 마법을 펼쳤다.

"지랄!"

콰쾅—!

분수가 뿜어지는 것 같은 커다란 불길이 가리트를 향해 밀물처럼 쏟아졌다. 란스하르드 왕국에서 간신히 목숨을 건진 리켄이 그동안 조용히 준비하던 것이 바로 이것이었다. 마법이 형성되는 시간은 찰나라고 할 수 있을 정도로 극히 짧았으며 공격 범위는 넓게 펼쳐졌다. 아무리 많은 적이라도 공격 범위에 든다면 피할 수 없을 것이었다. 하지만 그 위력만큼은 본체로 돌아간 리켄의 파이어 블레스보다 스무 배 이상이었다.

상대가 빠른 스피드로 도망치는 자이거나 많은 숫자를 상대해야 할 때를 위해 고안해 낸 마법 공격이었다. 리켄이 지금까지 공격을 하지 않았던 것은 가리트와의 거리가 더욱 가까워질 때를 기다린 결과였다.

인정하기는 싫었지만, 상대는 상상을 초월할 정도로 강했고 그 숫자도 대단했다. 하지만 가리트를 없애 버릴 수 있다면 나머지는 어찌어찌 해볼 수 있을 것 같아서였다.

"화르르……."

십여 초 이상 지속되던 불길이 사그라졌을 때 리켄의 앞쪽으로는 모조리 거센 불길에 사로잡혀 있었다. 아니, 마치 용암의 그것처럼 변해 있었다. 셀 수 없이 많았던 아름드리 나무들과 크고 작은 바위들은 그 형체조차 찾아볼 수 없었고, 완만한 경사를 이루며 이어져 있던 언덕도 움푹 패어 시뻘건 빛을 뿜어댔다.

"헤헤……."

바닥에서 폴짝 뛰어나온 리켄이 승리의 미소를 지으며 주변을 둘러보았다. 하늘과 뒤쪽에서 포위하고 있던 시커먼 형체들 몇이 보일 뿐 가리트와 테라의 모습은 어디에서도 보이지 않았다. 눈 깜짝할 사이에 순간적으로 공격했던 것이기에 피하지 못하고 죽은 것으로 생각한 리켄이었다. 그러나 리켄의 웃음은 오래가지 않았다.

"대단하군."

"크크크."

"헉?!"

바로 머리 위에서 가리트의 굵은 목소리와 귀를 자극하는 테라의 거친 웃음소리가 들려왔다. 깜짝 놀란 리켄이 고개를 들었을 때, 보이지 않는 무언가가 그의 몸을 내리찍었다.

"컥!"

마치 쇠가 자석에 달라붙는 것처럼 리켄의 몸이 땅바닥에 강하게 맞부딪쳤다. 최상급 방어 마법을 수십 개나 펼치고 있었는데도 소용이 없었다.

무감정한 눈초리로 바라보던 가리트가 리켄의 목을 향해 빠른 속도로 수직 하강했다.

뚜두둑.

"끄윽!"

커다란 키만큼이나 넓고 커다란 가리트의 발이 정확히 리켄의 목으로 떨어졌고, 뚜드둑 하는 끔찍한 소리가 울려 퍼졌다. 안간힘을 쓰며 바닥에서 일어나려 애쓰던 리켄의 몸이 추욱 늘어졌다.

"이제 기회는 없다, 드래곤."

살짝 처진 가리트의 시커먼 눈동자로 진한 살기가 번뜩였다.

*　　　*　　　*

"이 창녀 같은 것들이 뚫린 입이라고……!"

"흥, 욕밖에 모르는 저속한 것들."

이스의 제안으로 마계와 천계에서 한 사람(?)씩 돌아가며 서로에 대한 의견을 가감없이 말하고 있었지만 결과는 좋지 못했다. 서로가 은근슬쩍 상대방을 비웃고 하찮게 여기는 의견이었기에 결국 으르렁거리는 것으로 종결 지어졌다.

"오늘 이렇게 모인 것은 우리 천계와 마계 사이에 벌어지는 정기적인 전쟁 때문입니다. 그러니 모두들 서로 쓸데없는 말만 하지 말고 전쟁에 대한 것을 이야기하세요. 저는 시간을 낭비하러 이곳에 온 게 아닙니다."

줄곧 침묵으로 일관하던 에리엘이 천계 전사들을 향해 일침을 가했다. 하지만 그것은 천계 전사들에게만 국한된 것이 아닌 마족들에게도 하고 싶은 말이었다. 비록 그녀 역시 별반 기대는 하지 않았지만, 이렇게 서로를 헐뜯는 것만으로 끝이 난다면 아까운 시간만 낭비할 뿐이었다.

"죄, 죄송합니다, 에리엘님. 하지만 저놈들이……."

"거역하는 건가요, 키리?"

"아, 아닙니다, 에리엘님. 용서를."

무겁게 가라앉은 에리엘의 눈초리를 보자 뜨끔한 표정으로 다급히 허리를 숙이는 키리였다. 지금 같은 눈초리를 할 때의 에리엘은 무서웠다. 아무리 아끼는 수하라도 가차없이 벌을 내릴 때의 모습이었다.

"흠."

조용해지는 천계 전사들을 잠시 지켜보던 킬리오드가 낮은 신음과 함께 일행들을 돌아봤다. 세리아나, 유리칸, 앤디킬. 킬리오드를 포함한 마왕의 4대 친위대들. 이들은 아직까지 불만 섞인 얼굴들이었다. 실상 이들 셋과 킬리오드의 실력 차이는 미미한 수준이었다.

언밸런스한 머리칼에 가려진 킬리오드의 한쪽 눈매에 무서운 살기가 번뜩였다.

"이 몸에겐 마왕님의 전권이 내려져 있다. 앞으로 함부로 지껄이는 자는 용서치 않고 마왕님께 보고할 것이다."

"헤에……."

킬리오드의 무서운 표정과 말투에도 유리칸과 세리아나, 그리고 앤디킬의 얼굴에선 미소가 피어올랐다. 이들 4대 친위대는 서로 간의 교류가 많았고 유대 관계가 친밀해 언제나 친구처럼 지내왔었다. 그렇기 때문에 킬리오드의 말이 재미있게 보이는 모양인지 모두의 얼굴에서 긴장감을 찾을 수 없었다.

"후……."

이스 곁에 앉아 있던 이클립스가 먼바다를 바라보며 조용히 지나가는 투로 입을 열었다.

"마왕님의 권위가 장난이었던가. 흐음."

이클립스의 말이 끝나기 무섭게 마왕의 4대 친위대 모두의 얼굴이 돌처럼 굳어져 버렸다. 이스의 호위로서만 참가하겠다고 했으나 이클립스는 엄연한 마족이었다. 그것도 보통 마족이 아닌 마족 최강의 전사이자 마계 역사상 최고의 천재, 거기에 마왕의 직계 혈족이었으며 모든 마족들이 존경하고 사랑하는 마계 최고의 우상이었다. 그런 그가 마왕의 권위에 대한 이야기를 꺼냈다는 것은, 아니, 이클립스라는 존재가 입을 열었다는 것만으로도 이곳에서 벌어지는 일에 관여하겠다는 말과 같았다. 또한 그가 아무리 마왕의 명령을 받지 않고 독자적으로 움직이는 마족이라고 해도 이클립스라면 마왕의 명령 없이도 4대 친위대 정도 따위는 얼마든지 마음대로 죽일 수 있는 위치였다.

"죄, 죄송합니다, 이클립스님. 이 킬리오드가 부덕하여 생긴 일입니다. 앞으로 다시는……."

"용서를……."

순간적으로 돌처럼 굳어버렸던 4대 친위대들 모두가 자리에서 일어나 이클립스를 향해 무릎을 꿇고 용서를 빌었다. 그러나 이클립스의 시선은 여전히 먼바다에 닿아 있었다. 조용히 속삭이는 듯한 이클립스의 말이 이어졌다.

"자리에 앉아. 추태는 이제 그만 보이도록."

"넷!"

마치 군대에 갓 입대한 신병들처럼 4대 친위대 모두 절도 넘치는 대답과 행동을 보였다. 그런 그들의 얼굴로 살얼음판 위를 걷는 듯한 긴장감이 무섭게 깔려 있었다.

　　"후후."

　　친위대들의 행동에 살포시 미소 짓던 이클립스가 이스를 향해 고개를 돌렸다. 시끄럽던 천계 전사들과 마족들이 드디어 회담다운 회담을 진행할 것이니 이스도 만족스런 얼굴을 하고 있으리라 생각돼서였다. 그러나 웬일인지 이스의 표정이 이상했다. 미간이 살짝 좁혀져 있었고 연신 기다란 수염을 쓰다듬고 있었다.

　　"무슨 일이 있으신 겁니까, 이스님?"

　　덜컥 겁부터 난 이클립스가 심각한 표정을 하며 이스에게 닿을 듯이 다가갔다. 이클립스는 혹시라도 이스가 병 때문에 근심 어린 얼굴을 하고 있는 것일지 모른다고 생각했다. 언제 어느 때 시작될지 모르는 고통. 어쩌면 지금 이 순간에도 지독한 고통에 시달리고 있을지 모르는 일이었다. 그리고 이스가 내색을 조금도 하지 않는 것은 회담에 지장을 주지 않기 위함일지도 모른다고 생각했다.

　　"어… 어디 편찮으신 겁니까, 이스님?"

　　이스의 어깨에 손을 얹으며 말하는 이클립스의 목소리가 지나치게 떨리기 시작했다. 커다랗게 떠진 눈망울이 걱정으로 잔뜩 굳어버렸고 이스의 어깨에 얹은 손바닥에서도 떨림이 느껴질 정도였다.

　　"이상하구나, 진아야."

　　"네? 무슨 말씀이신지?"

　　슬쩍 고개를 돌리며 대답하는 이스의 말에 반문하면서도 이클립스는 내심 안도의 한숨을 내쉴 수 있었다. 이스의 표정엔 근심이 가득 서려 있을 뿐 고통을 참기 위한 느낌은 아니었기 때문이다.

"왜 그러십니까, 이스님?"

이스에게 대답이 없자 앞쪽 탁자에서 에리엘이 입을 열었다. 어느새 천계 측과 마계 측의 모든 인물들이 이스를 주목하고 있었다. 느린 속도로 고개를 좌우로 흔들던 이스가 입을 열었다.

"글쎄요. 이상하게도… 흐음, 뭔가가 불안한 느낌이군요."

"불안한 느낌이라니요?"

이스의 말이 끝남과 동시에 이클립스가 곧바로 반문했다. 하지만 이스는 다시금 생각에 잠긴 듯했다. 그렇게 잠시의 시간이 흘렀을 때 자리에 앉아 생각에 잠겨 있던 이스가 돌연 자리에서 벌떡 일어나 이클립스에게 말했다.

"진아야, 아무래도 홍아에게 가봐야 하겠구나."

"네?"

"조금 전부터 이상하게도 그 녀석 얼굴이 눈에 선하구나. 어찌 되었든 잠시 다녀오자꾸나."

"아, 알겠습니다, 이스님."

의아한 표정을 보이긴 했으나 이클립스는 이내 고개를 끄덕이며 차원 이동 홀을 만들었다. 이것을 이용한다면 아무리 먼 거리라도 일시에 오갈 수 있기 때문에 잠시 다녀오는 것도 나쁘지 않을 것 같았다.

"이 늙은이는 잠시 실례하겠습니다. 그럼……."

에리엘의 향해 슬쩍 고개를 끄덕이던 이스가 그녀의 대답도 없이 홀쩍 차원 이동 홀 속으로 몸을 움직였고 이클립스가 뒤를 따랐다.

"아, 아니?!"

"무, 무슨……?!"

차원 이동 홀 속을 빠져나온 이스와 이클립스. 둘을 기다리고 있었던 것은 하늘에서 엄청난 빠르기로 내리꽂히는 거대한 불덩어리였다. 차원 이동 홀을 빠져나온 순간 둘의 시야를 붉은 불덩어리가 가득 메우고 있었던 것이다.

"갈(喝)!"

너무나 갑작스럽고 놀라운 광경에 잠시 주춤하던 이스에게서 웅장한 사자후(獅子吼)가 터져 나왔고, 눈앞을 가득 메우던 불덩어리가 눈 깜짝할 사이에 사라져 버렸다.

"이, 이런……!"

불덩어리가 사라지고 나타난 것은 실로 지옥 같은 풍경이었다. 실록으로 가득하던 주변의 반 이상이 처참하게 불타고 있었고 하늘은 시커먼 연기로 가득했다.

"아, 아니!"

지옥처럼 변한 주변의 모습도 거세게 타오르는 불길도 더 이상 이스의 눈에는 들어오지 않았다. 저 멀리 보이는 리켄과 에이프릴, 그리고 카린느와 에이라의 처참한 모습 때문이었다. 리켄은 죽었는지 살았는지 아무렇게나 바닥에 엎어져 있었고, 다른 한곳에선 걸레처럼 찢어진 옷차림의 에이라와 에이프릴이 보였다.

"이, 이게 무, 무슨……!"

좀처럼 말을 잇지 못하는 이스의 기다란 수염이 부르르 떨렸다. 이스는 그러나 곧 하늘을 향해 고개를 들었다. 익숙한 기운이 느껴졌기 때문이다.

"저자는!"

대략 백여 미터 전방으로 눈에 익은 누군가의 모습이 포착됐다. 3미터가 넘을 것 같은 우람한 덩치에 전체적으로 시커먼 빛깔의 인물, 가리트였다.

"이 고연……!!"

이스가 분노를 토하며 가리트를 향해 한 손을 뻗었다. 둘과의 거리가 백여 미터 이상이나 떨어져 있었지만 이스가 손을 뻗은 순간 가리트의 몸이 빨려들듯 눈 깜짝할 사이에 이스의 앞에 도착했다.

"이, 이런……."

언제나 표정 변화가 없던 가리트. 하지만 이스에게 두 걸음 가까이까지 끌려온 그의 얼굴에 당혹감이 가득했다. 시커먼 눈매가 찢어질 것처럼 커다랗게 변해 버렸고 두툼한 입술은 심한 경련을 일으키고 있어 그가 얼마나 경악하고 있는지를 여실히 보여주고 있었다.

"고연 놈들!"

이스는 그러나 가까이 다가온 가리트에게는 시선조차 주지 않은 채 주변을 둘러보았다. 제법 많은 숫자의 시커먼 형상들이 이스의 시야로 들어왔다. 그리고 이스의 시선이 스친 순간 가리트와 비슷한 모양의 형체들이 맹렬하게 타오르기 시작해 순식간에 재조차 남기지 않고 사라져 버렸다. 찰나의 순간이었다. 불이 타오른다고 생각된 순간 먼지 한 조각 남기지 않고 모조리 사라져 버렸다.

"진아야, 홍아와 아가에게 가보거라! 어서!"

"네, 이스님!"

엄청난 주변의 모습과 믿을 수 없을 정도로 빠르게 대처하는 이스의 행동에 마치 망치로 뒤통수를 얻어맞은 것 같은 표정으로 한동안 정신을 차리지 못하던 이클립스가 커다란 대답과 함께 몸을 날려 리켄 일행들에게로 날아갔다. 이스의 무서운 시선이 다시금 가리트에게로 향해졌다.

"이 고연 놈을 보았나!"

잔뜩 찡그리고 있던 이스의 얼굴이 더 더욱 무섭게 변해갔다. 양끝이 살짝 내려가 인상을 더욱 편안하게 만들어주었던 백미(白眉)는 역팔(八)자로 잔뜩 치켜 올라갔고 기다란 콧수염과 턱수염이 분노를 이기지 못하고 심하게 요동 쳤으며 무섭게 치떠진 눈매로는 가공할 살기가 번들거렸다.

"감히!!"

"어… 어억……!"

엄청난 이스의 힘에 한동안 경악한 표정이던 가리트의 얼굴에 지독한 공포가 아른거리기 시작했다. 상당히 화가 난 듯한 이스의 모습은 보통 노인의 그것과는 차원이 달랐다. 그저 보는 것만으로도 온몸이 돌이 된 것처럼 움직여지지 않았다. 마치 주위의 모든 공기가 일시에 사라져 버린 듯 숨이 턱턱 막혀왔고 보이지 않는 무언가가 온몸을 끔찍한 힘으로 찍어누르는 것 같았다. 하지만 그 무엇보다 가리트를 공포에 물들게 한 것은 시야가 온통 이스의 얼굴로 뒤덮였다는 것이다.

165㎝가 될까 말까 하는 작은 키의 이스였다. 체구도 호리호리했고 얼굴 역시 제법 작은 편에 속했다. 그런데 눈앞을 이스의 공포스런 얼굴이 온통 뒤덮고 있는 것 같았다. 마치 모든 하늘과 세상이 이스의 무서운 얼굴로 뒤덮인 것처럼 느껴지는 가리트였다.

"으윽! 크으윽!!"

한동안 공포에 젖어 있던 가리트는 어떻게 해서든 이스에게서 벗어나려 몸부림치며 발버둥 치기 시작했다. 그러나 그것은 그의 희망일 뿐 손가락 하나조차 움직여지지 않았다. 이스의 입이 열렸다.

"살아야 하는 이유를 말해 보거라."

"끄억!"

이스의 입술은 자세히 보지 않으면 느낄 수도 없을 정도로 미세하게 움직였다. 하지만 가리트에겐 엄청난 번개가 바로 귀 옆에서 번뜩이는 것처럼 커다랗게 들려왔다. 작은 목소리에 이스의 힘이 얼마나 엄청나게 실려 있었는지 가리트의 입과 눈, 코와 귀로 시커먼 액체가 주르륵 흘러내릴 정도였다. 이스의 말이 재차 이어졌다.

"그동안 이 늙은이가 오랫동안 생각을 해봤으나 네놈이 살아야 하는 이유를 찾지 못했느니. 또한 파괴신과 연관된 자라면 더 더욱 생의 필요성이 없을 것. 거기에 감히 내 아이들에게까지 손을 대다니. 결코 용서치 않으리."

"으으윽!!"

누구에게도 이야기한 적은 없었지만 란스하르드 왕국에서 테라와 가리트를 만난 이후 이스는 그들에 대해 깊이 생각해 보았었다. 어떤 악인이라도 언젠가는 자신들의 과오를 깊이 깨달을 수 있을지 모른다는 생각에서 출발한 것이었다.

그러나 테라와 가리트, 그리고 그들의 일행들에 대해서는 이스의 생각을 접목시킬 수 없었다. 파괴신과 연관된 자들이었고 그들의 행태역시 너무나 지나칠 정도로 심했다. 과연 파괴신의 부활을 위해서인지 아니면 다른 무언가가 있는 것인지 그들의 진정한 목적을 확실하게 알수는 없었으나 한 가지만은 분명했다. 그들의 생이 가여워 계속 방치하다가는 더욱 크나큰 후회만을 남길 것이다.

무서운 표정으로 이스가 말을 이었다.

"네놈들에겐 관용을 베푸는 것조차 죄가 될 것. 네놈들의 손에 죽어간 그 많은 사람들의 아픔을, 한(恨)을 네놈들이 어찌 감당하리오."

화르르.

가리트를 얼굴을 바라보며 한숨처럼 중얼거리던 이스가 슬며시 시선을 내렸다. 순간 가리트의 발끝에서 눈이 부실 정도로 밝은 불길이 맹렬하게 솟아올랐다.

"끄아, 끄아아악~!!"

갓 잡아 올린 생선마냥 가리트의 온몸이 격하게 요동 치기 시작했다. 그러나 아무리 몸을 움직이고 요동 쳐봐도 발끝에서 타오르는 불길은 조금도 사그라지지 않고 더욱 맹렬하게, 하지만 매우 느린 속도로 가리트의 몸을 잠식해 나갔다.

"끄아아아악~!!"

가리트의 비명은 타오르는 불길처럼 더 더욱 커져만 갔고 몸부림 역시 마찬가지였다. 듣는 이의 심장을 오그라들게 할 것 같은 처절하고 끔찍한 비명이었다. 고통을 이기지 못하고 요동 치는 몸부림은 눈시울을 절로 뜨겁게 할 것 같았다. 그러나 이스의 표정에선 일말의 변화도 찾아볼 수 없었다.

"그것이 바로 고통이라는 것이다. 다른 이가 고통을 받는다면 나 역시 고통을 받게 될 수 있다는 것을 어찌 모르는 것인가. 그러나 네놈들에게 죽어간 수많은 사람들의 고통을, 지금 네가 겪는 고통에 어찌 비할 수 있으랴, 어찌……!"

"끄아아악~"

아주 느린 속도로 타오르는 불길은 모두가 이스의 의도에 기인한 것이었다. 항구 도시 미렐리아드와 4국 연맹. 그리고 란스하르드 왕국까지… 도대체 얼마나 많은 사람들이 이자들 때문에 죽어갔는지 셀 수도 없을 지경이었다. 그 엄청난 사람들의 죽음에 비한다면 이보다 더한 고통을 주고 싶은 게 이스의 생각이었다.

"하아… 이 업보를 어이할꼬."

가리트의 가슴 언저리까지 불길이 다다랐을 때 무서움을 넘어서 가공할 정도까지 변해 있던 이스의 표정이 진한 슬픔과 아쉬움으로 변해갔다. 리켄과 다른 일행들의 처참한 모습에 평상심을 너무도 많이 잃은 듯했다.

"하아……."

화르륵.

긴 한숨을 내쉰 이스가 가리트를 향해 슬쩍 손을 휘젓자 가리트의 몸이 순식간에 재조차 남기지 않고 모조리 타버렸다.

"용서하십시오, 혜성 대사님. 하지만… 이제 후회를 남기지는 않을 것입니다."

살며시 고개를 숙이고 좌우로 고개를 흔들며 씁쓸한 표정을 짓던 이스가 얼굴을 들었을 때 그의 표정에선 일말의 아쉬움이나 후회는 찾아볼 수 없었다. 앞으로 가리트와 비슷한 자를 만나더라도 손속에 미련을 두지 않기로 다짐한 이스였다.

"흐음."

주변 하늘을 둘러보며 이상한 자들의 모습을 찾아보던 이스가 이내 몸을 돌려 이클립스에게로 날아갔다. 주변 어디에서도 이상한 자들의 모습이나 기적이 없었기에 곧바로 리켄에게 달려가는 이스였다.

"아직 숨은 붙어 있습니다."

"허어……."

다가온 이스를 침통한 표정으로 맞이하는 이클립스였다. 이스는 그러나 좀처럼 입을 열지 못한 채 리켄의 몸을 살폈다. 이상하게 꺾여 버린 목과 걸레처럼 찢어진 옷자락. 온몸이 피 범벅으로 뒤덮인 리켄의 모습이었다. 두 팔과 한쪽 다리에선 마치 칼로 난도질한 것 같은 끔찍한 상처가 몇 군데나 있었고 가슴 부근으로는 몇 개나 되는 하얀 갈비뼈들이 섬뜩하게 모습을 드러내고 있었다. 숨이 붙어 있다는 것이 기적에 가까운 장면이었다.

"하아……."

긴 한숨만을 내쉴 뿐 어디서부터 어떻게 치료를 해야 할지 이클립스도, 이스도 막막한 심정이었다.

"이… 이… 이런, 천인공노할……!"

이스의 아랫입술이 부르르 경련을 일으켰다. 너무도 처참했다. 가리트를 잡고 있던 하늘에서 봤을 때보다 가까이 다가와 보니 더욱 심한 상처였다. 하지만 이스를 더욱 분노케 하는 것은 다른 이에 비한다면 리켄의 상처는 아무것도 아니라는 점이었다. 에이라는 형체조차 확인할 수 없을 정도로 찢어져 한쪽 손목과 반쪽만 남은 얼굴로 간신히 그녀임을 확인할 수 있었고, 카린느는 에이라보다 더 처참했다. 그나마 다행인 것은 에이라의 곁에 실신해 쓰러진 에이프릴과 레어 입구 부근에 주저앉아 있는 디아루와 미넬이 안전하다는 것이었다. 혼이 나간 사람처럼 땅바닥에 털썩 주저앉아 있기는 했지만 디아루와 미넬은 어디 한 군데 다친 곳이 보이지 않았고 에이프릴 역시 마찬가지였다.

슈슉. 슈슈슉.

이스와 이클립스가 어떻게 손을 써야 할지 갈피를 잡지 못하고 있을 때 하늘 이곳저곳에서 하얀 빛무리가 생겨나며 천계의 수장인 에리엘과 그 일행들이 모습을 드러냈고, 이클립스 주변으로는 몇 개의 차원 이동 홀이 나타나 킬리오드를 비롯한 마족들이 나타났다. 이스와 이클립스가 오래도록 모습을 드러내지 않자 모두들 이상하게 여겨 이곳을 찾은 모양이었다. 떠나기 전에 보였던 이스의 모습 때문이었다.

"헉!"

"아니……!"

천족들과 마족들 모두 모습을 드러낸 순간 깜짝 놀라며 비명을 터뜨렸다. 너무도 놀라운 주변 모습 때문이었다.

"카, 카린느님!!"

천족들 중 하나가 카린느의 처참한 주검을 발견하고는 울먹이며 달려갔고, 천계의 수장 에리엘과 다른 천족들 모두가 뒤를 따랐다.

"주… 죽었어……."

"카, 카린느가!"

"카린느님!"

바닥에 엎드려 오열을 토하는 천계의 8대 수호 전사들. 그들 한가운데에 믿을 수 없다는 표정으로 카린느의 이름을 중얼거리는 에리엘이었다. 세 번에 걸친 마계와의 어려운 전쟁에서도 상처 하나 없었던 카린느였다. 수많은 고난과 난관에도 굴하지 않던 그녀의 죽음이 에리엘로서는 좀처럼 받아들여지지 않았다.

"카……."

조금 떨어진 거리에서 이클립스에게 다가가던 킬리오드의 얼굴이 어느새 카린느를 향해 있었다. 그 역시 에리엘처럼 믿을 수 없다는 표정을 하고 있었다. 아주 오랜 세월 동안 함께 만나 실력을 겨뤘던 카린느. 다른 마족들이 듣는다면 마계의 변절자라는 말을 들을 정도로 킬리오드는 카린느를 좋아했다. 마계의 철천지원수인 천족이었고 자신의 영원한 숙적이었지만, 어느 사이엔가 적이라는 느낌이 사라진 자가 바로 카린느였다.

"이, 이… 이런……."

모두들 멍하게 바라만 볼 뿐이었다. 에리엘과 킬리오드, 그리고 천계 전사들 모두는 카린느의 죽음 때문에 실의에 빠져 있었고, 다른 마족들과 이스는 어찌해야 할지 갈피를 잡지 못하며 시간을 보내고 있었다.

"휴우, 어쩔 수 없겠어."

오랫동안 카린느의 주검을 바라보던 에리엘에게서 한숨 같은 목소리가 흘러나왔다. 그런 그녀의 얼굴로 이상하게도 보일 듯 말 듯한 미소가 슬쩍 나타났다 사라졌다. 오랜 세월 동안 함께한 카린느가 처참한 죽임을 당했음에도 에리엘의 눈동자로는 언뜻언뜻 따스한 빛이 아른거리고 있었다.

제39장 마령사혼(魔靈死魂)

웅. 웅. 웅.

커다란 레어 안이 온통 푸르스름한 빛으로 가득했다. 이곳은 드래곤 로드의 레어 안이었다. 리켄의 상처를 걱정하던 이스가 치료를 위해 드래곤 로드를 찾은 것이었다. 무엇보다 드래곤 로드는 리켄의 어머니였고 모든 드래곤들의 수장이기 때문에 리켄의 상처를 더욱 효과적으로 치료할 수 있을 것 같아서였다. 그리고 또 하나, 아들의 상처에 대한 용서를 구하기 위해 이곳을 찾은 이스였다.

이스가 이클립스와 함께 리켄을 데리고 이곳 드래곤 로드의 레어에 도착한 지도 벌써 삼 일이 훌쩍 지나고 있었다. 리켄의 상처를 본 드래곤 로드 레오니아는 침착하게 대응하며 치료를 시작했다. 그녀의 푸르스름한 빛무리 속에 들어가자 처참하던 리켄의 상처가 눈 깜짝할 사이에 제 모습으로 돌아올 정도였다. 그러나 푸른 빛무리 속으로 들어간

지 삼 일이 지났는데도 리켄의 의식은 돌아오지 않았다.

『다 나은 것 같은데 어째서 깨어나지 않는 걸까요?』

이스의 어깨 위에서 사이나가 이상한 듯 고개를 갸우뚱거렸다. 그녀는 에이라가 공격당했을 때 그 충격으로 멀찌감치까지 튕겨져 나가 그대로 의식을 잃어버렸었다. 그것이 오히려 사이나를 안전하게 한 원인이 되었다.

"글쎄올시다. 허어……."

이스 역시 사이나와 같은 생각을 하고 있었다. 몸은 쾌차한 듯 보였으나 의식은 며칠째 돌아오지 않는 것이 이상했지만, 치료에 집중하고 있는 레오니아에게 물어보기가 껄끄러웠다. 사실 리켄의 상처는 그의 책임이라고 말할 수 없었으나, 이스는 모든 것을 자신 때문이라고 생각했다. 차라리 천계와 마계의 회담에 모든 일행들과 함께 갔었더라면 이런 결과는 낳지 않았을 것이다. 하지만 이미 지난 일이었다.

"이 아이는 원래 드래곤이에요."

"알고 있습니다."

한쪽 손을 커다란 침대에 누워 있는 리켄에게 뻗은 채 레오니아가 이스를 향해 돌아서며 말했다. 그녀의 손에선 리켄을 치유하기 위한 마법이 흐르고 있는 모양인지 푸르스름한 빛이 끊임없이 쏟아지고 있었다. 이스가 만났을 때와 달리 그녀는 엘프의 모습을 하고 있었다. 큰 키에 늘씬한 몸매, 기다랗고 뾰족한 귀 모두가 엘프의 전형적인 모습이었으나, 그녀의 머릿결은 피처럼 붉은빛을 머금고 있었고, 지나치게 육감적인 몸매를 고스란히 보여주는 붉은색의 긴 원피스 차림이었다.

"인간의 몸은 마법으로 유지하고 있을 뿐이죠."

이스를 보며 말하는 레오니아의 눈초리가 사뭇 가늘게 떠져 냉기를 풀풀 풍기고 있었다. 갑작스런 리켄의 상처를 접하게 됐으니 이스와 다른 일행들을 대하는 태도가 좋을 리 만무했다. 이스 역시 레오니아의 심정을 알고 있었기에 지금까지 아무 말도 하지 않은 채 마치 죄인 같은 표정을 하고 있었다.

"우리 드래곤 종족이 인간의 몸을 하고 있을 때 아무리 깊은 상처를 입었다고 해도 본체로 돌아가면 미미한 생채기만 남는 것이 대부분이지요. 하지만 반대로 눈으로 보이지 않는 작은 상처라도 본체에 치명적인 상처로 남는 경우도 있지요. 내 아이… 인간의 몸은 이렇게 멀쩡하게 보여도 본체는 믿을 수 없을 정도로 큰 상처를 입고 있어요. 완전히 치료를 마치려면 앞으로 도대체 몇 년이 걸릴지… 너무도……."

무서울 정도로 냉정한 표정이던 레오니아의 눈망울에 조금씩 물기가 고여가기 시작했다. 오랜 세월 동안 드래곤 종족을 이끌던 로드라 해도 한 아이의 어머니라는 것은 변함이 없었다.

"너무나도 믿을 수 없을 정도로 큰 상처라……."

피가 흐를 정도로 아랫입술을 꽉 깨물어 마음을 가라앉히려 노력하던 레오니아는 결국 굵은 눈물을 떨구며 고개를 돌려 버렸다. 리켄에게 향해 있지 않는 다른 손이 부서질 듯 꽉 쥐어져 부르르 떨렸고 어깨가 들썩였다.

『로드.』

레오니아의 어깨에 앉아 있던 쌔니가 그녀를 꼭 껴안으며 위로해 주었지만, 들썩거리는 어깨의 움직임은 좀처럼 가라앉지 않았다.

"허어……."

흐느끼는 소리는 들려오지 않았다. 하지만 레오니아의 슬픔이 얼마나 큰 것인지는 자연스레 느낄 수 있었다. 기다랗게 한숨을 내쉬며 고개를 흔드는 이스 역시 가슴이 찢어질 것 같았다. 한동안 침통한 표정을 감추지 못하던 이스가 힘겹게 걸음을 옮겨 이클립스에게 다가가며 입을 열었다.

"돌아가자."

"네, 이스님."

돌아가자고 말하는 이스의 목소리가 마치 한숨처럼 느껴졌다. 생각 같아선 이곳에 더 머물러 리켄의 완치를 지켜보고 싶었다. 하지만 자신들을 볼 때마다 레오니아의 마음은 더욱 아플 것이었고, 그렇게 된다면 치료에 집중하지 못할 것 같아서였다.

이클립스 역시 그런 이스의 마음을 알아채고 곧바로 차원 이동 홀을 만들었다. 이스는 차원 이동 홀 앞까지 다가간 후 잠시 걸음을 멈춰 레오니아를 향해 깊숙이 허리를 숙여 보였다.

"죄송합니다. 모두가 이 늙은이 탓입니다."

용서를 구하는 이스의 말에도 레오니아는 눈길 한 번 주지 않았다. 그러나 이스는 다시 한 번 깊숙이 허리를 숙여 보인 후에 말없이 차원 이동 홀 속으로 들어갔고 이클립스가 묵묵히 뒤를 따랐다.

"쌔니."

『네, 로드.』

이클립스의 차원 이동 홀이 사라지고도 오랫동안 말이 없던 레오니아가 고개도 돌리지 않은 채 말을 이었다.

"우리 레드 일족의 장로들과 전사들을 모두 소집해 주세요."

『지금 말인가요, 로드?』

"그래요."

『네. 알겠어요, 로드.』

점차 무섭게 변하는 레오니아의 표정에 쌔니는 곧바로 대답하며 사라졌다. 레드 일족들에게 레오니아의 전갈을 전하기 위해서였다.

"내 손으로 찢어 죽여 버릴 것이야."

시선은 침대에 누워 있는 리켄을 향해 있었지만, 레오니아의 머리 속은 이미 리켄에게 상처를 입힌 자들에 대한 생각으로 가득했다. 지금은 리켄의 치료 때문에 한 발자국도 움직일 수 없는 상황이었지만, 드래곤 로드의 직위를 내놓는 한이 있다 하더라도 수단 방법을 가리지 않고 찾아내 요절을 내버릴 생각이었다.

"흐흐흑……."

차원 이동 홀을 이용해 리켄의 레어에 도착한 이스와 이클립스. 그들을 가장 처음 맞이한 것은 에이프릴의 흐느끼는 울음소리였다. 레어 주변의 대부분이 엉망으로 타버렸으나 불행 중 다행으로 레어의 내부는 조금도 부서진 곳이 없었다. 가리트의 공격 대부분이 레어 주변에 집중됐기 때문이다. 또한 다른 곳보다 튼튼하게 설계된 레어였기에 에인션트 급 드래곤의 공격 마법을 어느 정도까지는 버틸 수 있었다.

"아가, 이제 정신이 드는 게냐?"

이스와 이클립스가 나타났는데도 에이프릴은 여전히 고개를 푹 숙이고 서럽게 흐느꼈다. 굵은 눈물 방울들이 쉴 새 없이 떨어지고 있었고 눈물이 떨어진 바닥은 물에 적신 듯 흥건하게 젖어 있었다. 이스가 천천히 걸어가 에이프릴 앞에 마주 앉으며 말했다.

"허어, 할아비가 왔는데 어찌 눈물만 계속 흘리고 있는고?"

"흐흑, 할아버지."

고개조차 들지 않고 슬피 흐느끼던 에이프릴이 와락 이스의 품으로 안겨들었다. 이스가 미소 지으며 에이프릴의 머릿결을 쓰다듬었다.

"이제 괜찮으니 그만 눈물을 그치거라. 그 못된 놈들 때문에 애꿎은 우리 아가만 고생이 심했구나. 하지만 걱정하지 말거라, 이 할아비가 다시는 그런 일이 없도록 할 터이니. 할아비를 믿어보거라."

"아니에요, 할아버지. 아니에요. 흑흑흑."

이스에게 안긴 채 에이프릴은 고개를 좌우로 흔들며 더 더욱 커다란 울음을 터뜨렸다. 기절했던 그녀가 정신을 차린 것은 훨씬 전이었다. 하지만 이스와 이클립스는 드래곤 로드의 레어에 있었고, 디아루는 잠시 그녀의 레어로 돌아갔기에 에이프릴과 미넬 단둘이서 이틀을 지새웠다. 언제나 곁에 있던 에이라의 모습도 보이지 않았기에 에이프릴은 지난 이틀 동안 줄곧 흐느끼고 있었다.

만약의 사태를 대비해 마왕의 4대 친위대 중 하나인 앤디킬이 레어 밖에서 경계를 서고 있었지만 레어 안으로는 단 한 번도 들어온 적이 없었다.

"아가, 이제 그만 울거라."

"사실… 사실은……. 흐흐흑."

이제 눈물이 마를 때도 됐건만 그녀의 눈에선 연신 굵은 눈물 방울이 떨어져 내렸다. 에이프릴은 그러나 눈물을 꾹 참은 채 그동안 있었던 일들을 말해 나갔다.

가리트에게 당한 리켄은 두 번째 열쇠의 위치에 대해 끊임없이 추궁을 당했었다. 잔인하고 끔찍한 고문이 계속되었다. 하지만 리켄은 비명조차 터뜨리지 않은 채 한마디도 하지 않았다. 참다 못한 가리트가 멀리 떨어져 있던 에이라와 카린느의 목숨으로 리켄을 협박했으나 역시 대답은 나오지 않았다. 화를 참지 못한 가리트가 에이라를 끔찍하게 공격하고 카린느를 죽여 버렸으나 역시 리켄의 입은 열리지 않았다.

하지만 리켄의 반항은 오래가지 않았다. 그것은 바로 에이프릴 때문이었다. 기절했다 깨어난 에이프릴을 발견한 가리트가 다시 한 번 그녀의 목숨으로 리켄을 협박했다. 그때까지 단 한 번도 입을 열지 않았던 리켄이 결국 모든 것을 포기한 채 두 번째 열쇠의 행방에 대해 말해 주고 말았다. 모두가 에이프릴의 목숨을 위해서였다.

"리켄 오빠가 말했는데도… 흐흐흑. 그자는 저를 공격했어요. 리켄 오빠가 몸으로 막아줘서 저만 간신히……."

두 번째 열쇠의 행방을 말한다고 해도 살려주지 않을 것이란 건 뻔히 알고 있었던 리켄이었지만 말하지 않을 수 없었다. 그리고 이어진 가리트의 공격. 그것은 리켄이 아닌 에이프릴을 향해서였고 리켄이 혼신의 힘을 기울여 몸을 날린 덕분으로 에이프릴이 목숨을 건질 수 있었던 것이다.

"모두가 저 때문에… 리켄 오빠도… 에이라 언니도…… 흐흐흑."

"허어……."

간신히 울음을 멈췄던 에이프릴이 다시금 커다랗게 흐느끼며 이스의 품속으로 파고들었다. 부드럽게 에이프릴의 머릿결을 쓰다듬던 이스의 손이 미세한 경련을 일으켰다. 리켄과 일행들의 목숨을 위해선 두 번째 열쇠 따위야 어찌 되든 상관이 없었다. 하지만 이스가 가장 용서하지 못하는 것은 모든 것을 말해 주었는데도 공격을 감행한 가리트의 행태였다.

"에이라는 걱정 마십시오, 에이프릴 양."

한동안 주먹을 꼭 쥐고 무섭게 눈빛을 번뜩이던 이클립스가 이성을 되찾으며 에이프릴에게 다가와 어깨를 토닥여 주었다.

"에이라의 급소는 왼쪽 눈. 다행히도 그 녀석의 왼쪽 얼굴은 무사했으니 하루 이틀만 더 기다리시면 만날 수 있을 것입니다."

"에……?! 흐흐흑."

이클립스의 말에 이스에 품에서 고개를 돌린 에이프릴의 얼굴로 다행이라는 빛이 살짝 스쳐 지나갔다. 하지만 그것도 잠시, 에이프릴은 다시금 커다랗게 울음을 터뜨리며 이스의 품을 찾았다. 기쁜 마음도 잠시 다른 일행들의 처참한 모습이 다시금 떠올랐기 때문이다.

"허어, 얼마나 울었으면 이리도 기력이 약해졌누."

이틀 동안 잠 한숨 자지 않고 흐느꼈던 에이프릴의 몸 상태가 무척이나 위태롭게 느껴진 이스가 슬쩍 고개를 돌려 이클립스에게 고개를 끄덕여 보였다. 그러자 이클립스가 스윽 손을 뻗어 에이프릴의 머리를 쓰다듬었고 흐느끼던 그녀가 이내 추욱 몸을 늘어뜨렸다.

마법의 힘을 이용해 흐느끼는 에이프릴을 잠들게 한 이클립스였다. 그는 곧 에이프릴을 안아 리켄의 침대에 뉘었고 한쪽 벽에 기대 멍한 표정으로 앉아 있는 미넬에게도 같은 마법을 걸어 잠재웠다. 미넬 역시 상당히 지친 기색을 보였기에 잠을 재우는 것이 좋을 것 같다고 판단한 것이었다.

"그자에게 가보자."

"네? 네."

레어 안이 어느 정도 정리가 되자 이스가 무서운 표정으로 자리에서 일어나 어디론가 걸음을 옮겨갔고 이클립스가 그의 뒤를 따랐다.

이스와 이클립스가 도착한 곳. 그곳은 바로 크레이스가 속박돼 있는 작은 방이었다. 두 번째 열쇠를 획득한 테라는 가리트보다 먼저 모습을 감추었고 가리트는 리켄 일행들에게 마지막 일격을 가한 이후 크레이스를 찾으려 했었다. 그러나 마지막 일격을 날리려던 가리트가 이스에 의해 저지당했기에 아직까지도 풀려나지 못한 크레이스였다.

"얼굴들을 보니 된통 당한 모양이군?"

이스와 이클립스의 굳은 표정에 크레이스의 입가로 비릿한 미소가 지어졌다. 테라의 지독한 기운과 그보다 더한 자의 기척을 그 역시 느끼고 있었던 것 같았다. 방에 들어선 이후 한동안 크레이스를 지켜보던 이스가 미간을 더욱 좁히며 입을 열었다.

"네 녀석에겐 그동안의 시간이 아무런 소용도 없었던 것 같구나."

"뭣이?"

이스의 말에 반항하듯 이빨을 부딪치며 발버둥 치는 크레이스였다. 하지만 그의 얼굴에선 긴장의 빛이 역력히 드러나기 시작했다. '젊은이' 혹은 '그대'라는 호칭으로 부르던 이스의 말투가 사뭇 거칠게 변해 있었다. 말투뿐만이 아니었다. 대하는 태도나 바라보는 시선 역시 완전하게 달라져 있었다.

"마지막으로 물어보겠다. 다른 것은 필요없으니 네 일행들의 은신처를 말하거라. 그렇게만 해준다면 약속하건대 절대로 네게 해를 가하지 않을 것이니."

"큭."

이스의 눈빛에는 단호함이 가득했으나 크레이스의 반응은 비릿한 미소와 매서운 눈초리뿐이었다. 이스가 크레이스에게 시간을 준 것은 그동안 자신이 했던 일들을 한번쯤 돌아보며 깊이 생각할 수 있게 하기 위해서였다. 완벽히 뉘우쳐 깊이 반성하는 빛을 보이지 않더라도 조금의 후회만 엿보인다면 가능성이 있다고 생각했었다. 하지만 크레이스의 모습은 처음과 별반 달라지지 않았다. 아니, 가리트와 테라가 왔었던 것을 알고 난 이후부터는 더욱 지독한 표정을 하고 있었다. 한 번 왔다가 돌아갔으니 다시금 찾아오리라 생각한 모양이다.

"정녕 입을 열지 않을 심산이더냐?"

"흥! 웃기는군. 마음대로 하거라, 늙은이. 네까짓 늙은이가 내 입을 열 수 있으리라 생각하는가? 후후후."

"허어……."

가소롭다는 듯 콧방귀까지 뀌며 크레이스는 아예 눈을 감아버렸다. 할 수 있으면 마음대로 하라는 뜻이었고 그 어떤 고문이나 고통에도 자신 있다는 얼굴이었다. 그런 크레이스를 지그시 바라보던 이스 역시 낮은 한숨을 흘리며 한 걸음 뒤로 물러나 뒷짐을 지며 눈을 감았다. 이클립스가 참지 못하고 앞으로 나섰다.

"이스님, 저놈을 제게 맡겨주십시오. 이번만큼은 반드시……."

작은 방 안에 이클립스에게서 뿜어져 나온 무서운 살기가 폭풍처럼 요동 쳤다. 순식간에 그의 눈이 피처럼 붉은빛으로 변해 버렸다. 지금까지 별다른 내색을 하지 않던 이클립스였다. 하지만 그것은 겉모습일 뿐이었다. 당장 마계로 달려가 마왕의 허락을 얻어 모든 마족들을 이끌고 테라를 찾고 싶었던 적이 한두 번이 아니었다.

"잠시만 물러서 있거라, 이 할아비에게 생각이 있느니."

"네? 아, 알겠습니다."

피처럼 붉어진 눈동자로 이스를 바라보던 이클립스의 얼굴이 순식간에 원래의 모습을 되찾았다. 생각이 있다고 말하는 이스의 눈빛에 이상하게도 갈등의 빛이 엿보였다. 무언가 방법을 알고 있는 듯하나 그것 때문에 망설이는 듯했기에 이클립스는 조용히 물러나 이스의 입이 열리기만을 기다렸다.

"허어… 어쩔 수 없는 것이란 말인가……."

오래지 않아 이스가 한숨을 내쉬며 크레이스에게 한 걸음 가까이 다가갔다. 한숨을 내쉴 때와 달리 그의 모습에선 흔들림이나 갈등의 빛은 조금도 느껴지지 않았다.

"눈을 뜨고 이것을 보거라."

"응?"

이스가 오른손을 가만히 위로 들자 검푸른 기류가 커다란 사과 정도의 크기로 맹렬하게 모여들었다. 지독한 마기(魔氣)가 눈 깜짝할 사이에 작은 방 전체를 뒤덮어 버렸고 웅웅거리는 듯한 울림이 아주 멀리서 들려오는 듯 모두를 에워쌌다.

"아……!!"

크레이스가 당황하기 시작했다. 거의 찰나의 시간에 느껴지는 어마어마하게 지독한 기운. 테라와는 비교조차 될 수 없을 정도로 막강한 기운이었고 조금 전 이클립스에게서 느껴졌던 것과도 마찬가지였다.

"이것의 이름은 '마령사혼(魔靈死魂)'. 마(魔)의 기운으로 정신을 잠식해 상대의 기억을 알 수 있는 좋지 못한 방법이니라. 만약 한 번이라도 이 마령사혼에 당한 자는 혼을 잃어 사람 구실을 할 수 없게 되느니. 만물의 영장이라는 사람이 미물만도 못하게 된다는 말이니라. 어찌하겠느냐?"

"큭!"

테라 일행들의 은신처를 말할 것이냐 아니면 마령사혼에 당할 것이냐고 묻는 말이었다. 한동안 멍한 표정의 크레이스는 그러나 이내 한쪽 입술을 말아 올리며 매섭게 이스를 노려보았다. 믿을 수 없는 모양이었다. 말이 거창하고 풍기는 기운이 엄청나게 강했지만 결국 협박을 통해 은신처의 위치를 알아내려는 하찮은 짓으로밖에 보이지 않았다. 비릿한 미소를 머금으며 크레이스가 입을 열었다.

"후후. 그런 수준 낮은 협박, 이미 충분하고도 넘칠 정도로 받아왔다, 늙은이."

"어리석구나. 진실과 거짓을 구별하지 못하는 그런 안목으로 어찌 그리도 엄청난 일을 벌인 것인가."

조용히 말을 마친 이스. 그는 곧바로 손을 쓰지 않고 지그시 크레이스를 바라보았다. 이스는 그러나 시선만 크레이스에게 향해 있을 뿐 생각은 오랜 예전으로 돌아가 있었다.

마령사혼(魔靈死魂). 이것은 수왕교(獸王教) 교주만의 독문무공이었다. 수왕교는 이스가 60세가 될 때까지 중원에는 단 한 번도 모습을 드러내지 않은 비밀 단체였으나, 어느 날 갑자기 수많은 혈겁과 함께 나타났으며 그 힘은 마교조차 두려움에 떨게 할 정도로 대단하고 위력적이었다.

갑작스런 혈겁에 무림은 이내 혼란 속으로 빠져들어 어찌할 바를 몰라 했다. 하지만 다행히도 소림과 무당을 중심으로 무림맹이 창설되었고, 무림은 무림맹을 구심점으로 한데 뭉쳐 수왕교 타도의 목소리를 높였다. 그러나 수왕교의 힘이 상상을 초월할 정도로 강했기에 그것은 탁상공론에 지날 뿐이었고 마교 역시 전전긍긍만 할 뿐 이렇다 할 대책을 마련하지 못했다.

발해 땅에 위치한 사부의 무덤을 찾고 돌아온 이스가 나서서 사상 처음으로 마교와 정파가 손을 잡고 수왕교를 타파할 수 있었다. 정사를 막론한 전 무림이 전쟁에 참여한 것이었다. 하지만 수왕교의 교주와 그 가족들, 그리고 살아남은 아홉 명의 호법들은 잡을 수 없었다.

무림맹과 마교는 모든 고수들에게 수왕교주를 참살토록 지시했다. 하지만 수왕교주는 천하 삼대고수의 반열에 당당히 오른 대단한 자였기에 쉽사리 잡을 수 없었고 추적자들의 피해만 속출했다.

이스는 그러나 부단한 노력 끝에 수왕교주를 찾을 수 있었다. 당시 수왕교주의 몰골은 말이 아니었다. 함께 따르던 아홉 명의 호법들은 그를 지키기 위해 모두 생을 마감했고 부인과 갓 낳은 어린아이를 홀로 책임지고 있었다.

둘은 이틀 밤 이틀 낮 동안 혈투를 벌였으나 승부는 가려지지 않았다. 아무리 오랜 시간 동안 싸워봤자 승부를 가릴 수 없을 것 같자 수왕교주는 한 가지 제안을 내놓았다. 자신의 한쪽 팔과 수왕교주의 독문무공이 적혀 있는 무공 비급을 주는 대신 가족들의 생명을 보장해 달라는 제안이었다.

수왕교주의 부인은 남편과 이스의 사투를 이틀 동안 조용히 지켜보며 아이를 보살폈다. 지아비가 죽는다면 따라 죽을 심산이었는지 아이를 안고 있는 손에 작은 비수까지 들려져 있었다.

이제 갓 세상에 발을 들여놓은 어린아이와 죽음을 각오한 어머니. 이 둘의 모습이 이스의 마음을 움직였다. 수왕교주가 비록 많은 혈겁을 일으킨 장본인이었지만 따르는 무리는 모두 참살되었고 독문무공과 한쪽 팔을 받는다면 앞으로 이런 일을 일으키지 않을 것 같았다.

이스는 수왕교주 일가를 안전한 곳까지 안내한 이후 무림맹에 실패를 알렸다. 그리고 수왕교주의 무공 비급은 모두 화산파의 장문인에게 바쳤다. 무림맹에선 결단코 수왕교주를 참살하라고 명령을 내렸으나 화산의 장문인은 수왕교주의 독문무공을 얻고 싶어 은밀히 이스에게 명을 내린 상태였었다.

무공 비급을 얻은 화산의 장문인은 그것을 아무도 모르는 곳에 보관하고서 이스에게조차 보여주지 않았었다. 하지만 이스가 마령사혼을 알게 된 것은 수왕교주의 무공 비급을 보아서가 아닐 뿐더러 비급의 어디에도 마령사혼에 대한 것은 나와 있지 않았었다.

교주 일가를 안전한 곳으로 안내한 이스는 해마다 작은 선물을 가지고 그곳을 찾았었다. 수왕교주가 혹시나 다른 마음을 먹지 않을까 하는 마음에서였다. 그렇게 몇 년이 흐르자 서로 허심탄회하게 이야기를 나눌 수 있게 되었고 모든 것을 포기한 교주가 수왕교의 교주들에게만 구두(口頭)로 전해 내려온다는 마령사혼을 알려주었다.

마령사혼은 지독한 마기를 동반하며 상대를 죽음보다 더한 나락으로 빠져들게 하는 것이지만, 이상하게도 정순한 내공을 필요로 했고 수왕교주의 무공 모두가 정파의 것과 비슷한 것들이었다. 그렇기 때문에 정순한 내공을 쌓은 이스도 어렵지 않게 익힐 수 있었던 것이었다.

잠시 오랜 옛날의 일을 떠올려 보던 이스가 애써 생각을 지우며 입을 열었다.

"정녕 말하지 않을 것인고?"

"죽여라."

이스를 바라보던 크레이스의 눈초리에 미세한 흔들림조차 느껴지지 않았다. 거짓말은 아닌 것 같았지만 믿어지지도 않았다. 크레이스는 이내 눈을 감으며 고개를 돌려 버렸다. 이스의 말이 이어졌다.

"이것이 마지막으로 말하는 것이니라."

"시끄럽다, 늙은이! 죽이든 살리든 마음대로 해라!"

감았던 눈을 치뜨며 크레이스가 버럭 소리쳤다. 이스는 눈을 감고 무겁게 고개를 가로저었다. 변하지 않을 사람이라면 아무리 설득하고 말해 봐도 시간 낭비일 것 같았다.

"마지막으로 살 수 있는 길을 열어주거늘… 정녕 살아 있되 살아 있지 않은 자가 되고 싶은 것이더냐?"

"흥!!"

"허어."

조금 전까지만 해도 절대로 살려주지 않을 듯 무서운 표정이던 이스가 웬일인지 망설이는 듯했다. 마령사혼을 쓴다면 크레이스는 죽은 사람과 같이 될 것이었다. 혼이 모조리 사라진다면 오래지 않아 생명을 잃게 된다는 것은 당연하기 때문이다. 이스가 망설이는 것도 바로 이 점에 기인했다. 수왕교주에게 마령사혼을 익힌 후 지금까지 단 한 번도 펼쳐 본 적이 없었고 하물며 사람에게 그것을 사용한 적이 있을 리만무했다.

"이스님, 서두르셔야 합니다."

깊은 생각에 빠져 있는 듯 이스에게서 좀처럼 변화가 보이지 않자 멀리 떨어져 있던 이클립스가 곁으로 다가와 말을 이었다.

"그들은 이미 두 번째 열쇠를 가져갔습니다. 어쩌면 마지막 열쇠의 존재까지 알아냈을 수 있습니다. 어서 그들을 찾아야 합니다, 이스님."

"알고 있느니."

마치 한숨처럼 들리는 이스의 목소리였다. 알고 있다고 대답하면서도 그는 한숨을 내쉬며 무겁게 고개를 가로저었다. 모두를 위해서라면 마음을 독하게 먹어야 했다. 카린느의 죽음과 리켄의 커다란 부상, 그리고 에이라까지. 이들 같은 피해자를 줄이기 위해서라도 마령사혼을 사용해야 했으며 이클립스의 말처럼 최대한 시간을 아껴야 한다. 하지만 안타까움이 남는 것은 어쩔 수 없었다.

'정녕 남아 있는 방법은 이 길뿐이란 말인가.'

아무리 생각에 생각을 거듭해도 남아 있는 길은 이것밖에 없는 것 같았다. 마령사혼을 펼치기로 작정한 이스가 천천히 크레이스를 향해 손을 뻗으며 입을 열었다.

"실로 안타까운 일이나 이제 어쩔 수 없느니. 기회는 모두 차버리고 시간은 촌각을 다투고 있으니… 부디 원망하지 말거라."

"으억!"

이스의 말이 끝난 순간 그의 손끝에서 둥그렇게 소용돌이치던 검은 기류가 눈부신 속도로 뻗어 나가 크레이스의 귓속으로 빨려 들어갔다. 순간 크레이스의 눈이 찢어질 것처럼 커다랗게 확대됐고 눈동자는 좁쌀보다 작아졌다. 처음 검은 기류가 귓속으로 들어올 때 격한 비명을 터뜨리던 크레이스는 잠시 후 반쯤 입을 벌리고 몸을 꿈틀거릴 뿐 아무런 말도, 비명도 터뜨리지 못했다.

"으음……."

이스는 낮은 신음을 토하며 질끈 눈을 감아버렸다. 그러자 희끄무레한 그림자가 생겨나더니 이내 그림 같은 것이 마치 눈앞에 펼쳐진 것처럼 확연히 드러났다.

명망 높은 뛰어난 기사 가문에서 일곱 명의 아이 중 다섯째로 태어난 크레이스. 그에게는 태어나면서부터 풍족한 삶과 밝은 미래가 보장돼 있었다. 하지만 그가 철이 들 무렵 커다란 전쟁이 벌어져 아버지와 두 명의 형이 전사했고, 크레이스의 나라는 2년을 채 버티지 못하고 멸망했다.

남아 있는 가족들이라곤 아버지와 두 형의 전사 소식에 충격으로 쓰러진 어머니와 누나 둘, 그리고 두 명의 여동생들뿐이었다. 가정의 모든 일들이 자연스레 크레이스에게 맡겨질 수밖에 없는 상황이었다. 약이 필요한 어머니를 위해서라도, 한창 커갈 나이의 여동생들을 위해서라도 어떻게 해서든 허드렛일이라도 해야 했다.

하지만 전쟁의 패배로 피폐할 대로 피폐해진 왕국에서는 제대로 된 일자리를 구할 수 없었다. 또 귀족 출신이라는 점 때문에 그나마 있는 일자리에서도 거부당하기 일쑤였고 간신히 구한 막노동에서는 몸이 너무나 약해 하루조차 버티지 못했다. 너무도 절망적인 상황이었다.

그러나 다행스럽게도 왕국을 점령한 나라에서 크레이스에게 기사직을 제안해 왔다. 크레이스의 나이 고작 17세. 검보다 책을 좋아하고 몸이 약했던 그에게는 버거운 자리였으나 크레이스는 그 제안을 받아들이기로 했다. 왕국을 멸망시키고 아버지와 두 형의 목숨을 앗아간 원수의 나라이지만, 약이 필요한 어머니와 다른 가족들을 위해 그는 '매국노'라 불리는 것을 마다하지 않았다.

하지만 그것이 비극의 시작이었다. 실력도 없고 몸도 약한 크레이스에게 기사 직을 제안한 것은 모두가 점령국의 계략에 의해서였다. 왕국에서 일어나는 모든 일들을 명망이 높았던 크레이스의 가문을 앞세워 처리하기 위함이었다. 크레이스 역시 그것을 알고 있었지만 묵묵히 맡은 일을 처리했다.

사건은 크레이스가 20세를 조금 넘겼을 때 벌어졌다. 왕국이 멸망할 때부터 은밀히 활동하던 독립군이 제국 쿠르디르드의 전폭적인 지원

하에 본격적으로 독립 전쟁을 시작했다. 독립군의 병력은 고작 3천이 채 되지 않는 매우 적은 숫자였으나 제국 쿠르디르드에서 원군이 10만 이상이나 도착해 독립 전쟁은 일방적으로 끝이 났다.

그렇게 전쟁이 끝나고 비난의 화살은 자연스레 크레이스 가문에 집 중됐다. 자기 한 몸 살기 위해 매국노 짓을 했고, 그동안의 모든 악행 들에 크레이스가 관여돼 있었기 때문에 당연한 일이었다. 많은 사람들 이 몰려들어 크레이스의 어머니와 누나들을 짓밟고 잔인하게 죽여 버 렸다. 크레이스 역시 단두대에 올라 죽음을 눈앞에 두었었다. 하지만 크레이스의 아버지와 친분이 있던 독립군 장군이 나서서 모든 일을 덮 어주었고, 그 덕분에 그는 간신히 목숨을 건질 수 있었다. 그리고 장군 의 지원 하에 다시금 나라를 위해 일을 할 수 있게 되었다.

멀리 유학을 떠나 있다 간신히 목숨을 건진 두 여동생들을 위해 크 레이스는 장군의 제안을 받아들인 것이다. 그러나 이것 역시 장군과 제국의 음모였다.

제국 쿠르디르드가 왕국을 도와준 이유는 커다란 광산에서 나오는 막대한 자원에 대한 이권과 드넓은 평원 때문이었다. 하지만 그것은 어디까지나 제국의 황제와 대신들을 설득하기 위한 명분일 뿐 실상은 크레이스의 왕국에 있는 많은 국보(國寶)들을 탐낸 제국 사령관의 욕망 때문이었다.

사령관은 어마어마한 양의 국보들을 장군의 묵인 하에 자신의 저택 과 성으로 가져갔다. 그러나 너무도 많은 양의 국보가 없어지자 사람 들이 의심하기 시작했고, 그 즈음해서 크레이스의 저택에서 국보의 일 부가 발견되었다. 크레이스는 희생양이었던 것이다.

결국 크레이스는 사형이 언도되었고 그의 두 여동생은 장군의 노리

개로 전락해 버렸다. 그의 여동생들은 대륙에서 다섯 손가락 안에 들 정도로, 미모가 뛰어났는데 그것 때문에 사람들에게 죽을 뻔한 크레이스를 살려준 장군이었다.

철저하게 이용만 당한 크레이스는 분노하며 결백을 주장했지만, 그의 말이 먹혀들 리 만무했다. 오히려 더욱 지독한 고문을 받아 얼굴 전체와 온몸에 끔찍한 상처를 입게 되었다.

그는 결국 사람들을 미워하고 세상을 저주하며 죽음만을 기다려야 하는 처지가 되었다. 그러나 사형 집행일을 하루 앞두고 테라가 그를 찾아왔다. 그에게 힘을 얻은 크레이스는 제국의 사령관과 왕국의 모든 남자들을 죽여 버렸고 장군의 노리개가 되어버린 여동생들 역시 스스로 생명을 끊어버렸다.

"허어……."

몇 시간이 넘도록 크레이스의 기억을 지켜보던 이스가 깊은 탄식을 토하며 눈을 떴다. 그런 그의 노안으로 한줄기 눈물이 흘러 바닥을 적셨다.

"아시겠습니까, 철검 시주. 사람들은 그들을 마(魔)의 무리라 하여 이 세상에서 씨를 말려야 한다고들 하지만, 그들 역시 인연의 굴레 속에서 힘겹게 살아가는 불쌍하고 가여운 사람들입니다. 비록 쌓은 업보가 태산처럼 크고 바다처럼 깊다 해도 그들의 연이 그리된 데에는 남모를 깊은 사연이 있는 것이지요."

소림사의 혜성 대사가 흡마공(吸魔功)을 전수한 연후에 했던 말이 떠올랐다. 너무도 맞는 말이었다. 점령국과 독립군 장군, 그리고 제국의 사령관들과 일반 사람들까지… 크레이스가 이렇게까지 이용만 당하며 살아왔을 줄은 전혀 예상하지 못했다. 사람들을 아무렇게나 죽여 버리는 테라와 같은 일행이었기에 근본부터 잘못된 것이 아닐까 하고 생각했던 이스였다. 그리고 반성할 시간을 주어도 변하지 않는 그의 모습에 이스는 자신의 생각을 굳혀갔었다. 하지만 그의 판단은 완벽한 착오였다.

"허어… 이 일을 어이할꼬, 이 일을……."

눈물을 흘리며 크레이스를 바라보는 이스의 노안이 무척이나 흔들리고 있었다. 아픈 과거가 있다고 현재의 죄가 용서되는 것은 분명 아니었다. 하지만 크레이스의 사정이 너무도 딱하게 다가왔다.

"아……."

처음 다부진 표정을 보이던 크레이스의 모습이 이제는 마치 백치처럼 비쳐졌다. 반쯤 벌려진 입으로는 연신 침이 흘러내렸고 풀려 버린 눈동자는 초점을 찾을 수 없었으며 온몸은 추욱 늘어져 있었다. 그뿐이 아니었다. 크레이스의 기력이 급격하게 저하되는 게 확연히 느껴졌다. 이런 상태라면 5일 이상 삶을 유지하기 힘들 것이다.

"허어, 허어……."

크레이스의 모습에 나오느니 한숨뿐이었다. 오랫동안 눈물을 떨구며 크레이스를 지켜보던 이스가 이마에 손을 짚으며 고개를 떨구었다.

"이런 과오를… 허어, 이런 과오를……."

테라 일행들의 아지트를 알기 위해선 이렇게밖에 할 수 없었다. 그러나 이스는 가슴이 찢어질 것 같았다. 크레이스의 기억 중 하나 때문이었다.

란스하르드 왕국으로 떠나기 직전 테라는 크레이스에게 일종의 금기 마법을 걸었다. 아무리 강도 높은 고문을 당해도 아지트의 위치에 대해선 절대 입을 열지 못하게 하기 위한 마법이었다. 4국 연맹에서 이클립스의 고문에 입을 열려던 마지앙 때문에 만약을 대비하기 위함이었고 크레이스는 그것을 수락했었다. 그렇기에 아지트에 대해 말하려고 해도 할 수 없었던 것이다.

"이스님."

놀란 표정으로 조용히 지켜보던 이클립스가 다가와 흔들리는 이스의 몸을 부축했다. 무엇 때문에 이스가 괴로워하는 것인지는 확실히 알 수 없었으나 어느 정도는 짐작할 수 있을 것 같았다. 부드러운 목소리로 이클립스가 말을 이었다.

"너무 슬퍼 마십시오, 이스님. 저자는 셀 수 없이 많은 생명들을 앗아간 자입니다. 이스님께서 하신 일은 슬퍼할 일이 아닙니다. 앞으로 저자들에게 죽어갈 많은 생명들이 이스님의 바른 판단으로 생을 이어갈 수 있을 것입니다. 그리고 놈들의 아지트를 알기 위해선 어쩔 수 없었던 일입니다. 괴로워 마십시오, 이스님."

거친 숨결을 토하며 슬퍼하던 이스의 호흡이 안정을 되찾은 반면 이클립스의 눈망울은 사뭇 동요를 보이기 시작했다. 고작 한 명을 죽인 것이었다. 그것도 테라와 함께 믿을 수 없이 많은 살생을 일삼던 자였다. 그런데도 이스는 보는 이의 심금을 울릴 정도로 괴로워하고 있었다.

크레이스의 사정을 모르는 이클립스에게는 이렇게밖에 느껴지지 않았다. 그리고 그 자신의 일을 떠올리게 했다. 지금까지 마족으로 살아오며 이클립스가 죽여왔던 인간의 숫자는 이루 헤아리기도 힘들 정도였고, 어쩌면 크레이스가 했던 것보다 더욱 많이 죽였을 것이다. 그리고 그것에 대한 후회나 죽여왔던 인간들의 삶에 대해선 단 한 번도 생각해 본 적이 없었다.

"진아야."

"네, 이스님. 말씀하십시오."

한동안 부드러이 숨을 고르던 이스가 천천히 고개를 들어 이클립스를 향했다. 괴로움에 슬퍼하던 그의 얼굴에서 무서운 분노가 느껴졌다.

"놈들을, 테라라는 자를 잡으러 가야겠구나."

"이 이클립스가 이스님 곁에서 보필하겠습니다."

마령사혼을 통해서 이미 테라의 이름과 그들이 숨어 있는 아지트를 알 수 있었던 이스였다. 용서가 되지 않았다. 테라 역시 크레이스를 이용했을 뿐이었다. 이스의 얼굴이 더 더욱 단호하게 변해갔다.

"가자꾸나."

"네!"

이클립스의 어깨를 살짝 토닥여 준 이스가 몸을 돌려 걸음을 옮겨갔다. 언제나 뒷짐을 진 채 느릿느릿 걷던 걸음이 아니었다. 빠른 속도로 걷는 이스의 한 걸음 한 걸음이 이클립스에겐 마치 거대한 산이 움직이는 것 같은 느낌을 주었다.

제40장 은신처(隱身處)

"으응?"

다시금 리켄의 레어로 돌아온 이클립스와 이스. 그들의 앞에 익숙한 누군가가 기다리고 있었다. 한 명은 짧은 황금빛 머리에 도도한 표정의 여인, 천계의 전사인 키리였고 다른 하나 역시 천계 전사로 뒤로 한데 묶어 내린 은발 머리를 허리 아래까지 기르고 있는 인물이었다. 천계 서열 4위로 리리안이라는 이름으로 불리며 마계와 천계의 회담에 나왔던 천계 8대 수호 전사 중 한 명이었다.

"무슨 일 때문에 함부로 들어온 건가?"

갑작스런 키리와 리리안의 방문에 이클립스의 미간이 대번에 일그러졌다. 역겨운 천족들의 등장이 반가울 리 만무했다. 그리고 이곳은 리켄의 레어였다. 비록 지금은 레어의 주인이 다른 곳에 있지만, 그렇다고 아무런 연락도 없이 출입하는 것은 이곳에 있는 사람들을 무시하는 행위라고밖에 생각할 수 없었다.

"죄송해요."

"이게……!"

무표정한 얼굴로 고개만 까닥이는 키리의 행동에 이클립스가 버럭 소리치려 했지만 곁에 있던 이스가 제지했다.

"어인 일로 천계 전사 분께서 이곳까지 찾아오신 겁니까?"

"키리라고 부르십시오, 이스님. 갑작스레 찾아와 놀라시게 한 점 사죄드리겠습니다. 오늘 저희들이 이곳에 찾아온 이유는 다름이 아니라……."

자신의 이름을 밝힌 키리가 방문 목적에 대해 말했다. 그녀와 리리안이 이곳을 찾은 이유는 카린느에 대한 복수를 하기 위해서였다. 천계 8대 수호 전사 중 가장 윗자리에 위치한 카린느. 오랜 세월 동안 생사고락을 함께한 전우(戰友)이자 다른 8대 수호 전사들의 대장이었다. 하지만 키리와 리리안에게는 그 이상의 존재였다. 언제나 깜찍하고 명랑한 성격으로 자신들을 꼼꼼하게 챙겨주었고 어려움에 처할 때면 어떻게 해서든 도움을 주려 했었다. 그런 카린느가 믿을 수 없는 죽음을 맞이했으니 키리와 리리안, 아니, 천계 전사들 모두가 받은 충격은 이루 헤아릴 수 없을 정도였다.

"천계의 입장이 아닌 개인 자격으로 왔습니다, 이스님."

"홍, 복수를 하려거든 네놈들이 찾아서 하면 되지 않는가? 고매하신 천계 전사 분들께서 다른 이의 도움을 받아 복수할 생각이신가?"

키리의 말이 끝난 순간 이클립스가 맞받아치며 비아냥거렸다. 결국 이스에게 빌붙어 복수를 손쉽게 하려는 것 같았고, 진정한 속셈은 테라의 위치를 포착하기 위함인 것으로밖에 생각되지 않았다.

"어떻게 생각해도 좋아요. 우리는 단지 카린느님의 복수를 할 수만 있으면 그것으로 족합니다."

"흥!"

대답은 이클립스에게 했지만 키리의 시선은 이스에게 닿아 있었다. 이스에 대한 이야기를 에리엘에게 들어 알고 있었기에 그가 승낙만 한다면 아무리 이클립스라도 막지 못한다는 걸 알고 있었다. 하지만 이스는 수염만 쓰다듬을 뿐 별다른 대꾸를 하지 않았다. 이클립스의 말이 이어졌다.

"너희들 말대로 카린느라는 자는 가리트에게 죽었다. 하지만 그 가리트 놈은 여기 계신 이스님께서 없애 버리셨지. 그러니 너희들이 말하는 복수는 이미 이뤄진 셈. 돌아가 우리 마계와의 전쟁을 대비하는 게 너희들에겐 이득일 것이다."

가리트가 이미 죽었다는 이클립스의 말에도 키리의 시선은 이스에게서 움직이지 않았다. 가리트가 죽었다면 그와 연관된 자라도 자신의 손으로 없애 버리고 싶은 모양이었다.

"돌아가라는 말이 들리지 않는가 보군?"

말로 해서 듣지 않을 것 같자 이클립스가 미간을 잔뜩 일그러뜨리고 하얀 이빨을 드러내며 그들에게로 다가갔다. 키리와 리리안 정도쯤은 레어에 아무런 피해도 주지 않고 없애 버릴 수 있었지만, 이스와의 약속이 있었던 터라 살짝 토닥여(?) 쫓아낼 생각이었다. 이클립스가 두 여인에게 한 걸음 더 가까이 다가갔을 때였다.

"죽을 수도 있습니다."

수염을 쓰다듬으며 생각에 잠겨 있던 이스에게서 드디어 허락이 떨어졌다. 가리트를 없애 버리긴 했으나 앞으로 테라와 그 일행이 남아 있었고 어떤 위험이 도사리고 있을지 모르는 일이었다. 또 이스가 키리와 리리안을 보살펴 줄 수도 없을 것이기에 각자의 목숨은 스스로 챙기라는 조건을 달았다.

"이곳으로 올 때부터 이미 각오한 일입니다."

"감사합니다."

키리와 리리안의 대답에 이스는 보일 듯 말 듯 고개를 끄덕였고 이클립스는 낮은 한숨을 내쉬었다.

"응? 누구냐!"

불편한 표정으로 키리와 리리안을 지켜보던 이클립스가 돌연 뒤로 돌아서며 커다랗게 외쳤다. 하지만 레어에는 리리안과 키리, 그리고 이스 일행들을 제외하고 다른 이의 모습은 어디에서도 보이지 않았다. 조금의 시간이 흐른 뒤 레어 출입문을 열고 누군가가 모습을 드러냈다. 이스 일행들 모두가 이미 알고 있는 자였다.

"킬리오드? 네가 어째서?"

이클립스의 표정이 이상하게 변했다. 레어 주변을 지키고 경계를 서고 있는 것은 앤디킬이었지 킬리오드가 아니었다. 이클립스는 그러나 이내 굳은 표정으로 킬리오드에게 다가갔다. 킬리오드는 혼자서 움직이는 마족이 아니었다. 그는 마왕의 비서나 마찬가지였고 마왕의 명령에 의해서만 움직이는 마계의 실질적인 2인자였다.

"무슨 일이 있는 것인가, 킬리오드?"

마계나 다른 마족들에게 커다란 일이 벌어지지 않고선 그가 움직이지 않을 것이라고밖에 생각할 수 없었다. 그렇게 생각이 되자 이클립스의 얼굴엔 어느새 긴장감이 서렸다. 하지만 킬리오드의 말은 이클립스의 생각을 완벽히 뒤집는 것이었다.

"이스님과 이클립스님의 일에 동참하고 싶어 찾아왔습니다."

"뭣이?"

"마왕님껜 허락을 얻었습니다, 이클립스님. 저들의 움직임에 따라 마계에도 영향이 있을지 모르는 일이기에 제가……."

"네놈!"

킬리오드의 말이 끝나기도 전에 이클립스가 그의 멱살을 거칠게 잡아 올렸다. 머리카락 때문에 얼굴의 반밖에 보이지 않았으나 말을 잇는 킬리오드의 표정이 평소와는 달라 보였기 때문이다. 시선을 슬쩍 내리고 있었어도 그의 흔들리는 눈망울을 이클립스가 놓칠 리 없었다. 무언가 다른 이유가 있는 게 분명했다. 미간을 잔뜩 일그러뜨리며 이클립스가 말을 이었다.

"네 녀석이 감히 이 이클립스 앞에서 거짓을 말하려는가? 이 이클립스가 그렇게 만만히 보이던가? 네까짓 놈이 감히 나를 업신여기는 것인가!"

"끄억! 이, 이클립스님……."

허공에 대롱대롱 매달린 킬리오드는 애처롭게 이클립스의 이름만 부를 뿐 변명을 늘어놓진 않았다. 가리트가 죽었다고 하나 테라에겐 첫 번째 열쇠와 두 번째 열쇠가 있었다. 어쩌면 지금쯤 마지막 열쇠를 얻었을 수도 있었고, 그렇지 않더라도 마지막 열쇠에 대한 것을 파악하고 있을 것이었다. 만약 테라 일행들이 파괴신을 부활시킨다면 천계나 인간계는 물론 마계 역시 안전할 수 없었다. 그렇기에 마왕이 킬리오드를 보냈다고 해도 이상한 것은 아니었다. 하지만 킬리오드는 그 어떤 변명도 하지 않았다.

"그만 하거라."

"아닙니다, 이스님. 이놈은 우리 마계와 마족들의 위계질서를 어지럽힌 놈입니다. 감히 세 치 혀로 마왕님을 속이고 저까지 속이려 했던 놈입니다."

이스가 다가와 말렸으나 이클립스의 표정은 더 더욱 무서워졌다. 어떤 방법으로 마왕을 속였을지 모르나 자신에게까지 서툰 거짓말을 한다는 것은 절대 용납할 수 없는 문제였다. 이클립스는 천천히 손을 들어 킬리오드의 왼쪽 가슴을 겨냥했다. 그의 급소가 바로 그곳이었기에 단번에 없애 버릴 생각인 것 같았다. 그런 이클립스의 행동에도 킬리오드는 아무런 반항도 하지 않은 채 눈을 감아버렸다.

"어허! 이 녀석 진아야, 그만 하지 못할까!"

"아……."

이클립스가 손을 쓰려는 찰나 이스의 웅후한 목소리가 주위에 메아리쳐졌다. 온몸이 순간적으로 위축되는 것 같은 착각이 들 정도로 대단한 힘이 실려 있는 목소리였다. 이스의 조용한 목소리가 이어졌다.

"아무리 잘못을 했다고 하나 오랜 세월 동안 마왕님과 마계를 위해 살아온 동족이거늘 어찌 그런 무서운 행동을 하는 것인고!"

"하지만 이스님, 이 녀석은……."

꽁~

"악! 죄, 죄송합니다, 이스님……."

오래간만에 경험(?)하는 '공포의 머리 쥐어 박히기'에 이클립스는 이내 고개 숙여 용서를 구했다. 사실 조금만 깊이 생각해 보면 상당히 일리가 있는 말이었고 마계를 위해서라도 이해가 가는 행동이었다. 또한 오랜 세월 마왕과 마계를 위해 헌신적으로 살아왔던 킬리오드였기에 좋지 않은 의도가 있을 리도 없었다. 게다가 가만히 살펴보니 무언가 사연이 있는 듯했었다.

"그리합시다. 우리와 함께하십시다."

"가, 감사합니다, 이스님."

머리를 쥐어 박히는 이클립스의 모습에 멱살을 잡혔던 목 언저리의 고통도 잊은 채 한동안 멍한 표정이던 킬리오드가 깊이 고개를 꺾으며 감사를 표했다. 그의 진정한 목적은 테라 일행들의 감시를 위한 것이 아니었다.

카린느의 죽음을 눈으로 확인한 이후 마계로 돌아갔던 킬리오드는 아무 일도 손에 잡히지 않았다. 마치 몸속에 활화산이 꿈틀거리는 것처럼 작은 일에도 짜증부터 솟아났고 분노가 폭발했다. 그렇게 십여 일을 보내던 킬리오드는 문득 어째서 가벼운 일에도 평소처럼 냉정해지지 못하는 것인지를 곰곰이 생각했다. 그리고 그가 내린 결론은 카린느였다. 마계로 돌아온 이후부터 계속 카린느의 얼굴이 떠올랐고 그녀와 대결했던 장면들이 머리에서 떠나지 않았다.

'카린느는 내 손으로 죽였어야 한다.'

이것이 킬리오드가 내린 결론이었다. 오랜 시간 동안 승부를 보지 못하던 천계 전사. 언젠가는 반드시 자신의 손으로 결판을 냈어야 했을 그녀가 테라 일행들에게 죽었기 때문에 냉정을 되찾지 못하는 것으로 결정지은 킬리오드였다. 그는 곧바로 마왕에게 달려가 이스와 동행하는 것을 허락받았다.

테라 일행들을, 카린느의 죽음에 조금이라도 연관이 있는 자들을 죽여 그녀보다 자신이 우위에 선 것을 증명하고자 이렇게 레어를 찾은 것이었다.

"그럼 이제 얼추 정리가 되었으니 움직여도 될 듯하구나."

"네, 이스님."

모든 일행들이 준비가 된 듯하자 이스는 천천히 이클립스에게 걸어가 조용히 이야기를 주고받았다. 그렇게 십여 분이 흐르고 이클립스가 어딘가로 차원 이동 홀을 만들어 이스와 함께 모습을 감췄고 다른 일행들 모두 각각의 방법으로 레어를 빠져나갔다.

『어라?』

이스 일행들이 레어에서 사라지고 잠시의 시간이 흘렀을 때 허공에서 하얀 빛이 반짝이며 사이나가 나타났다. 이스와 이클립스가 리켄을 드래곤 로드의 레어로 이동시키고 있을 때 그녀는 잠시 아이들의 섬으로 돌아갔었다. 흐느끼는 에이프릴과 넋이 나간 것 같은 미넬과 함께 있는 것보다 오래간만에 고향에 가보고 싶어서였다.

『또 어딜 간 거야, 나만 놔두고? 휴우.』

이럴 줄 알았으면 조금 더 아이들의 섬에 머물다 돌아오거나 보다 일찍 레어를 찾을 걸 하고 후회했지만 이미 늦어버렸다. 사이나는 긴 한숨을 내쉬며 에이프릴과 미넬이 누워 있는 침대로 날아갔다.

"저곳입니까, 이스님?"

멀리 떨어져 있는 돌산을 바라보며 이클립스가 의아한 표정을 지어 보였다. 일행들이 도착한 곳은 세이트란 대륙 서북 면에 위치한 곳으로 대산맥의 한줄기가 이어져 있는 높다란 산맥이었다. 크레이스의 기억을 더듬어 찾아낸 곳이 바로 이클립스의 시선이 닿아 있는 커다란 돌산이었다.

"그렇구나. 저곳이 확실할 것이야."

일행들이 모여 있는 곳으로부터 대략 2, 3킬로미터 정도 떨어져 있

는 산이었다. 마치 커다란 직사각형 모양의 바위들을 한데 뭉쳐 놓은
듯한 특이한 모양의 돌산이었다. 주위로 보이는 모든 산봉우리들이 알
록달록한 단풍으로 물든 반면 특이한 모양의 돌산에선 풀 한 포기조차
눈에 띄지 않았다.

"이상한 느낌이나 놈들의 기척은 없는 듯합니다만……."

조용히 돌산을 지켜보던 킬리오드가 고개를 갸우뚱거리며 주변을
둘러보았다. 돌산의 모양이 조금 특이하긴 했지만 세이트란 대륙이라
면 어디서나 어렵지 않게 볼 수 있는 풍경이었다. 킬리오드의 말을 이
클립스가 받았다.

"놈들은 저곳에 있다, 킬리오드. 이스님을 의심하는 언사는 삼가도
록 하라."

"넷. 명심하겠습니다, 이클립스님."

마령사혼을 통해 이스가 어떤 것을 보았는지 이클립스로서는 알지
못했다. 하지만 그것을 하기 전 이스는 분명 상대의 기억을 알 수 있다
고 했고, 마지막에는 눈물을 흘리며 괴로워했다. 이클립스로서는 눈앞
에서 직접 목격한 것이었지만 상대의 기억을 알 수 있다는 것은 믿어
지지 않았다. 그러나 그것을 시행한 이가 바로 이스라면 절대 거짓이
아니라고 생각했다.

"조용히 할아비의 말을 들어보거라."

이클립스와 킬리오드의 대화가 계속 이어질 것 같자 이스가 다가와
둘의 어깨를 토닥이며 시선을 끌었다.

"테라라는 자는 수하였던 크레이스에게조차 많은 것을 숨겼느니. 그
것을 이상하게 생각한 크레이스가 얼마 전부터 테라의 뒤를 은밀히 알
아보려 했으나……."

잠시 말을 멈춘 이스는 고개를 흔드는 것으로 대답을 대신했다. 크레이스의 기억에 남겨진 여인, 언제나 화려하고 커다란 가면으로 얼굴을 가리며 라이제스라는 이름으로 불리는 여인과 테라에 대한 것을 조사하려 했으나 그 이후의 기억은 아무것도 남겨져 있지 않았다.

크레이스는 언제부터인가 테라에 대해 의심하기 시작했다. 죽을 목숨을 살려주고 복수할 수 있도록 어마어마한 힘을 주기는 했으나 그것 역시 테라를 위해서였다. 열쇠를 찾기 시작하면서부터는 테라도 엄청난 힘을 얻어가기 시작했고 그에 따라 크레이스와 다른 이들을 잠시 쓰다 버리는 것으로 여기는 것 같았다. 그렇기 때문에 크레이스가 의구심을 갖기 시작했던 것이다.

"이제 시간을 끌 것이 아니라 직접 그들을 잡아야겠어."

"이스님, 잠시만……."

"응?"

크레이스의 일이 떠올라 잠시 무겁게 고개를 흔들던 이스가 다시금 마음을 다잡으며 걸음을 옮기려 할 때 이클립스가 그의 옷자락을 잡아 끌었다. 이스가 의아한 표정으로 이클립스를 바라보았다.

"어찌 그러는 게냐, 진아야?"

"한 가지 중요한 걸 잊은 것 같습니다."

"허어… 잊은 것이라… 그게 무엇인고?"

심각한 표정으로 대꾸하는 이클립스의 모습에 이스가 수염을 쓰다듬으며 그를 향해 돌아섰다. 멀리 떨어져 있는 돌산을 바라보며 이클립스가 말을 이었다.

"저들은 언제라도 워프를 할 수 있습니다. 언제 어느 때라도 말입니다. 얼마 전까지 저들을 눈앞에서 놓쳤던 것도 리켄이 나서지 않았더라면 크레이스 역시 잡을 수 없었을 것입니다, 이스님."

"허어, 그것참."

이스에게서 기다란 탄식이 터져 나왔다. 테라 일행들이 언제 세 번째 열쇠를 얻어 파괴신의 부활을 꾀할지 모르는 일이었기에 다급히 서두르다 정작 중요한 사실을 잊고 있었다. 저들은 언제라도 워프라는 마법을 이용해 도망칠 수 있었다. 또 이스 일행들이 최대한 조심을 한다손 치더라도 테라 일행들에게 발각되는 것은 시간문제였다. 만약 가리트를 잡을 때처럼 갑작스레 공격하지 않는다면 그들은 순식간에 사라져 버릴 것이고, 이번에 그들을 놓친다면 어쩌면 영영 기회가 없을 수도 있었다.

"어찌하면 좋겠느냐, 진아야?"

"리켄의 마법이 있다면……."

말끝을 흐리는 이클립스의 얼굴이 잔뜩 일그러졌다. 적들의 코앞에까지 도착했으나 확실한 항 워프 마법이 아니라면 잡기는커녕 오히려 그들에게 도움을 주는 결과를 가져올 것이다. 하지만 리켄은 치명적인 상처를 얻어 쾌유까지는 얼마가 걸릴지 드래곤 로드조차 장담하지 못했다. 게다가 리켄의 쾌유를 기다릴 때까지 테라 일행들이 조용히 기다려 줄 리도 만무했다.

"허어, 이 일을 어찌한다……."

긴 수염만 계속 쓰다듬을 뿐 이스 역시 이렇다 할 방법이 떠오르지 않았다. 생각 같아선 곧바로 쳐들어가고 싶었지만, 테라 일행들의 아지트는 여러 단계를 거쳐야 들어갈 수 있었고 그만큼 적들의 이목에 걸릴 확률도 높았다.

"아무리 외딴 곳에 은신처를 잡았다고 하지만 놈들은 분명 주변에 상당한 마법을 걸어놓았을 것입니다. 누군가가 다가가면 바로 알 수 있도록 말이지요."

묵묵히 이스와 이클립스의 대화를 듣고 있던 킬리오드가 혼잣말처럼 중얼거렸다. 그의 말처럼 은신처 주변에 그런 마법이 있다면 갑작스런 급습은 더 더욱 힘들 것이었고 이스도 그렇게 생각했는지 고개를 끄덕였다.

"흐음, 잠행술(潛行術)을 극성으로 펼쳐도 힘이 든다는 말이거늘. 허어, 그것참."

이스의 미간 사이에 더욱 깊은 골이 패었다. 마음은 앞서 가는데 그렇게 할 수 없으니 애가 타고 조바심이 일었던 것이다. 하지만 서두른다고 될 일이 아니었다. 어느새 이스를 포함한 일행들 모두가 심각한 표정을 하고 있었다.

"이스님, 제게 잠시 시간을 주시겠습니까?"

"응? 우리 진아에게 좋은 방도가 있더냐?"

오랜 침묵을 깨고 이클립스가 입을 열자 이스의 얼굴에 희망의 빛이 아른거렸다. 이클립스의 말은 신뢰할 수 있었고, 그의 머리에서 나오는 계략은 대부분 적중했기 때문이다. 하지만 이번만큼은 확실하지 않은지 이클립스의 표정이 그리 밝지만은 않았다.

"아직 뭐라 말씀드릴 수 없겠습니다만… 잠시만 다녀왔으면 합니다. 그때까지 이스님께선 이곳에 계시는 게 좋을 것 같습니다."

"그리하자꾸나. 저들이 두 번째 열쇠까지 손에 넣었다고 하나 그리 쉽게는 움직이지 못할 것이야. 게다가 여기엔 마계와 천계를 대표하는 분들이 계시니 만약 위험에 처할 때에는 도움도 받을 수 있을 것이고 말이다. 그러니 아무런 염려하지 말고 다녀오너라."

키리와 리리안, 거기에 킬리오드까지… 이스가 이들과 함께한 이유 중 하나가 바로 그것이었다. 천계와 마계. 이 두 공간에서는 작금의 사태를 매우 심각하게 받아들여 상당한 숫자의 전사들을 보내 인간 세상을 은밀히 정탐하고 있었다. 만약의 사태에 그들을 한곳에 모으기 위해서는 키리 같은 천계 전사와 마족인 킬리오드의 필요성은 당연한 일이었다.

"킬리오드, 경거망동은 금물이다. 다 된 밥에 재를 뿌리는 행동은 삼가야 한다. 무슨 일이 있더라도 여기 계시는 이스님의 지시를 따라야 할 것이야. 내 말을 듣지 않는다면 결코 용서받을 수 없을 것이다. 알아듣겠나?"

"네, 이클립스님. 명심하겠습니다."

떠나기 전 킬리오드에게 주의를 환기시키는 이클립스였다. 마족 서열 3위의 엄청난 실력자라는 생각에 마음대로 행동할 것을 경계한 말이었고 천족인 리리안과 키리에게도 들으라는 말이었다.

"그럼 이스님, 잠시만 다녀오겠습니다."

"너무 서두르지 말고 조심해서 다녀오너라."

자신을 걱정하는 이스의 푸근한 목소리에 이클립스가 부드러운 미소를 지으며 차원 이동 홀을 만들고 사라졌다. 이스와 나머지 일행들은 최대한 몸을 은신하며 멀리 떨어져 있는 돌산을 지켜보았다.

*   *   *

"또 무슨 일인가?"

날카로운 드래곤 로드의 눈매가 더욱 가늘게 떠졌다. 그녀는 여전히 리켄을 향해 손을 뻗은 채였고 끊임없이 치료 마법을 행하고 있었다.

"죄송합니다, 로드."

이클립스였다. 이스와 헤어진 후 리켄의 레어로 이동한 그는 쌔니의 허락을 얻어 다시금 드래곤 로드, 레오니아를 찾았다. 하지만 이클립스를 바라보는 레오니아의 시선은 보는 것만으로도 심장이 얼어붙을 정도로 차갑고 서늘했다.

리켄과 이클립스가 오래전부터 자주 만나왔던 것을 그녀가 모를 리 없었다. 둘이 만날 때마다 커다란 싸움이 자주 일어났기에 당연한 일이었다. 처음 몇 번은 천계와의 전쟁에서 위험을 무릅쓰고 숨겨줬던 은혜도 모르는 배은망덕한 마족이라 생각했던 레오니아였으나 점차 시간이 지나며 둘 사이가 상당히 친밀하다는 것을 알 수 있었다. 또 이클립스가 없을 때면 그를 '친구'라고 스스럼없이 칭하는 리켄이었기에 마족과 만나는 것을 알면서도 묵인해 왔던 레오니아였다.

"너에겐 리켄이 대륙 어디서나 찾아볼 수 있는 그저 그런 드래곤이었을 뿐이더냐?"

오랫동안 못마땅한 표정으로 이클립스를 노려보던 레오니아에게서 더욱 차가운 목소리가 흘러나왔다. 리켄이 이 지경이 되도록 무얼 했냐는 뜻이었다. 이스가 있을 때에는 하지 않았던 말이었다. 분노하는 모습을 다른 이에게 보여주고 싶지 않았고, 리켄의 상처 때문에 그렇게 할 상황도 아니었다.

"내 아이는 너를 친구라 불렀거늘."

"친구입니다, 로드!"

재차 이어진 레오니아의 말에 이클립스가 바닥에 무릎을 꿇으며 외치듯 대답했다. 그는 상처 입은 리켄을 이곳으로 데리고 왔을 때 아무런 변명도 하지 않았다. 아니, 할 수 있는 상황이 아니었다. 리켄의 상처가 위중했고 치료 마법을 쏟아 붓는 레오니아의 집중력을 흩트리지 않기 위해서였다.

"비록 드래곤과 마족이라는 입장이지만 저는 언제나 그를 친구라고 생각해 왔고 그것은 지금도 변함이 없습니다, 로드."

열변을 토하듯 이클립스의 목소리가 상당히 격앙돼 있었다. 리켄과 만난 것이 벌써 천 년에 가까워왔다. 비록 만나기만 하면 서로 툭탁거리며 싸우기는 했지만 서로가 미워서 싸운 적은 단 한 번도 없었다. 그러나 레오니아의 차가운 눈빛은 조금도 동요하지 않았다. 이클립스의 말이 다시금 이어졌다.

"리켄에게 저런 상처를 입힌 자들을 반드시 찾아내 복수할 것입니다, 로드. 이 이클립스가 아버님께서 주신 이름을 걸고 맹세드리겠습니다."

마족의 절대적인 맹세였다. 레오니아 역시 마족의 맹세에 대한 것을 어느 정도는 알고 있었다. 하지만 그녀의 눈빛은 처음과 똑같았다.

"이렇게 제가 찾아온 것은 로드의 항 워프 마법을 제게 알려줄 수 없으실까 해서입니다. 리켄에게 상처를 입힌 놈들은 믿을 수 없는 마법을 사용하는 자들이었습니다. 그 마법이 아니고선 놈들을 잡을 수조차 없기에… 부탁드립니다, 로드."

이스에게 생각이 있다고 한 것은 바로 이것이었다. 항 워프 마법의 주인인 레오니아와 직접 적들을 처단하고 싶었지만 리켄의 상처 때문에 그렇게 할 수 없었다. 그렇기에 자신이 항 워프 마법을 배워 마계에서 익힐 심산이었던 이클립스였다. 인간 세상보다 시간이 10배가 빠른 마계라면 이스가 기다리는 시간도 짧을 것이기 때문이었다. 그러나 레오니아에게서 돌아온 것은 비웃음이었다.

"그것은 우리 드래곤들의 수장인 로드에게만 전해지는 마법. 내가 내 아이에게 그것을 전해준 것은 리켄이 이제 곧 로드의 권위를 이어받을 것이기 때문이다. 네가 아무리 강한 마족이라고 해도, 설사 내 목숨을 빼앗는다고 해도 그것만큼은 줄 수 없다."

"제, 제가 어찌 은혜를 베풀어주신 로드께 위해를 가하겠습니까! 제가 아무리 마족이라곤 하지만 은혜도 모르는 배은망덕한 놈은 결단코 아닙니다, 로드!"

레오니아는 이미 이클립스의 힘이 그녀보다 대단하다는 것을 알고 있는 듯했다. 또 그녀의 말처럼 이클립스가 마음만 먹는다면 드래곤 로드에게 위협을 가할 수도 있을 것이다.

하지만 이클립스는 깜짝 놀란 표정으로 벌떡 자리에서 일어섰다. 항 워프 마법을 얻으러 왔다가 엉뚱한 오해를 산 것 같았다. 드래곤 로드가 아니었다면 자신과 마왕은 이미 오래전에 천계에게 희생당했을 것이고, 그 은혜를 잊을 이클립스가 아니었다. 어떻게든 레오니아를 설득하려 이클립스가 입을 열려 할 때였다. 이클립스보다 레오니아의 입이 먼저 열렸다.

"돌아가라, 마족이여. 앞으로 우리 드래곤 일족은 무슨 일이 있어도 마족과 인연을 맺지 않을 것이다. 너를 이곳에 허락한 이유는 그것을 말해 주고 싶어서이다. 그러니 이제 돌아가라, 마족이여."

"로, 로드!"

때를 잘못 골랐다고 생각했지만 이미 늦은 것 같았다. 그러나 여기서 물러선다면 방법이 없었다. 시간은 촉박했고 항 워프 마법은 반드시 필요했다.

"저들이 하려는 짓은 파괴신을 부활시키려는 것입니다, 로드. 저들은 이미 두 번째 열쇠까지 획득한 상태입니다. 저들이 만약 파괴신을 부활시키는 날에는 아무리 드래곤 일족이라고 해도 무사하긴 어려울 것입니다! 지금은 천계이든 마계이든 그런 게 중요한 것이 아닙니다, 로드!"

"돌아가라."

피를 토할 것 같은 이클립스의 열변에도 레오니아의 차가운 시선은 변함이 없었다. 이클립스가 레어에 오기 전 그녀는 레드 일족의 장로 모두를 불러 대륙을 정탐시켰고 만약의 사태에 대비해 모든 드래곤들을 비상 대기시킨 상태였다. 만약 어딘가에서 이상한 낌새가 보인다면 전 드래곤 일족들이 일시에 들이닥쳐 처단할 생각이었기에 이클립스의 말이 좀처럼 와 닿지 않는 모양이었다. 그러나 이클립스는 포기하지 않았다.

"하지만 로드."

"닥치고 꺼지라 했다!!"

레오니아에게서 레어 전체가 웅웅거릴 정도로 거대한 외침이 터져 나왔다. 다른 무엇보다 그녀가 용서할 수 없는 것은 이클립스의 태도였다. 천 년 가까이 친구라고 칭하던 자가 믿을 수 없을 정도로 심한 상처를 입었는데도 어떻게 도움을 줄 수 있는 방법이 없을까라는 말은 단 한 마디도 하지 않았던 것이다. 그것이 레오니아의 심기를 불편하게 한 결정적인 원인이었다.

"내가 마족과 상대를 하는 게 아니었는데……."

『맞아요, 로드. 원래 마족은 은혜를 모르는 족속들이라고들 하지요.』

혼잣말하듯 중얼거리는 레오니아의 곁에서 재수없다는 표정으로 재잘거리는 쌔니가 죽이고 싶을 정도로 미웠지만, 이젠 방법이 없는 것 같았다. 이클립스는 고개를 꺾으며 긴 한숨을 내쉬었다. 그리고 그때.

"거참, 더럽게 시끄럽네."

"응?"

"아니?!"

익숙한 누군가의 갑작스런 목소리에 이클립스는 물론 레오니아와 쌔니까지 깜짝 놀란 표정으로 고개를 돌렸다. 들려온 방향은 푸른 빛 무리 속이었고 목소리의 주인공은 바로 리켄이었다.

"리, 리켄?!"

레오니아와 이클립스에게서 동시에 리켄의 이름이 외쳐졌다. 커다란 침대 위에서 죽은 듯 누워만 있던 리켄이 천천히 자리에서 일어서는 모습이 일행들의 시선에 들어왔다. 힘겨워하는 모습이었다. 상체를 세우고 일행들을 향해 고개를 돌리는 데에도 부서질 듯 이빨을 앙다물고 한참 동안 씨름을 하고 나서야 간신히 몸을 추스르는 리켄이었다.

"뭐, 뭐 하는 거니, 리켄? 어서 누워 있지 않고!"

한동안 놀란 표정을 지우지 못하던 레오니아가 걱정스런 표정으로 외쳤으나 리켄에게는 먹히지 않는 듯했다. 그는 어느새 침대에서 벗어나고 있었다.

"거참. 어머니, 우리 드래곤 일족은 5백 살에 출가시키고 신경 끊고 지내는 게 정상이라면서요? 게다가 내 나이가 몇인데 아직까지 애 취급이나 하고 말이야."

"리켄!"

언제나 보이던 개구쟁이 같은 표정으로 어깨를 으쓱해 보이는 리켄이었지만 레오니아의 표정에선 걱정만이 가득했다. 예상했던 것보다 일찍 의식을 되찾기는 했으나 최소한 몇 년 동안은 안정을 취해야 했다.

"어서 다시 돌아가 침대에 눕거라."

자신의 앞을 가로막으며 엄한 목소리로 말하는 레오니아의 모습에도 리켄은 부드러운 미소를 머금고서 조용히 그녀를 바라보았다. 붉은 머리칼을 한 엘프의 모습을 하고 있음에도 드래곤 로드의 위엄이 절로 넘쳐 나는 레오니아였다. 하지만 무서우리만치 굳어버린 어머니의 얼굴에서 자신에 대한 진한 걱정을 읽을 수 있었다. 리켄은 천천히 다가가 그녀의 어깨를 꼭 껴안았다.

"항상 말씀하셨죠? 내가 벌인 일은 스스로 처리하라고. 이건 제 일이에요, 어머니. 그리고 그놈들을 가만 놔둘 수 없어요. 파괴신을 부활시키려는 놈들을 놔두면 모두가 위험하니까. 너무 걱정 말아요. 그저 멀리서 구경만 하고 있다가 위험하면 곧바로 도망쳐 올 테니까 말이에요. 헤헤헤."

"이, 이 녀석이……."

레오니아의 눈초리가 사뭇 흔들리기 시작했다. 4천 년 가까이 같은 레어에서 보살피다 독립시킨 리켄. 드래곤으로선 완숙의 경지에 다다른 에인션트 급을 넘어섰어도 언제나 어린아이 같던 리켄이 갑작스레 커버린 것 같았다. 괜찮다는 것을 강조하려는 듯 조금 더 강하게 레오니아의 어깨를 안으며 리켄이 말을 이었다.

"어머니께서 뭘 원하는지 제가 왜 모르겠어요. 너무 걱정 말아요, 어머니. 금방 가서 모두 처리한 다음에 어머니를 편하게 해드릴게요. 아셨죠?"

"이 녀석… 그래도 아직은 위험하단다. 몇 년만 쉬고 있으렴."

"헤헤, 걱정 없다니깐 그러네요."

볼에 쪽 소리가 나도록 뽀뽀를 한 리켄이 밝은 표정으로 이클립스에게 걸어갔다. 레오니아는 걱정스런 표정을 지을 뿐 더 이상 말리지 못했다. 지금까지 6천 년이 넘도록, 리켄이 이렇게까지 믿음직스럽게 다가온 적은 없었다. 말려야 한다고, 어떻게 해서든 그를 잡아두고 싶은 마음이 굴뚝같았지만 입술이 움직이지 않았다. 걱정스런 마음과 대견한 마음이 교차하고 있었다.

"무리하지 않아도 되는데 말이야. 그냥 나한테 항 워프 마법만 살며시 알려주면 된다네, 리켄 군."

한 걸음 앞까지 다가온 리켄을 향해 이클립스가 비아냥거리는 투로 말했다. 하지만 그의 얼굴에선 지울 수 없는 미소가 가득 피어올라 있었다.

"짜식아, 니들이 나 없이 뭘 하겠냐? 후헤헤~ 천하의 리켄님께서 친히 발걸음을 옮겨야 모든 일이 순조롭게 된다니까. 카하하~"

"여전한 걸 보니 괜찮은 듯싶군."

슬쩍 리켄의 어깨를 토닥이는 이클립스의 얼굴 위로 리켄에 대한 고마움과 미안함이 교차했다. 누구보다 리켄의 성격에 대해 잘 알고 있는 이클립스였다. 비록 이렇게 아무렇지도 않은 듯 행동하지만 움직이는 것조차 힘들다는 것을 잘 알고 있었다. 하지만 항 워프 마법을 펼치고 멀리서 지켜보게만 하면 해로운 일은 겪지 않을 것이고, 위험도 별반 따르지 않을 것이기에 말리지 않는 것이다.

"그럼 가볼까나~ 다녀올게요, 어머니~"

"그럼 다음에 뵙겠습니다, 로드."

레오니아를 향해 인사를 마친 이클립스가 차원 이동 홀을 만들었고 둘의 모습이 이내 레어에서 사라졌다.

『어떻게 해요, 로드? 그냥 보고만 있을 거예요? 리켄님 상처… 저대로 놔두면 위험할지도 모르는데…….』

쌔니가 호들갑을 떨며 날갯짓했지만 레오니아에게선 아무런 대답이 나오지 않았다. 처음이자 마지막으로 낳은 아이. 쌔니가 호들갑을 떨지 않더라도 그 누구보다 리켄을 걱정하는 것이 레오니아였다.

"후우……."

『로드.』

긴 한숨을 내쉬며 고개를 흔드는 레오니아에게서 쌔니는 왠지 모를 서운함이 느껴졌다.

제41장 Full Moon Blue

"크크크……."

잔뜩 웅크린 테라의 몸이 더욱 작게 느껴졌다. 책들을 쌓아놓고 그 위에서 뭔가를 만지작거리고 있는 테라였다. 어딘가로 나갔다 돌아온 이후 그는 벌써 며칠째 계속 이런 자세를 유지하며 가끔 음산한 웃음을 흘려댔다. 주변은 그가 두 번째 열쇠를 잃어버렸을 때 흐트러진 채로 여기저기 많은 책들이 제멋대로 널브러져 있어 테라의 웃음소리가 더욱 음산하게 들려왔다.

"으음."

테라에게서 대략 예닐곱 걸음 뒤쪽으로 화려한 가면에 붉은 원피스 차림의 라이제스가 입을 꾹 다문 채 조용히 그를 지켜보고 있었다. 자신의 존재를 알리려는 듯 몇 번이나 헛기침을 해봐도 테라에게선 아무런 반응이 나오지 않았다.

두 번째 열쇠를 되찾아오기 위한 일에서 배제된 라이제스는 아무것도 하지 않았다. 혼자 다녀오겠다는 테라의 말을 거역할 수 없었기 때문에 이곳에서 조용히 그를 기다리고 있을 수밖에 없었다. 그리고 또하나, 그녀가 반론없이 기다린 것은 크레이스에 대한 일도 꺼림칙했기 때문이다. 그녀가 알기로, 크레이스는 쉽사리 죽을 인물이 아니었다. 마지앙과 그녀 자신, 그리고 크레이스 이들 중에서 가장 강했던 것이 크레이스였고 테라에게서도 상당히 두터운 신뢰를 얻고 있었다. 그런 그가 죽었을 것이라고는 생각되지 않았기에 테라가 없을 때 돌아온다면 다시금 서로의 의견을 주고받아 앞으로의 일을 상의하기 위해 조용히 남아 있었던 것이다. 그러나 크레이스는 끝내 돌아오지 않았다.

"크흠."

이번에는 조금 더 큰 헛기침으로 테라의 시선을 끌어보려 했지만 그는 여전히 움직이지 않았다. 그렇다고 조금 더 가까이 다가가고 싶지도 않았다. 이렇게 멀찌감치 떨어져 있음에도 두 번째 열쇠로부터 흘러나오는 지독한 기운 때문에 몸이 절로 떨릴 지경이었다.

'어찌한다…….'

가면에 드러난 라이제스의 눈초리에 갈등의 빛이 어리기 시작했다. 첫 번째 열쇠와 두 번째 열쇠에 온 신경을 집중하고 있는 테라에게 말을 걸 것인지, 아니면 이대로 계속 기다려야 하는지 결정이 내려지지 않는 모양이었다.

"큭."

라이제스의 굳게 닫혀진 입술이 살짝 벌려지며 하얀 이빨이 낮은 소리를 내며 부딪쳤다. 언제부터인가 자신들을 하찮은 종처럼 취급하는 테라였다. 말 한번 잘못 거는 날에는 끔찍한 고통을 겪어야만 했다. 라이제스는 그러나 더 이상 참지 못하고 슬쩍 반 걸음 정도 앞으로 나서며 입을 열었다.

"테라님, 크레이스는 어찌 됐습니까?"

"만월(滿月)이라… 크큭, 오늘 저녁이 만월이지 않은가. 드디어. 크크……"

라이제스의 말에도 테라는 혼잣말을 중얼거리며 어깨를 들썩였다. 뭔가 흡족한 일이 있는 모양이었다.

"테라님?"

"뭐냐, 라이제스."

커다란 목소리로 외치듯 말하는 라이제스의 물음에 드디어 테라의 고개가 돌려졌다. 너무도 깊숙이 눌러써 시커먼 그림자만 보이는 얼굴이었다.

'저건?'

테라가 고개를 돌린 순간 그의 어깨 너머로 이상한 무언가가 라이제스의 시선에 잡혔다. 작은 접시만한 크기로 보이는 그것은 해바라기의 꽃잎 같은 형태의 펜던트였으며 그것의 정중앙 부근에 검푸른 빛을 뿜는 자그마한 돌멩이가 박혀 있는 모습이었다. 해바라기 모양의 펜던트는 라이제스도 몇 번이나 봤던 것으로 대신관의 목걸이, 즉 파괴신의 부활과 관련한 첫 번째 열쇠였고 은은히 검푸른 빛을 뿜어대는 것은 얼마 전에 되찾은 두 번째 열쇠였다. 한데 두 가지 모두 처음과 확연히 다른 모습이었다.

'변했다……?'

첫 번째 열쇠는 원래 황금색이었고 지금보다는 훨씬 작은 크기였으며 두 번째 열쇠는 탁한 묵빛을 띠는 자그마한 돌멩이였다. 한데 지금은 아니었다. 하나는 은색으로 변했고 다른 하나는 검푸른 빛을 뿜어대고 있었다.

"뭐냐, 라이제스. 불렀으면 말을 해야 할 것 아닌가?"

"에……."

너무도 쉽게 반응하는 테라의 모습에 라이제스가 한동안 멍한 표정을 지었다. 가래가 끓는 듯한 탁하고 역겨운 목소리였지만 상당히 들떠 있는 것이 확연히 느껴질 정도였다. 두 번째 열쇠를 획득하고 뭔가 단서를 얻어 기분이 좋은 상태인 모양이다. 첫 번째 열쇠를 얻을 때까지는 모든 일을 자세히 알려준 그였다. 하지만 그 이후부터는 거의 아무런 이야기도 해주지 않았고 작은 일에도 신경질적으로 반응했었다. 그러나 상당히 유쾌한 것 같은 지금이라면 웬만한 것은 말해 줄 것 같았다.

"크레이스는 어떻게 된 것인지… 아무런 연락이 없는 게 이상하군요. 테라님께서 뭔가 다른 임무를 맡기신 건가요?"

"글쎄… 모르겠군. 뭐, 살아 있다면 언젠가는 돌아오겠지. 죽었어도 이젠 상관없지만. 크크크. 그새 정분이라도 난 것이냐, 라이제스?"

"호호호, 그럴 리가 있겠어요? 그저 보이지 않으니 관심이 가는 것뿐이랍니다, 테라님."

교태스런 웃음을 흘리며 애써 테라의 시선을 회피하는 라이제스였다. 하지만 커다란 가면에 가려진 그녀의 미간 사이는 잔뜩 일그러져 있었다.

'5년이 넘도록 개처럼 충성을 바친 자를…….'

라이제스가 처음 테라를 알게 된 것은 지금으로부터 5년도 더 전이었다. 그녀가 처음 이곳으로 발걸음하고 얼마 뒤에 만난 이가 크레이스였다. 비록 서로가 서로를 필요로 했기에 이뤄진 모임이라도 5년이 넘도록 자신을 위해 일해준 사람이라면 최소한 작은 걱정이라도 해야 마땅했다. 하지만 테라는 대수롭지 않게 여겼다. 죽었다 해도 좋다는 식이었고 살아 있어도 상관없다는 투였다.

'열쇠의 행방을 알기 전까지만 해도……'

첫 번째 열쇠인 대신관의 목걸이. 그것의 위치를 알기까지 라이제스와 크레이스, 그리고 마지앙 이 세 사람은 치욕적인 일도 마다하지 않고 테라의 말을 따랐다. 마지앙은 대륙 남동부에 위치한 마법 길드에서, 크레이스와 라이제스는 쿠르디르드의 황도에서 굴욕을 참아가면서 묵묵히 맡은 일을 해왔었다. 당시 가끔 찾아온 테라의 태도는 마치 진정으로 일행들을 위하는 아버지 같았었다. 그런 그가 첫 번째 열쇠의 행방을 알고부터 180도로 변해 버렸다. 마치 그들을 종처럼 부려먹었고 짐승처럼 학대했다.

"그런데 테라님?"

"그래."

"조금 전에 만월이라고 말씀하시는 걸 들었는데… 그게……?"

"크크크."

크레이스에 대한 것은 더 이상 물어볼 필요가 없을 것 같자 다른 것을 묻는 라이제스였다. 이미 테라의 신경은 다른 곳에 있었기에 계속 말해 봤자 쓸데없는 일일 것이고, 라이제스 역시 크레이스에게 더 이상 신경 쓰고 싶지 않았다. 이제 두 번째 열쇠까지 손에 들어왔으니 그녀의 일도 오래지 않아 성취될 것이기 때문이었다.

"드디어 오늘 저녁이다, 라이제스. 오늘 저녁 만월. 그때……."

"왜 그러십니까, 테라님?"

"크크크……."

음산한 목소리로 중얼거리던 테라가 돌연 말을 멈추고는 천장을 향해 고개를 들었다. 갑작스레 변해 버린 테라의 행동에 라이제스는 영문을 몰라 주변을 두리번거리며 물어봤지만, 테라에게서 나오는 것은 지독하게 음산한 웃음뿐이었다.

스스스…….

좁다란 동굴 속을 지나치는 이스와 이클립스의 모습이 흡사 한줄기 바람이 부드럽게 불어오는 듯했다. 리켄의 항 워프 마법을 신호로 이스와 이클립스가 돌산으로 들어온 것도 벌써 상당한 시간이 흐르고 있었다. 천계 8대 수호 전사 중 최고의 실력자들인 리리안과 키리, 그리고 마계 서열 3위의 킬리오드가 있기는 했지만 이스와 이클립스의 제안으로 그들은 돌산 주변을 경계하고 있었다.

세이트란 대륙 최강의 생명체인 리켄조차 속수무책으로 당했기 때문에 그들 정도의 실력으로는 이스와 이클립스에겐 오히려 방해만 될뿐이었다. 게다가 만약 테라 외에 또 다른 조력자가 있을지 모르는 일이었고 그들이 돌산 밖으로 도망칠 수도 있었기에 이스와 이클립스만이 돌산 안으로 잠입한 것이었다.

"아마 지금쯤이면 놈들도 우리들을 알아챘을지 모릅니다."

칠흑처럼 어둡고 구불구불한 동굴 속을 바람처럼 달려가는 와중에도 이클립스가 한쪽 입꼬리를 말아 올리며 이스를 돌아보았다. 돌산의 중앙 부근에 있는 좁은 동굴을 지나자 미로처럼 얽히고설켜 있는 수많은 통로들이 이스와 일행들을 맞이했다.

이스가 본 크레이스의 기억으로는 그가 이곳을 걸어간 것은 단 한 번뿐이었다. 게다가 동굴 속이 워낙에 칠흑처럼 어두워 크레이스의 기억을 봤다고 하더라도 아지트를 찾기란 좀처럼 쉽지 않을 것이었다. 하지만 다행히도 동굴 입구에 들어서자 테라의 지독하고 사악한 기운이 이스에게는 물론 이클립스에게까지 느껴졌다. 그리고 지금은 그리 멀지 않은 곳에서 테라의 강력한 기운과 두 번째 열쇠의 사악한 기운이 동시에 느껴지고 있었다.

"이, 이스님?!"

"음……."

이제 멀지 않았음을 피부로 느낄 수 있었다. 서로 잠시 눈빛을 교환하던 이클립스와 이스는 보다 더 빠른 속도로 전진하기 시작했다. 지금까지는 상대가 알지 못하도록 최대한 기척을 죽이고 행동했지만, 이제는 바로 코앞이었다. 이스 일행의 침입을 알고 있더라도 더 이상 도망치지는 못할 것이었다.

어느새 길고 길었던 동굴의 끝이 보였다. 한 사람이 간신히 지날 수 있을 정도로 작은 동굴의 끝. 그곳에는 누군가 임의로 만들어놓은 작은 철제 문이 버티고 있었다. 순간 이클립스의 눈에서 날카로운 빛이 번뜩였다.

콰쾅!

짙은 먼지와 함께 두터운 철제 문이 폭발하듯 종이처럼 구겨지며 뜯겨졌다. 그리고 나타난 전경. 그것은 깊은 동굴 속이라고는 생각할 수 없는 모습이었다. 높다란 천장까지 주욱 이어지는 많은 책장들과 공들여 만들어놨을 바닥과 천장. 마치 도시에서 볼 수 있는 도서관의 모습이었다.

"아니?"

"허어."

철제 문을 통과한 이클립스와 이스가 자리에 멈춰 선 채 미간을 한 껏 찡그리고 있었다. 바로 조금 전까지, 철제 문을 부수기 전까지도 느껴졌던 테라와 또 다른 누군가의 기척, 그리고 온몸에 소름이 돋을 것 같은 오싹한 느낌이 일시에 사라져 버렸다. 많은 책장들이 시야를 온 통 가로막고 있었지만 그 어디에서도 그들의 기척이 느껴지지 않았다.

"이, 이런 말도 안 되는!!"

"허어!"

한동안 놀란 표정으로 주변을 둘러보던 이클립스가 떨리는 목소리 로 중얼거리며 주변을 뛰어다녔다. 혹시라도 그들이 책장 뒤에 숨어 있지 않을까 하는 마음에서였지만, 그 어디에도 그들의 모습은 보이지 않았다.

"이게 어찌 된 걸까요, 이스님?"

"글쎄다. 괴이한 일이로구나."

좀처럼 대답할 수 없을 정도로 이상한 일이었다. 이클립스는 잠시 이스를 바라보다 다시금 책장 사이를 오가며 하나하나 자세히 살펴보 기 시작했고, 이스는 수염을 쓰다듬으며 온 신경을 집중해 보았다.

"으……."

미간 사이를 좁히고 신경을 집중하던 이스가 돌연 가슴 언저리를 움 켜잡으며 낮은 신음을 토했다. 고통이 느껴졌다. 마치 심장을 뾰족한 침으로 찔러대는 듯 지독한 고통이 느껴졌다. 이스는 그러나 조금 더 미간을 좁혔을 뿐 내색은 하지 않았다. 가슴 언저리를 움켜쥐고 있던 손도 천천히 내려 애써 뒷짐을 지었다. 이클립스에게 괜한 걱정을 끼 치고 싶지 않아서였다.

'으음, 한동안 잠잠하더니… 하필이면 지금 이러다니……'

얼마 전에 느꼈던 고통에 비하면 훨씬 덜했으나 몸을 쉬이 움직이기엔 무리가 있었다. 이스는 슬쩍 고개를 돌려 이클립스를 찾았다. 다행히 그는 주변을 둘러보느라 정신이 없는 듯했다.

"후우, 하아……."

얼마나 지났을까, 이스가 길게 한숨을 토하며 살짝 움츠렸던 어깨를 폈다. 심장을 옥죄어오던 고통이 거짓말처럼 사라져 버렸다. 이번에는 고통도 그리 길지 않았고 심하지도 않았다. 이스는 아무도 모르게 안도의 한숨을 내쉬었다.

'오히려 다행이로구나.'

수염을 쓰다듬는 이스의 입가로 힘없는 미소가 슬쩍 스쳐 지났다. 완벽하다고, 어쩌면 진정한 무공의 끝이라고 생각했던 영검 때문에 이런 고통을 겪어야 한다는 것이 어딘지 씁쓸하고 아쉬웠지만, 지금으로선 다행이라고 생각했다. 그의 직감으로 테라와 그 일행들은 멀리 떨어지지 않은 것 같았다. 그렇다면 이제 곧 그들과 조우할 것이고 싸움은 필연적으로 따를 것이었다.

만약 지금의 고통이 테라와의 싸움 때에 느껴졌다면 제대로 움직이지도 못하고 낭패를 당했을 것이다. 비록 작은 고통이라도 심장을 옥죄어오는 것은 아무리 이스라도 견디기 벅찰 정도였다. 정신은 쉬이 흐트러지고 숨조차 가쁜 상태이기에 영검은 물론 가벼운 무공조차 펼칠 수 없을 것이었다. 하지만 다행이라면 다행스럽게도 지독하던 고통은 오래지 않아 지나갔다. 지금까지 이스가 겪어왔던 것으로 봐서 고통은 계속 이어지는 것이 아닌 어느 정도 시간이 흐른 뒤에 다시 시작되었다. 그렇다면 앞으로 얼마 동안은 갑작스레 시작되는 고통은 나타나지 않을 것이 오히려 다행이라고 여기는 이스였다.

"이스님!"

"응? 무언가 찾은 게냐?"

한동안 수염을 쓰다듬으며 쓸쓸한 미소를 흘리던 이스의 귀로 이클립스의 다급한 목소리가 들려왔다. 이스는 이내 잡생각을 지우고 이클립스에게 달려갔다.

"여기를 보십시오, 이스님."

"흐음……!"

이클립스가 찾은 것은 평범한 책장이었다. 다른 곳과 다르다면 책들이 바닥에 잔뜩 떨어져 있어 빈 공간이 많이 보인다는 점이었다. 한데 빈 책장의 한가운데에서 미묘한 기의 흐름이 포착됐다. 빈 책장 중앙 부근이 마치 아주 느리게 움직이는 기름처럼 움직이고 있었으며 가까이 다가가지 않으면 이클립스조차 느끼지 못할 미세한 바람이 느껴졌다.

"이스님."

"그래."

이스의 의사를 구하는 이클립스의 얼굴이 사뭇 굳어 있었다. 철제문 바로 앞까지 느껴졌던 테라 일행들의 기운. 하지만 그것은 곧바로 사라졌고 책장이 가득한 이곳에는 사람이라곤 한 명도 없었다. 그리고 찾아낸 작은 단서. 이곳 말고는 달리 밖으로 나갈 수 있는 길은 아무데도 없었다. 그렇다면 결국 그들은 이스들이 다가오는 것을 알고 이곳으로 도망쳤다는 말이었다. 이클립스를 향해 슬쩍 고개를 끄덕여 준 이스가 책장을 바라보았다.

"가자꾸나."

콰쾅!

이스가 책장을 향해 고개를 돌리자 굉음과 함께 산산조각나는 책장이었다. 그리고 그 순간 바닥 전체가 마치 지진이 일어난 것처럼 요동치기 시작했고 여기저기 커다란 균열이 생기며 순식간에 무너져 내렸다.

쿠쿠쿠—

뽀얀 연기를 뿜으며 바닥 모두가 무너져 내렸지만 이클립스와 이스는 그리 놀라지 않고 냉정하게 주변을 살폈다. 오래지 않아 앞을 온통 가리던 먼지가 사라지고 둘의 시야로 주변의 정경이 들어왔다.

"아, 아니……!"

"이런!"

이클립스와 이스는 마치 연습이라도 한 것처럼 깜짝 놀란 표정으로 멍하게 주변을 둘러봤다. 책장으로 가득하던 곳도 그리 좁지는 않았다. 한데 바닥이 무너지며 나타난 것은 어마어마하게 거대한 공간이었다. 작은 도시라도 충분히 들어갈 만한 크기의 공간이 이스와 이클립스의 밑으로 주욱 펼쳐져 있었다. 크레이스의 기억에서는 단 한 번도 볼 수 없었던 장면이다.

"허어, 저 집들의 모양새는?"

한동안 멍한 표정으로 주변을 둘러보던 이스가 감탄했다는 듯 긴 탄식을 토해냈다. 그저 텅 빈 공간이 아니었다. 짙은 회색으로 된 건물들이 마치 도시의 그것처럼 펼쳐져 있었다. 그런데 건물들의 생김새가 어디선가 본 듯한 것들이었다.

"빛의 신전!"

이스와 이클립스에게서 동시에 외치는 것 같은 목소리가 터져 나왔다. 주변 공간을 가득 메우고 있는 건물들, 그것은 분명 제국 쿠르디르드의 수도에서 봤던 빛의 신전과 똑같았고 이스가 천계에서 봤던 건물들과 너무도 흡사했다. 크기의 크고 작음만 달랐을 뿐 모든 건물들이 같은 모양새를 하고 있었다.

"어, 어떻게 이런 곳에?!'

"허어?'

테라 일행들을 찾으려는 것도 잊은 채 이클립스와 이스는 좀처럼 이해가 가지 않는다는 표정으로 여전히 멍하게 주변을 살펴봤다. 이곳은 대륙 서북부에 위치한 대산맥의 한줄기였다. 가장 가까이에 있는 왕국이라고 해봤자 빠른 말로 십 일 이상을 가야 하는 험준한 곳이었다. 게다가 이곳은 구불구불하고 깊은 동굴을 오랫동안 지난 이후에 찾은 곳이었기 때문에 사람의 손이 닿을 리 만무했다. 하지만 건물들 하나하나 모두가 뛰어난 장인의 정성스런 손길이 거쳐간 듯 사소한 작은 부분까지 아름다운 자태를 뽐내고 있었다.

"크크크크……."

"응?'

어디에선가 가래 끓는 듯한 역겨운 웃음소리가 들려왔다. 멍한 표정이던 이스와 이클립스의 눈초리가 매섭게 변하며 웃음소리가 들린 곳으로 향해졌다. 웃음소리의 주인공이 테라의 목소리란 걸 모를 리 없었다. 뒤이어 귀를 자극하는 테라의 목소리가 공간 전체에 메아리치듯 이어졌다.

"크크크, 지독한 늙은이. 여기까지 찾아올 줄이야……."

"이놈! 쥐새끼처럼 숨어 있지 말고 나와라!'

어느새 피처럼 붉어진 눈초리로 살기 가득한 외침을 토하는 이클립스였다. 목소리는 분명 테라의 것이었다. 한데 그 어디에서도 그의 모습은 보이지 않았고 목소리가 어디에서부터 나오는 것인지조차 알 수 없었다. 마치 공간 전체가 이스와 이클립스를 향해 말하는 것 같았다. 테라의 말이 이어졌다.

"남의 집에 함부로 들어온 녀석이 시끄럽기도 하군. 크크크. 그나저나 대단한 늙은이로구나. 어떻게 된 늙은이가 물과 기름처럼 반응하는 마족과 천족을, 거기에 드래곤까지 함께 데리고 다니다니……. 이해가 가지 않는구나. 크클."

"흐음… 그렇소이까? 그대의 비뚤어진 마음으로 무엇인들 제대로 알 수 있겠소이까."

"크크큭, 그럴지도."

대꾸는 하고 있었지만 이스는 나름대로 테라의 위치를 찾으려 애쓰고 있었다. 어디서 들려오는지 모를 정도로 웅웅거리는 목소리도 목소리였지만, 마치 드래곤 피어처럼 목소리 내에 지독한 파괴력을 지닌 살기가 가득했다. 이스가 중원을 활보할 당시 음공(音功)에 조예가 깊은 고수들조차 흉내도 못 낼 정도로 어마어마한 살기였다.

'실로 놀랍구나. 이 목소리가 정녕 테라의 목소리란 말인가. 란스하르드라는 왕국에서와는 너무도 다르지 않은가. 실로 놀라운 성취로다.'

카린느를 죽이고 리켄과 에이라에게 엄청난 상처를 입힌 테라 일행들이었으나 이스는 그것 모두를 잠시 동안 잊어버렸다. 란스하르드 왕국에서 그가 거의 잡을 수 있었을 정도로 약했던(?) 테라였다. 게다가 가리트와 비교한다고 하더라도 상대조차 되지 않을 정도였다. 한데 지금의 목소리에서 느껴지는 힘은 당시와는 비교조차 되지 않을 것 같았다. 지금의 테라라면 만약 가리트가 살아 있다고 하더라도 테라의 일 초지적이 되지 않을 정도였으니 이스의 놀라움이 클 수밖에 없었다.

"혹여 기연을 얻은 것이오? 란스하르드라 불리는 왕국에서보다 몇 배는 강해진 듯싶소이다만?"

"크크큭, 기연이라?"

불과 보름 남짓 사이에 엄청난 변화를 보인 테라라면 기연이라고밖에 생각할 수 없었다. 하지만 이스에게 그것 따위는 상관이 없었다. 테라에게서 보다 많은 말을 하게끔 유도해 그의 위치를 파악하려는 의도였다. 이스의 말이 이어졌다.

"실로 놀라운 성취를 보였으니 기연을 얻었다고 할 수 있지 않겠소이까?"

"재미있는 발상이로군, 늙은이. 하지만 이건 기연이 아닌 필연이지."

"흐음, 그렇소이까?"

시큰둥하게 대꾸하는 이스의 눈매가 더욱 가늘게 좁혀졌다. 이제 어느 정도 테라의 위치를 알 것 같았다. 하지만 아직까지 확실하지 않아 섣불리 움직이지 않았다. 수염을 쓰다듬으며 이스가 말을 이었다.

"그러나 이 늙은이에겐 일초지적이 되지 않을 듯싶은데… 어찌하여 저번과 같이 먼지로 변해서 도망치지 않는지 궁금하오."

"크크크."

이스의 물음에 대답으로 나온 것은 낮고 음산한 웃음뿐이었다. 이스가 움직이지 않고 계속 말을 거는 것은 바로 그것 때문이었다.

가래가 끓는 듯한 역겨운 웃음소리가 끊임없이 이어지는 가운데 이스가 다시금 말을 이었다.

"흐음. 설마 그렇게 없어지면 열쇠를 가지고 갈 수 없는 것이오?"

"큭!"

정곡을 찔린 듯 테라의 목소리가 격한 숨소리와 함께 멈춰졌다. 이스와 이클립스의 입가로 잔잔한 미소가 피어올랐다. 간단한 유도심문에 걸려든 것이 재미있었고, 열쇠들을 가지고 이곳에서 도망칠 수 없다는 점이 다행스러웠다.

"이 늙은이의 영검을 피하는 수가 있을 줄은 몰랐소이다. 허허허."

어느 정도 안심이 되자 어떻게 해서든 빨리 찾아야 한다는 조바심이 사라지고 느긋한 마음이 생겨난 이스에게서 웃음이 흘러나왔다. 자신의 영검 앞에서도 가루처럼 변해 유유히 사라졌던 테라. 스스로 목숨을 끊은 것은 아니었고 그렇다고 마법이라 하기에도 이상했다. 리켄의 말로는 이상한 마법을 사용한다고 했으니 어쩌면 마법일 수 있겠지만 일단 다른 물건과 함께 사라지지는 못하는 것 같았다.

"그대는 이제 독 안에 든 쥐. 아무리 대단한 성취를 보였다고 하나 우리의 이목(耳目)을 피할 수는 없을 터. 어찌하겠소?"

"크크크, 뭘 어찌한다는 말이냐, 늙은이?"

한동안 웃음을 그치고 침묵으로 일관하던 테라의 목소리에 진한 자신감이 느껴졌다. 란스하르드 왕국에서보다 놀라울 정도로 대단해졌으니 자신감을 갖는 것으로 생각한 이스가 조용히 말을 이었다.

"그대가 하려는 짓은 이 늙은이 또한 얼마 전까지 생각해 왔던 일. 하지만 아무리 생각해도 신이라는 것을 인간들의 힘으로 다시금 세상에 부활시키는 것은 도리에 어긋나는 듯싶소. 어찌하여 그대가 파괴신을 부활시키려는지 모르겠으나 모두가 부질없는 일이고 위험천만한 일이오."

얼마 전까지만 해도 이스는 파괴신을 신으로 인정하지 않았었다. 또한 세 가지 열쇠로 부활시킬 수 있는 신이라면 그것은 더 이상 신이라고 할 수 없을 것이라 여겨왔었다. 하지만 항구 도시 미렐리아드와 4국 연맹에서, 그리고 란스하르드 왕국에서까지 겪어왔던 일들이 이스의 생각을 바꾸게끔 했다.

평상시라면 상상할 수조차 없을 정도로 위험한 일들이 속출했고 믿어지지 않을 만큼 대단한 실력자들이 출현했다. 그리고 무엇보다 이스의 생각을 바꾸게끔 한 것은 파괴신의 부활을 위한 두 번째 열쇠였다. 제아무리 강력한 힘이라도 뚫지 못하는 영검. 그러나 두 번째 열쇠에서 느껴지는 사악한 기운은 이스조차 소름이 돋는 걸 느낄 정도였다.

"이스님."

조용히 이스와 테라의 말을 듣고 있던 이클립스가 굳은 표정을 하며 다가왔다. 그 역시 테라의 위치를 알아챈 모양인 듯 이스를 바라보는 시선에 자신감이 가득했다. 이스는 그러나 슬며시 고개를 흔들며 물러서 있으라는 듯 슬쩍슬쩍 손짓했다.

"마지막으로 기회를 주겠소. 비록 많지 않은 자들이었지만 그대 역시 수하를 부리는 사람. 한 단체의 장문께서 추한 꼴을 보여야 쓰겠소? 그만 하시고 나오시오."

바로 얼마 전까지만 해도 절대 용서할 수 없는 자라 여기며 손속에 인정을 두지 않으려던 이스였다. 그런데 그 생각이 자꾸만 바뀌었다. 그의 말처럼 비록 많은 숫자는 아니지만 테라는 한 단체의 수장이었다. 많은 악행과 살업으로 인세에 끼친 영향이 태산 같았지만, 장문인답게 상대해 줄 생각이었다. 이스의 말이 이어졌다.

"이제 그대는 더 이상 할 수 있는 일이 없을 터. 설혹 그럴 수 있다

하더라도 이 늙은이의 이목을 피하지는 못할 것이오."

"크크크, 터진 입이라고 잘도 나불거리는구나."

침묵으로 일관하던 테라의 목소리가 재차 이어졌다. 그리고 그의 목소리가 웅웅거리듯 흘러나온 순간 도시 한곳에서 검푸른 빛이 흘러나와 도시 전체를 에워쌌다. 칠흑처럼 어둡던 도시 전체가 일시에 밝아졌다. 짙은 회색 빛으로 보이던 도시가 검푸른 빛을 받아 더욱 아름답게 비쳐졌다.

"흥, 발악이라도 하려는 것인가? 재미있군."

경탄을 자아낼 만큼 아름다운 도시의 전경이었지만 이클립스의 입가로는 짙은 비웃음이 가득했다. 마족인 그에겐 빛의 신전과 똑같은 모습의 건물들이 좋게 보일 리 만무했다.

"허어……!"

비웃음을 머금고 있는 이클립스와 달리 도시에서 빛이 흘러나온 순간 이스의 얼굴은 놀라움으로 가득 찼다. 신비스러운 빛이나 도시의 아름다운 자태 때문이 아니었다. 이클립스 역시 조금의 시간이 흐른 뒤엔 입가에 가득하던 비웃음을 지우고 미간을 잔뜩 일그러뜨렸다. 둘이 파악하고 있던 테라의 느낌. 그것이 도시를 가득 메운 검푸른 빛과 함께 어마어마하게 느껴졌다.

"여기가 어디라고 생각하느냐, 버러지 같은 것들. 크크크. 이곳에서 감히 나를 업신여길 수 있을 성싶으냐?"

잔뜩 가래가 끓는 듯한 이어지는 테라의 목소리에 자신감이 가득했다. 이스는 더 이상의 권고나 제안이 필요없음을 깨달았다. 상대는 자신감에 차 있었고 조금의 인간미도 느껴지지 않았다.

"이스님, 저따위 녀석한테는 아무런 말도 먹히지 않을 것입니다. 더 이상 시간을 끌어봤자 우리만 손해일 듯싶습니다."

"그런 듯하구나."

무겁게 고개를 좌우로 흔드는 이스의 표정에 안타까움이 진하게 피어올랐다. 소림의 혜성 대사는 이 세상에 진정한 마인은 없을 것이라고 그에게 말했지만 테라는 예외인 것 같았다. 이내 이스의 미간이 일그러지며 단호한 눈빛이 느껴졌다.

"어차피 저자를 용서할 생각은 없었으니 더 이상 시간 낭비는 말아야겠지."

이클립스를 향해 한차례 고개를 끄덕여 준 이스가 앞을 향해 슬며시 손을 뻗었다. 순간 멀리서 테라의 급박한 외침이 터져 나왔다.

"크으윽!"

테라의 비명이 들렸다고 생각된 순간 그의 신형이 눈 깜짝할 사이에 이스와 이클립스의 두 걸음 앞까지 도착했다. 140㎝가 될까 말까 하는 작은 키에 짙은 로브를 깊숙이 눌러써 얼굴은 물론 손과 발조차 보이지 않는 테라의 모습이었다. 갑작스런 이스의 힘에 상당히 놀랐는지 엉거주춤 서 있는 테라의 어깨 부근이 부르르 떨리는 게 확연히 보일 정도였다. 거의 눈 깜짝할 순간에 이스에 의해 잡혀왔으니 놀라지 않는 게 이상할 것이다.

"후훗, 고작 이것밖에 안 되는 놈이 잘도 나불거렸군."

검푸른 빛과 함께 커져 버린 테라의 기운이 놀랍기는 했으나 실상 모든 힘을 발휘했을 때의 이클립스보다는 못했다. 그럼에도 이클립스가 나서지 않은 것은 이스에게 모든 것을 이끌게 하기 위해서였다. 가소롭다는 듯 낮은 웃음을 흘리던 이클립스가 테라를 향해 손을 펼쳤다. 그러자 바람이 전신을 훑는 것처럼 테라의 로브가 격하게 흔들렸다.

손을 대지 않고 테라의 몸을 수색하는 마법이었다.

"이스님, 저자의 몸에 열쇠가 없습니다."

"어딘가에 숨겨놓았을 터."

열쇠가 없다는 말에도 이스는 별반 동요를 보이지 않았다. 그의 말처럼 어딘가에 숨겨놓았을 가능성이 높았고, 그것을 찾는 것쯤이야 시간문제라 여겼다.

"도대체 무엇 때문에 파괴신을 부활시키려 했소?"

"큭… 크큭……."

씁쓸한 표정으로 이스가 말을 건넸지만 테라는 여전히 어깨를 흠칫거리며 떨 뿐 아무런 대답도 하지 않았다. 보일 듯 말 듯 고개를 저으며 이스가 말을 이었다.

"우리 아이들의 말이 참인지는 정확히 알 수 없으나 내 아무리 생각해도 그대 정도의 실력으로 어찌하여 파괴신을 부활시키려는지 그 이유를 모르겠소. 도대체 무엇 때문이오?"

리켄의 말로는 분명 파괴신을 부활시킨다면 모든 공간이 사라지고 아무런 것도 남지 않을 것이라 했다. 이스는 그러나 조금은 과도한 의견이라고 생각했다. 아무리 신이라도 그렇게까지는 할 수 없지 않을까 하는 생각이었다. 하지만 파괴신이 대단할 것이라는 건 어느 정도 이스 역시 인정하고 있었다. 영검을 뚫으며 느껴지는 두 번째 열쇠의 지독한 기운 때문이었다. 그런 몇 가지 이유로 이스는 더 이상 파괴신의 부활은 생각하지 않았다.

자신마저 그럴진대 하물며 자신보다, 그리고 이클립스보다 약한 테라가 어떠한 이유로 열쇠들을 모으고 파괴신을 부활시키려는지 궁금했다. 세상을 완전히 없애 버리려는 것인지, 아니면 무언가 다른 의도가 있어서인지 그 이유가 듣고 싶어진 이스였다.

"크크큭, 대단한 능력이군."

한동안 발버둥 치며 이스의 손아귀에서 벗어나려던 테라가 모든 걸 포기했는지 음산한 웃음을 흘려대며 이스를 향해 고개를 돌렸다. 이스가 마음만 먹는다면 언제 어느 때라도 죽임을 당할 처지인데도 테라의 행동에선 여유가 넘쳐 보였다.

"도대체 어떻게 해서 그런 힘을 얻은 것인지 궁금하단 말이야. 크크크. 늙은이, 한 가지 충고를 해줄까?"

"허어, 충고라?"

"겉으로 보이는 것을 너무 믿지 말고 자만하지 말아라. 그것이 내가 해줄 수 있는 마지막 충고니라. 크크. 크카카~"

깊숙이 눌러쓴 로브가 심하게 출렁일 정도로 테라의 웃음은 주변 모두에 메아리치듯 울려 퍼졌다. 이스는 그러나 아무런 대꾸 없이 측은한 표정으로 고개를 절레절레 저을 뿐이었다. 곁에 서 있던 이클립스 역시 입을 열지 않았다. 이스의 믿을 수 없는 힘에 제압돼 이성을 잃고 괴성을 터뜨리는 것으로 여겨졌기 때문이다.

"이스님, 저런 미친 인간을 계속 두고 보실 생각이십니까?"

"그럴 수야 없겠지만……."

끊임없이 광소(狂笑)를 터뜨리는 테라의 모습에 다시금 이스의 마음이 흔들렸다. 강철의 겉 부분을 쇠못으로 긁어대는 것 같은 역겹고 듣기 싫은 웃음이었다. 그러나 웬일인지 미친 듯이 터뜨리는 테라의 웃음소리가 이스의 가슴 한편을 아프게 했다.

'허어, 어떤 사연이 있기에…….'

크레이스의 일이 떠올랐다. 이클립스가 잡아오기 전까지 크레이스와는 실질적으로 맞부딪친 적이 없었다. 하지만 테라의 일행이었고 많은 도시를 파괴했으며 무수한 사람들을 죽인 그였기에 대단한 악인이라고 생각했었다. 한데 크레이스의 기억을 본 이후 이스의 생각이 완전히 바뀌었다. 믿을 수 없을 정도로 이용만 당하다 끝내 사형 선고까지 받았던 크레이스. 미친 듯이 터져 나오는 웃음소리를 듣고 있자 어쩌면 테라에게도 크레이스와 비슷한 사연이 있지 않을까 하는 생각에 이스의 마음이 흔들리고 있었다.

"이스님?"

망설이는 이스의 모습에 이클립스가 의아한 표정으로 그를 돌아보았다. 그리고 이스의 노안에 가득한 안타까움을 느낄 수 있었다.

"잊으셨습니까, 이스님? 저놈 때문에 얼마나 많은 생명들이 사라졌는지? 저런 자는 절대로 변하지 않습니다. 이대로 놔둔다면 앞으로 크나큰 후회를 남기실지도 모르는 일입니다. 이스님, 결단을 내리……."

이스가 할 수 없다면 자신이라도 나서서 테라의 명줄을 끊어놓을 셈으로 열변을 토하던 이클립스가 말끝을 흐리며 슬쩍 고개를 흔들었다. 생각해 보니 테라보다 더한 악행을 저지르며 살아왔던 그 자신이 변했다. 마왕에게 선물하기 위한 원혼의 검을 위해 죽였던 무수한 사람들, 그리고 오래전 인간 세상을 여행하며 재미 삼아 죽였던 사람들. 언제나 인간들을 하찮은 파리만도 못하게 생각해 오던 그가 지금처럼 변할 것이라는 건 이스를 만나기 전까지 생각도 못한 일이었다.

"후후."

열변을 토하던 이클립스가 가벼운 웃음을 흘리며 이스의 한 걸음 뒤쪽으로 물러섰다. 모든 것은 이스에게 달려 있었다, 테라를 살리거나 죽이거나. 이클립스는 더 이상 상관하지 않기로 했다.

"후우, 그것참."

한동안 망설이는 표정으로 깊은 한숨만 내쉬던 이스가 드디어 결정을 내린 모양이었다. 이스의 말이 이어졌다.

"세상살이가 어찌 쉬운 일만 있겠소. 그대에게 어떤 깊은 사연이 있는지 모르나 그렇다고 그런 일을 벌인다는 건, 그 많은 사람들을 죽여가면서까지 해야 하는 일이라면 그것은 결코 옳은 일이 아닐 터."

"크카카~ 늙은이, 네놈은 무슨 성인군자라도 되는 듯 말하는구나. 헛소리 그만 지껄이거라, 역겨운 늙은이. 네놈의 목을 나 테라가 이제 곧 뽑아주마. 크카카~"

"허어, 그것참."

거칠게 흘러나오는 테라의 말에 이스는 안타까운 표정으로 고개를 저었다. 이클립스의 말처럼 완전히 미쳐 버린 것인지 아니면 정말로 안배를 해두었기에 자신감을 보이는 것인지는 알 수 없었으나 한 가지만은 분명했다. 그 어떤 말로도 테라를 변하게 할 수 없다는 점이었다. 그리고 이제는 결정지어야 할 때였다.

"아무리 아픈 과거가 있다고 해도 그것을 거울 삼아 더욱 정진은 못할망정 나락으로 빠져들어 수많은 악업을 일삼다니. 이제 이 늙은이가 그대를 심판하니 죽어 혼령이 남는다면 조금이라도 참회하도록 하시오."

화르륵.

이스의 말이 끝난 순간 테라의 몸이 눈 깜짝할 사이에 불타 버렸다. 한 조각 재조차 남지 않을 정도로 대단한 불꽃이었다. 바로 뒤에 서 있던 이클립스조차 제대로 볼 수 없을 정도로 찰나에 타버렸다. 최대한 고통을 주지 않으려는 이스의 배려였다.

"하아……."

두 눈을 질끈 감고 입을 굳게 다문 이스가 무겁게 고개를 흔들며 깊은 탄식을 토해냈다. 비록 아무런 고통 없이 죽었을 것이나 테라의 미친 듯한 광소가 귓가에 아련히 들려오는 듯했다. 아직 라이제스라는 테라의 일행이 남아 있으나, 가장 강력한 힘을 자랑하는 테라가 없어졌으니 파괴신의 부활에 대한 걱정은 덜 수 있었다. 그런데도 마음 한구석에 씁쓸한 뒷맛이 느껴졌다.

'후후, 의외로 싱겁게 끝나 버렸군.'

안타까운 표정으로 한숨만 내쉬는 이스와 달리 이클립스는 다소 홀가분한 모습이었다. 위험한 싸움이 될 수 있을 것 같아 사뭇 긴장했던 것이 생각보다는 훨씬 수월하게 끝나 버린 것이다. 크레이스와 가리트를 이스가 미리 제거했기에 가능한 일이었지만, 테라의 반항이 별반 거세지 않았다.

'하긴, 이스님과 나 이클립스가 왔거늘… 놈들이 반항을 해봤자 계란으로 바위 치기지. 후우, 한데 조금 아쉬운걸.'

화끈하게 싸워보지 못한 게 조금은 아쉬웠지만 이클립스는 그런 표정을 전혀 내색하지 않았다. 수염을 쓰다듬으며 괴로워하는 이스 때문이었다. 생각해 보니 이스가 직접 다른 이를 해한 것은 세 번째인 것 같았다. 가리트와 크레이스, 그리고 테라. 모두가 하나같이 치가 떨릴 만큼 악독하고 잔인한 놈들뿐이었는데도 이스는 죄책감을 느끼는 듯했다. 보일 듯 말 듯 고개를 흔들며 한숨을 내쉰 이클립스가 천천히 이스에게 다가갔다.

"이스님, 이제 테라 놈의 잔당을 수색해 봐야겠습니다. 언제까지 이렇게… 응?!"

"허어?"

이클립스의 말은 끝을 맺지 못하고 멈춰졌고, 아쉬움을 달래던 이스 역시 갑작스레 놀란 표정을 지으며 주변을 둘러보았다. 그때였다.

쿠쿵!

도시의 밑바닥에서부터 지진이 일어난 듯 커다란 소리와 함께 도시 외곽이 흔들렸다. 수없이 많은 먼지들이 떨어져 내렸고 얼마의 시간이 흐른 뒤엔 높다란 천장과 외벽에 무수한 균열이 생겨났다.

"무너지려는 것 같습니다, 이스님."

"흐음, 그런 듯싶구나."

테라가 죽었기 때문인지 아니면 다른 장치 때문인지는 모르나 도시 외곽을 둘러싸고 있는 벽들이 오래지 않아 무너질 것 같았다. 이곳은 상당히 깊숙한 지하였으며 외곽을 둘러싼 것은 높다란 돌산이었다. 이런 곳이 무너진다면 아름다운 건물들이 펼쳐져 있는 이곳은 순식간에 없어져 버릴 것이 분명했다. 비록 사람은 물론 작은 동물 하나 보이지 않는 곳이었지만, 건물들 하나하나는 최고의 장인의 손길이 거쳐 간 듯 우아하고 아름다웠다. 그런 것에 별반 관심을 가지지 않던 이스마저 절로 감탄을 지을 정도인 곳이었기에 아쉬움이 느껴지는 것은 당연한 일이었다.

"허어, 어찌한다?"

아직 테라의 일행을 찾아야 했고 첫 번째 열쇠와 두 번째 열쇠가 도시 어딘가에 있을지도 모르는 상황이었다. 이스는 순간 영검을 이용해 무너지려는 천장과 외벽 모두를 없애 버릴까 하고 생각했으나 이내 고개를 흔들며 단념했다. 첫 번째 열쇠와 두 번째 열쇠. 그것들이 모두 이렇게 깊은 곳에 묻혀 버리는 것이 오히려 좋을 것 같아서였다.

쿠쿠쿵! 쿠르르—

처음 군데군데 보이던 균열이 점차 주변 모두로 번져 가기 시작했고 그에 따라 쿵쿵거리는 소리도 커져만 갔다.

'후후, 마치 동화 같군.'

한쪽 입꼬리를 말아 올리며 이클립스는 오래전에 봤던 인간들의 동화 이야기를 기억했다. 동화의 제목은 '마왕의 최후' 라는 것으로 세상을 악으로 물들이는 마왕이 인간 용사에 의해 극적인 최후를 맞이한다는 내용이었고, 그 마지막은 마왕의 죽음과 함께 절로 무너지는 마왕성이었다. 마왕은 인간 세상으로 나올 수조차 없고 인간 따위가… 이스를 제외한 인간이 마왕을 이긴다는 것은 생각만 해도 우스운 일이었다. 그리고 마계의 주인인 마왕이 죽었다고 마왕성이 무너진다는 설정도 재미있어 당시에는 오랫동안 커다랗게 웃음을 터뜨린 기억이었다.

한데 지금 상황이 그 동화와 비슷한 것 같았다. 파괴신을 부활시키려는 테라의 죽음과 이어지는 도시의 붕괴. 약간은 다를지 모르나 이클립스는 자신이 봤던 동화와 흡사하다고 생각하며 입꼬리를 말아 올리며 비릿한 미소를 짓고 있었다.

"어떻게 하시겠습니까, 이스님? 계속 이곳에 있어봐야 소용이 없을 듯합니다만."

한동안 주변을 바라보며 미소 짓던 이클립스가 이스를 향해 말했다. 아무리 많은 양의 바위가 무너져 내려도 이스와 이클립스에겐 위협이 되지 않았지만 귀찮은 것은 분명했다. 게다가 더 이상 이곳에 있는 것보다는 잠시 물러났다 열쇠들을 찾거나 테라의 나머지 일행들을 소탕하는 게 좋을 것 같았다. 그러나 이스는 움직이지도 않았고 한마디 대답도 없었다.

"응?"

재차 입을 열어 의사를 구하려던 이클립스가 의아한 표정을 지으며 이스의 시선을 쫓았다. 갑작스레 이스의 눈빛이 이상하게 변했기 때문이다.

"아……!"

이스의 시선은 검푸른 빛이 뿜어져 나오는 도시를 향해 있었다. 그런데 이상한 일이 벌어졌다. 천장과 벽이 갈라지며 떨어지는 돌덩이들이 도시에서 뿜어지는 검푸른 빛에 닿는 순간 먼지처럼 변하며 없어져 버렸다. 한두 개가 아닌 셀 수 없이 떨어지는 크고 작은 바위들이 바닥에 도달하지도 못하고 모두가 먼지처럼 없어져 버렸다.

"허어… 이게 어인 일인고?"

"이, 이상합니다, 이스님."

여유롭던 이클립스의 표정에 긴장감이 서리기 시작했다. 조금씩 이상한 점이 더욱 커져 갔다. 도시에서 뿜어지는 검푸른 빛도 점차 밝아졌고 무언가 가공할 기운이 느껴지며 몸을 옥죄어오는 것 같았다.

쿠르릉. 쿠쿠쿠쿠.

천천히 시작되던 균열이 어느새 밀물처럼 번져 주변 모두가 우르르 무너져 내렸다. 거대한 바윗덩어리들이 셀 수 없이 떨어졌고 짙은 안개 같은 먼지들이 사방을 둥그렇게 에워싸는 것 같았다. 이클립스와 이스는 그러나 처음 위치에서 조금도 움직이지 않은 채 잔뜩 긴장한 표정이었다.

쿠르르—

불과 몇 분도 되지 않을 짧은 시간에 주변 정경이 완전히 변해 버렸다. 깊고 깊은 지하 동굴 속이었던 것이 이제는 아니었다. 이스와 이클립스의 머리 위로 밤하늘에 떠 있는 무수한 별들이 보이고 있었다. 검푸른 빛이 뿜어져 나오는 도시를 중심으로 주변 모두가 무너져 시원한 밤바람을 고스란히 느낄 수 있을 정도였다.

"허어, 그것참……."

한동안 긴장한 표정으로 주변을 둘러보던 이스가 한숨인지 아쉬움인지 모를 낮은 탄식과 함께 천천히 고개를 저었다. 도시에서 뿜어져 나오는 검푸른 빛과 점차 강해지는 기운이 이상하기는 했으나 그것뿐이었다. 어디에서도 이상한 자들의 기척이나 움직임이 느껴지지 않았다. 어쩌면 도시 자체에서 이런 이상한 기운을 뿜어대는지도 몰랐다.

"시원한 바람이로세."

검푸른 빛에 휩싸인 도시는 멋진 풍미를 느끼게 했고 불어오는 바람은 이제까지의 근심과 시름을 모두 잊게 해주는 것 같았다. 첫 번째 열쇠와 두 번째 열쇠를 찾아야 하고 테라의 동료인 라이제스라는 여자를 처리해야 모든 일이 끝나겠지만, 지금은 시원한 밤바람과 아름다운 달빛을 만끽하고 싶은 이스였다.

"어느새 만월이로구나."

천천히 고개를 든 이스의 시선으로 밝은 빛을 발하는 커다란 만월이 보였다. 중원에서 바라보는 것보다는 조금 커다란 크기의 달이었지만 아름답기는 매한가지였다.

"여기서 뭐 하고 있는 거야?"

저 멀리에서 붉은 머리칼을 휘날리며 리켄이 다가왔다. 나름대로 짜증을 내는 것 같은 표정이었지만, 마법을 이용해 이스와 이클립스가 있는 곳까지 도착하는 것도 상당히 힘들어하는 눈치였다. 완전히 몸을 치료하기 위해선 많은 시간이 필요할 그였기에 당연한 일이었다. 이클립스에게 다가온 리켄이 주변을 둘러보며 입을 열었다.

"뭐야? 한 놈도 없네?"

"후훗, 그 몸으로 뭘 하겠다고?"

"뭐, 뭐야?! 이 자식이 너, 지금 비웃는 거지? 이 자식이 쪼끔 세졌다고!"

리켄과 이클립스가 서로 멱살을 잡아 올려 한바탕 티격태격하고 있는데도 이스는 그들을 말리지 않은 채 수염을 쓰다듬으며 휘영청 밝은 달을 바라보고만 있었다.

그러고 보니 이렇게 조용히 달을 바라본 것이 언제인지 생각도 나지 않았다. 화산파를 떠났을 때엔 허탈감 때문에, 그리고 장백산의 화산이 폭발한 이후부터는 영검을 깨닫기 위해, 다시 이곳에 와서는 파괴신에 관한 일 때문에 동분서주하다 보니 달을 마주한 것이 오래간만일 수밖에 없었던 듯했다.

"허어……."

한동안 지그시 달을 바라보던 이스가 긴 한숨을 내쉬며 슬며시 고개를 저었다. 그런 이스의 모습 때문인지 서로 죽일 듯 티격태격하던 이클립스와 리켄이 싸움을 멈추고 이스를 향해 고개를 돌렸다. 하지만 이클립스나 리켄 모두 아무런 말도 하지 않은 채 조용히 이스를 바라볼 뿐이었다. 환한 달빛을 받은 이스의 모습이 마치 이 세상 사람이 아닌 듯 신비스럽게 느껴졌다.

"진아야, 홍아야."

오래도록 달을 바라보던 이스가 고개도 돌리지 않은 채 이클립스와 리켄의 이름을 불렀지만 둘은 여전히 입을 열지 않았다. 이스의 말이 이어졌다.

"이곳의 달은 참으로 아름답구나. 저렇듯 빛이 변하는 달은 할아비도 생전 처음인 듯해. 이곳에 오지 않았다면 절대 보지 못했을 것이야. 허허허."

"네?"

"빛이……?"

경탄에 찬 이스의 말에 이클립스와 리켄의 표정이 순식간에 변하며 달을 향해 고개를 돌렸다. 순간 둘의 입에서 놀라움 가득한 외침이 동시에 터져 나왔다.

"아, 아니?!"

"뭐, 뭐야, 저거?!"

새하얀 빛을 발하는 만월. 그런데 달의 3분의 1 정도가 파랗게 변해 있었고 그것은 점차 다른 곳으로 번져 갔다. 월식 때문이라면 시커먼 그림자가 달을 가리는 것이겠지만, 이번엔 그것과는 완전히 다른 현상이었다. 하얀 빛을 발하는 달의 아랫부분부터 색이 변하고 있었다. 이런 것은 6천 년이나 살아온 리켄이나 이클립스조차 처음 보는 현상이었다. 둘의 이상한 반응에 달에 멈춰진 것 같던 이스의 시선이 옮겨졌다.

"어찌 그러는 게냐?"

"이, 이스님, 이상합니다."

"이상하다?"

달빛에 도취되었던 이스의 표정이 조금이지만 굳은 것처럼 느껴졌다. 테라 일행을 만났을 때 자주 보았던 이클립스의 일그러진 얼굴 때문이었다. 달에 시선을 고정한 채 이클립스가 말을 이었다.

"저런 것은… 저렇게 이상한 현상은 지금까지 제가 살아오면서 한 번도 본 적이 없습니다. 그리고… 나름대로 많은 책들을 봐왔습니다만, 역시 저렇게 빛이 변하는 달에 대한 내용은 그 어디에서도 없었습니다, 이스님."

"흐음……."

이클립스의 말이 끝날 무렵 이스가 돌연 낮은 신음을 흘리며 미간 사이를 좁혔다. 그만이 아니었다. 말을 마친 이클립스는 물론 곁에 서 있던 리켄마저 잔뜩 긴장한 표정으로 주변을 빠르게 살피기 시작했다.

제42장 은빛의 날개(上)

쿠우우.

이스와 이클립스, 그리고 리켄의 표정이 변하고 잠시의 시간이 흘렀을 때 검푸른 빛이 뿜어져 나오는 도시의 중심에서 미세한 흔들림이 감지됐다. 그리고 그것은 조금씩 도시 전체로 번져 갔다. 마치 바람 한 점 없는 호수 위에 작은 돌멩이가 떨어져 그 파장이 사방으로 뻗어가는 듯한 느낌이었다.

"으음, 뭔가가 있는 듯합니다."

"좋은 느낌은 아닐 것 같구나. 허어, 그것참."

이클립스의 말에 고개를 끄덕이며 답하는 이스의 눈매가 더욱 날카롭게 변해갔다. 도시 중심에서 느껴지는 미세한 파장은 여전히 이스의 감각 세포를 자극하고 있었고, 그것은 마치 무언가 좋지 않은 일이 벌어지려 한다고 경고하는 것 같은 느낌이었다.

"홍아야, 아무래도 너는 물러서 있는 게 좋을 듯싶구나."

"아, 알았어요."

리켄 역시 이스처럼 위험한 느낌을 감지했다. 비록 혼신의 힘을 기울여야 몸을 움직일 수 있었지만 감각만큼은 조금도 약해지지 않았다. 리켄은 곧바로 대답하며 비행 마법을 이용해 이스와 이클립스로부터 멀어졌다. 생각 같아선 이스 옆에서 지켜보고 싶었으나 오히려 방해만 될 것 같았기 때문에 일찌감치 멀어지는 것을 택한 리켄이었다. 그러나 이스에게서 십여 보 떨어졌을 때 리켄의 움직임은 다시금 멈춰졌다.

"크. 크크."

"아니!"

"이, 이 목소리는?!"

어디선가 익숙한 웃음소리가 들려왔다. 순간 이스와 이클립스가 깜짝 놀란 표정으로 주변을 둘러보았다. 가래가 끓는 듯한 역겹고 듣기 싫은 웃음소리의 주인공. 그는 바로 얼마 전 이스에 의해 불타 버린 테라의 목소리였다.

"허어, 이게 어찌 된 영문이란 말인가?"

안력을 돋워 주변을 살피고 정신을 집중해 봐도 테라의 기척은 어디에서도 느껴지지 않았다. 자신 혼자만 이런 반응을 보인다면 테라를 죽인 것에 대한 안쓰러운 마음 때문에 환청을 들었다고 생각할 수도 있겠지만, 곁에 있는 이클립스는 물론 멀어지려던 리켄마저 움직임을 멈춘 채 주변을 살피고 있었다.

"이놈! 쥐새끼처럼 숨어 있지 말고 나와라!"

이클립스가 참지 못하고 버럭 외쳐 댔지만 테라의 목소리는 이어지지 않았다. 이클립스의 두 눈동자가 피처럼 붉어졌다.

"이놈이!!"

쿠쿠쿠.

이빨이 갈리는 섬뜩한 소리를 흘리며 이클립스가 도시를 향해 손을 뻗었다. 그러자 그의 손을 중심으로 시커먼 회오리가 생겨나며 맹렬한 속도로 소용돌이쳤다. 대략 커다란 수박 정도 크기의 소용돌이였으나 리켄의 몸이 부르르 떨릴 정도로 대단한 위력을 내포하고 있는 소용돌이였다. 도시를 완전히 날려 버릴 생각인 모양이었다.

"으음."

그런 이클립스의 모습에 이스는 다만 낮게 탄식을 토할 뿐 말리거나 제지하지 않았다. 완벽히 죽였다고 생각한 테라가 이스 자신조차 알 수 없는 곳에서 웃음을 터뜨리고 있었다. 하지만 이클립스의 손에서 소용돌이치는 기운이라면 도시가 아니라 주변 산맥의 거의 대부분이 초토화될 것이고, 아무리 이스와 일행들의 눈을 속여 숨어 있는 테라라도 모습을 드러내지 않을 수 없을 것이었다. 게다가 도시에서는 사람이나 다른 생명체의 기척은 어디에서도 느껴지지 않았기에 이클립스를 막지 않는 이스였다.

퓨슝.

이스가 잠시 탄식을 토할 무렵 이클립스의 손에서 소용돌이치던 시커먼 기운이 도시를 향해 눈부신 속도로 떨어져 내렸다. 눈 한 번 깜빡이기도 전에 시커먼 기운이 도시의 정중앙에 정확히 내리꽂혔다. 순간 놀라운 일이 벌어졌다.

"아……!'

"허어, 이런 일을 보았나!"

비록 그 크기는 작았으나 주변 수 킬로미터를 초토화시킬 어마어마한 위력의 구체가 도시에 닿는 순간 감쪽같이 사라져 버렸다. 너무도 믿을 수 없는 광경에 이클립스는 물론 이스와 리켄마저 입을 벌리며 놀라고 있었다.

"크크크, 늙은이. 마족. 드래곤. 크카카─ 네놈들은 이제 내 손아귀에서 벗어날 수 없을 것이다. 온몸의 살가죽을 벗겨 소금에 찍어 먹어주지. 네놈들만큼은 절대 용서하지 못한다, 절대. 크카카~"

다시금 테라의 목소리가 이어졌다. 이번엔 짧은 웃음 대신 오랫동안이나 이어지는 목소리였다. 하지만 여전히 그의 목소리가 어디에서 나오는 것인지 그가 어디에 숨어 있는지 이스나 다른 일행들 모두 알아차릴 수 없었다. 한동안 놀란 표정이던 이스가 허허 웃으며 입을 열었다.

"허허허, 살아 계셨소? 그것참, 대단한 방도로구려. 이 늙은이의 손에서 벗어나는 자는 처음인 듯싶소."

"크큭, 늙은이. 네놈을 가장 먼저 찢어 죽여줄 것이다!"

"호오, 아직은 조금 시간이 필요한 게요?"

원한이 가득 맺힌 목소리로 미친 듯이 말을 잇던 테라의 목소리가 이스의 물음이 끝난 순간 멈춰졌다. 이스는 역시 자신의 말이 옳다고 생각했다. 증오와 살의를 가득 풍기는 말만 계속할 뿐 모습을 드러내지 않는 것은 그것밖에 이유가 없는 것 같았다. 이스의 목소리가 이어졌다.

"허허. 이 늙은이의 말이 사실인 듯싶소. 그러지요, 어차피 어디에 있는지도 알 수 없으니 그대가 나올 때까지 기다려 주리다. 하나!"

잠시 말을 멈춘 이스가 풍성한 옷소매 속으로 손을 넣어 뭔가를 꺼내 들었다. 신비스러운 빛깔을 내는 부채. 제국 쿠르디르드의 황도(皇

都)에서 구입한 오리하르콘 부채였다. 그것을 도시를 향해 뻗으며 이스가 말을 이었다.

"이번에 그대가 다시 이 늙은이의 얼굴을 보게 된다면 이번만큼은 결코 살려두지 않겠소."

단호한 눈빛과 굳게 닫혀진 입술. 말을 마친 이스의 얼굴은 이클립스나 리켄조차 지금까지 단 한 번도 보지 못한 모습이었다. 그저 부채를 꺼내 들고 표정을 굳힌 것 같았으나 이스의 모습을 바라보는 것만으로도 알 수 없는 무언가가 몸을 휘감는 것 같았다. 절로 심장이 오그라들고 몸이 굳어버렸다. 아니, 마치 눈에 보이는 주변 모두가, 산맥들이며 수풀들, 그리고 대지와 하늘이 이스의 모습에 잔뜩 겁에 질려 버린 듯한 착각이 들 정도였다.

'이번만큼은 후회조차 남기지 않으리.'

이스의 단호한 눈빛에 언뜻 짙은 살기가 스쳐 지났다. 오래전 소림사의 혜성 대사의 말씀으로는 진정한 악인이나 마인은 없다고 했었다. 그리고 크레이스를 죽음으로 몰아넣고 조금 전 테라를 태웠을 때까지도 혜성 대사의 말씀이 절실하게 다가왔다. 그러나 지금 다시 테라의 목소리에서 느껴지는 증오와 살의, 그리고 진한 원한과 원망이 이스의 그런 생각을 완전히 없애 버리게 했다. 테라와 같은 자는 수백 수천 번 이상 죽었다 깨어나도 결코 변하지 않을 것 같았다. 그리고 이곳에서 다시금 테라를 놓친다면 결코 씻을 수 없는 후회를 남길 것이었다.

'단번에 해치우리라!'

이스가 오래도록 소맷자락에 넣어두고 꺼내지 않았던 부채를 잡아 든 것은 바로 찰나의 순간에 테라를 없애 버릴 생각 때문이었다. 그리고 또 하나, 영검은 생각만으로 이뤄지는 무공이었고 보다 더 집중력을 높이기 위해 부채를 꺼내 든 것이었다.

웅웅웅—

이스가 부채로 도시를 가리키고 다시 조금의 시간이 흘렀을 때였다. 도시에서 뿜어지는 검푸른 빛이 지금까지보다 더 더욱 밝게 빛나며 뭔가가 움직이는 듯 웅웅거리는 소리를 흘려냈다.

"달이 모두 파랗게 변한다, 이클립스!"

"응?"

말로는 형용하기 힘든 이스의 모습에 반쯤 입을 벌리고 멍하게 바라보던 이클립스가 리켄의 목소리에 정신을 차리고 고개를 들었다. 리켄의 말처럼 서서히 파랗게 변해가던 달빛이 이제는 아주 작은 부분만을 제외하고 모두 파란빛을 머금고 있었다. 그리고 나머지 부분도 이클립스가 고개를 들고 서너 번 숨을 골랐을 때 모조리 파란빛으로 덮여 버렸다.

트득. 트드득.

하얗게 빛나던 달이 완전히 파란빛으로 덮여 버린 순간, 도시에서 뭔가가 깨지는 소리가 들려왔다. 이클립스와 리켄의 시선이 빠르게 도시로 향해졌다.

"뭐지?"

도시의 건물들 어디에서도 균열이 가거나 무너지는 곳은 보이지 않았다. 그런데도 뭔가가 갈라지고 깨지는 소리가 끊이지 않았고 오히려 더욱 커다랗게 들려왔다. 이클립스와 리켄은 잔뜩 긴장한 채 바쁘게 사방으로 시선을 옮기며 이상 징후를 찾으려 했다.

트드드득. 트드드드……

"크카카! 이놈들!"

뭔가가 갈라지는 소리가 마치 우박이 폭풍처럼 쏟아지는 것처럼 들려올 때 한동안 잠잠했던 테라의 목소리가 이어졌다. 순간 도시를 가득 메우고 있던 검푸른 빛이 서서히 사라지며 뭔가 움직임이 느껴졌다.

슈우. 슈우우.

"저게 뭐지?"

"뭐야, 저거?"

이클립스와 리켄의 표정이 이상하게 변해 버렸다. 도시에 가득하던 빛이 사라지고 뭔가 셀 수 없이 많은 것들이 서서히 솟아올랐다. 각양각색의 크기였고 모양도 제각각이었다. 리켄이 비릿한 미소를 지으며 중얼거렸다.

"쳇. 달걀 껍질을 부숴놓은 것 같잖아. 웃기는 놈이네 정말. 별짓을 다해."

"껍… 질?!"

대수롭지 않은 표정으로 어깨를 으쓱해 보이는 리켄과 달리 이클립스는 깜짝 놀란 얼굴로 주변 가득 솟아오르는 것들을 바라보았다. 조금 전까지 이클립스 역시 리켄과 비슷한 생각을 하고 있었다. 한데 리켄의 말을 듣고 나자 서서히 솟아오르는 것들이 어떤 껍질처럼 느껴졌다.

'그놈!'

4국 연맹에서 마지앙이 신음을 토하는 것처럼 흘리던 목소리가 기억났다. 테라에 의해 곧바로 죽임을 당해 자세한 것은 알 수 없었으나 그자는 분명 '껍질'이라는 말을 언급했었다. 그리고 주변 모두를 가득 메우며 솟아오르는 것들이 마지앙에게서 나왔던 말과 일치하는 것 같았다.

"서, 설마? 이놈이!"

잠시 놀란 표정으로 주변을 둘러보던 이클립스가 뿌득 이빨을 갈아 대며 도시를 향해 날아갔다. 리켄과 이스가 말릴 사이도 없이 이빨이 갈리는 소리가 들렸을 땐 이클립스의 신형은 도시 가까이 도착해 있었다.

"크으윽!"

도시를 향해 눈부신 속도로 쏘아지던 이클립스가 가장 높은 건물의 첨탑 근처에서 돌연 멈춰 선 채 격하게 신음을 터뜨렸다. 그의 모습이 마치 무언가 보이지 않는 막에 가로막혀 있는 것 같았다.

"큭!"

피처럼 붉어진 이클립스의 눈이 믿을 수 없다는 듯 찢어질 것처럼 커다랗게 변해 버렸다. 얼마 전까지 도시에서 뿜어지던 검푸른 빛은 더 이상 보이지 않았고, 지독하게 느껴지던 기운도 없었다. 그런데도 몸이 더 이상 앞으로 움직여지지 않았다. 앞쪽으로 보이는 것은 파란 달빛을 받아 음산한 빛을 머금은 거무튀튀한 건물들뿐이었다. 여전히 주변에서는 무언가의 조각 같은 것들이 수없이 솟아오르기는 했으나 그 외에는 아무것도 없었다. 그런데도 몸이 더 이상 앞으로 움직이지 않았다. 이클립스는 그러나 포기하지 않고 이빨을 앙다물며 더 더욱 커다란 기합을 터뜨렸다.

"크아아아~!"

모든 힘을 쏟아 부은 이클립스. 그러나 그의 몸은 미동조차 하지 않았다. 고작 십여 걸음 앞에 보이는 첨탑도, 주변에 가득한 도시들도 이클립스가 모든 힘을 발휘해 기를 폭발시키는데도 먼지 한 올 움직이는 곳이 없었다.

'이, 이럴 수가?!'

도무지 꿈이라고밖에 생각되지 않는 일이었다. 자신이 모든 힘을 발휘하면 주변 수십여 킬로미터의 대지는 미친 듯 흔들리고 하늘은 폭풍이 몰아쳐야 정상이었다. 하지만 도시나 건물들 모두는 그 어떤 반응조차 보이지 않았다.

"진아야."

"이스님!"

어느새 다가왔는지 잔뜩 굳은 얼굴을 한 이스가 이클립스의 어깨를 토닥이며 고개를 흔들었다.

"너는 홍아와 함께 있거라. 이곳은 이 할아비가 맡아야 할 것 같구나."

"네, 이스님."

이클립스는 아무런 반론 없이 고개를 끄덕이며 이스의 뒤로 한 걸음 물러섰다. 아무것도 아니라고 생각되던 것이 이젠 너무도 심각하게 다가왔다. 모든 것은 도시에 있는 것 같았다. 테라가 있을지도 모르고 어쩌면 다른 무언가가 기다리고 있을지 모르는 일이었다. 생각 같아선 이스와 함께 도시에 들어가고 싶었지만, 주변을 가득 메우며 솟아오르는 껍질들도 심상치 않기에 선선히 고개를 끄덕인 이클립스였다.

"허어, 정말로 희한한 일들을 많이 겪는구나."

이스의 고개가 절로 흔들어졌다. 그에게 보이는 것 역시 이클립스와 마찬가지였다. 하지만 어떤 보이지 않는 힘이 도시를 감싸 이클립스를 저지하고 있었다. 눈으로 직접 보고도 도저히 믿어지지 않는 일이었다. 이스는 그러나 이내 잡생각을 지우고 깊게 심호흡한 뒤 도시를 향해 천천히 몸을 움직였다.

"이스님, 조심하십시오."

"오냐. 너무 걱정하지 않아도 될 것이야."

움직이려던 이스가 슬쩍 고개를 돌려 이클립스를 향해 부드러운 미소를 지어 보였다. 바로 조금 전까지 무서운 얼굴을 했던 이클립스의 표정이 이제는 이스에 대한 걱정으로 가득해 있었다. 몇 차례 고개를 끄덕인 이스가 다시금 몸을 돌리며 말을 이었다.

"그럼 잠시 다녀오마."

"아니?!"

다녀오겠다는 말과 함께 몸을 움직인 이스. 그런데 이스가 앞으로 몇 걸음 나아갔을 때였다. 돌연 그의 신형이 이클립스의 시야에서 사라져 버렸다. 눈부신 속도로 움직인 것도, 어떤 마법 같은 방법을 이용해 신형을 숨긴 것도 아닌 것 같았다. 마치 물속에 들어가는 것처럼 도시로 향하는 이스의 발 아래 부분부터 이스의 신형이 없어져 갔다.

"으음."

이클립스의 미간이 다시금 깊은 굴곡을 드러냈다. 다시금 이스의 뒤를 따라 들어가고 싶은 마음 때문에 좀처럼 시선이 떨어지지 않았다. 그러나 이클립스는 결국 긴 한숨을 내쉬며 리켄이 있는 곳을 향해 몸을 날렸다. 도시는 이스가 들어갔으니, 만약 테라가 어딘가에서 숨어 있다 하더라도 어렵지 않게 해결될 것 같았다. 에인션트 급 드래곤과 마족 최강의 전사를 가볍게 이기는 사람이니 분명 쉽게 끝날 수 있을 것이라 여겼다.

"이스 혼자 들어가게 한 거야?"

지금까지 이스의 움직임을 지켜본 리켄의 물음에서 이클립스는 자신에 대한 추궁의 빛을 느낄 수 있었다. 이클립스가 혼신의 힘을 기울여 들어가려 했던 것을 알고 있으면서도 이스 혼자만 들어가게 한 것이 리켄은 못마땅한 모양이다.

"젠장. 뭐… 이스가 갔으니 그리 걱정하지 않아도 되겠지만… 에구, 정말."

이스의 힘에 대해선 누구보다 리켄 자신과 이클립스가 잘 알고 있을 것이지만 조금씩 이상한 생각이 피어올랐다. 한동안 찌푸린 표정으로 이클립스를 바라보던 리켄이 고개를 흔들며 애써 도시에서 시선을 거두었다. 하지만 그것도 잠시, 돌려졌던 리켄의 시선은 다시금 이스가 들어간 도시를 향해 돌려졌다.

"허어, 그것참, 괴이한 일이로구나."

도시에서 가장 높다란 건물 근처에 도착한 이스의 미간이 좀처럼 펴지지 않았다. 아름다운 건물들과 작은 벽돌이 촘촘하게 깔려 있는 바닥… 아주 작은 곳까지 섬세하고 세련된 솜씨로 정성이 가득해 보였다. 그런데 그것들 모두가 미세하게 꿈틀거리고 있었다. 마치 보이는 모든 곳에 아지랑이가 짙게 피어오르는 것 같아 조금만 바라봐도 눈이 시큰거릴 지경이었다.

"하늘에서 봤을 때는 아무렇지도 않았거늘……. 아니?"

이상하다는 듯한 표정으로 이스가 하늘을 향해 고개를 들었을 때 그의 노안이 커다랗게 확대됐다. 아무것도 보이지 않았다. 아니, 보이는 것은 오직 기이하게 꿈틀거리는 빛뿐이었다. 이클립스와 리켄의 모습도, 주변을 가득 메우고 솟아오르는 조각들도 그 어떤 것도 보이지 않았다. 마치 물 위에 기름이 떠 움직이는 것처럼 파란빛과 검은빛이 서로 얽히고설키며 꿈틀거리고 있었다.

"허어, 그것참."

절로 터져 나오는 기다란 탄식 속에 긴장의 빛이 느껴졌다. 무서운 기운이 느껴지는 것도, 그렇다고 위험한 암기가 장치된 것도 아니었다. 하지만 몸이, 아니, 본능이 위험하다고 말해 주는 것 같았다. 이렇게 긴장한 것이 얼마만인지도 모를 정도였다. 앞쪽으로 보이는 커다란 대로를 따라 천천히, 아주 느린 걸음으로 발을 움직이며 이스가 입을 열었다.

"도대체 언제까지 기다리게 할 참이오?"

슬며시 입술을 움직여 말하는 이스의 목소리가 메아리치듯 주변에 은은하게 울려 퍼졌다. 테라의 반응을 기다리려는 의도의 물음이었지만, 어찌 된 일인지 더 이상 테라의 대답은 들려오지 않았다.

"그대가 나오지 않겠다면……."

조용히 말을 잇던 이스의 눈빛에 무서운 빛이 스쳐 지났다. 바로 등 뒤, 먼 방향에서 테라의 기척이 느껴져서였다.

"새삼 느끼는 것이지만, 정말 보면 볼수록 놀라운 늙은이로군."

커다란 건물 옆에서 발자국 소리와 함께 테라의 목소리가 들려오더니 이내 그의 모습이 이스의 시야로 들어왔다. 작은 키에 짙은 검정색 로브를 깊숙이 눌러쓴 인물. 이클립스와 이스가 찾던 테라였다.

"크크크. 왜 갑자기 무서워졌나? 그렇게 나불대던 주둥이가 웬일로 조용하군 그래."

대략 십여 보 거리를 두고 멈춰 선 테라에게서 비웃음 가득한 목소리가 흘러나왔다. 경멸과 조롱이 가득한 말이었다. 그러나 이스에게선 한마디 대답도 나오지 않았다. 테라의 말이 이어졌다.

"하지만 이제 용서를 빌어도 받아주지 않을 것이다. 네놈만큼은 온

몸을 갈가리 찢어 소금에 찍어 먹을 것이야. 크크크."

작고 왜소한 어깨를 들썩이며 음산한 웃음을 흘리던 테라가 슬쩍 손을 들어 얼굴을 가리는 로브 자락을 잡아 뒤로 젖혔다. 상대에게 얼굴을 보인다는 것, 그것은 상대에 대한 자신감에 기인한 행동이었다.

"허어."

로브가 벗겨지며 드러난 테라의 얼굴을 보자 그때까지 굳게 닫혀 있던 이스의 입에서 기다란 탄식이 흘러나왔다. 나이를 알 수 없을 깡마른 얼굴이었다. 머리 뒤로 올백으로 빗어 넘긴 새하얀 머리카락과 양 끝이 손가락 마디 하나만큼이나 축 내려간 눈썹. 제법 공을 들였을 것 같은 사각 모양의 하얀 턱수염과 셀 수 없이 많은 주름살 속에서도 가느다란 눈매는 빛이 번뜩이는 것처럼 매서운 빛을 발하고 있었다. 목소리에서 느껴지는 것으로 상당히 나이가 많은 자라고는 생각했지만, 테라의 모습은 이스의 예상을 훨씬 넘어 백 살은 충분히 넘긴 것 같았다.

"이제 끝을 봐야겠지? 크크."

"그렇게 해야겠소."

고개를 끄덕이며 대답하는 이스의 눈초리에서 단호함과 함께 언뜻 무서운 빛이 스쳐 지났다. 하지만 그것도 잠시, 어느새 이스의 표정이 잔잔한 호수처럼 부드럽게 변했다. 보일 듯 말 듯이 좁혀진 미간을 제외하고는 그의 얼굴 어디에서도 상대에 대한 긴장감이나 살기 같은 것은 조금도 느껴지지 않았다. 곧 싸움을 시작하려는 사람이 아닌 마치 오랜 세월 동안 수련을 마친 수도승이나 신관의 고요함 같았다.

"크흠."

조금 전까지 진한 자신감을 보이던 테라가 헛기침을 토하며 스르륵 뒤로 한 걸음 물러섰다. 이스에 대한 대비를 위해서가 아니라 그도 모르게 몸이 뒤로 밀린 것 같은 모습이었다. 그런 테라의 얼굴이 더 더욱 깊은 주름을 만들며 일그러져 갔고, 조금씩 조금씩 그의 몸이 뒤로 밀리기 시작했다.

"어억?!"

뒤로 몇 걸음이나 밀리던 테라가 어느 순간 입을 벌리며 경악에 찬 외침을 토했다. 어깨를 움찔거리고 몸을 뒤트는 모양이 다리가 움직이지 않는 것 같았다. 이스의 입술이 움직였다.

"이 늙은이가 모질지 못해 그대에게 몇 번이나 기회를 주게 되었소."

보일 듯 말 듯이 좁혀져 있던 이스의 미간 사이가 점차 깊은 굴곡을 만들어갔다. 이곳 도시에 들어오기 전까지만 해도 테라를 만난 순간 순식간에 처치할 요량이었던 이스. 하지만 그는 그렇게 하지 않았다. 그리고 지금 역시 마찬가지였다. 마음만 먹는다면 언제라도 찰나의 순간에 테라의 존재를 세상에서 없앨 수 있었다.

"도대체 어찌하여 그런 일들을 저지른 것인지… 어찌하여?!"

아무런 감정의 변화를 읽을 수 없던 이스의 얼굴로 안타까움이 짙게 피어올랐다. 테라의 얼굴을 보고 이스가 느낀 것, 그것은 지독한 광기와 살기, 그리고 원망과 원한뿐이었다. 그런 테라의 모습을 가만히 보고 있자 측은한 마음이 어떻게 해서든 없애야 한다는 마음을 누르고 있었다.

'백 년을 넘게 살았을 사람에게서 느껴지는 것이 광기와 원한뿐이라니……'

좀처럼 이해가 가지 않는 이스는 고개를 무겁게 저으며 애써 마음을 다잡았다. 불쌍한 마음이 동하는 것은 여전했다. 하지만 다른 한편으로 테라를 없애야 한다는 마음이 더욱 굳어질 수밖에 없었다. 원한과 광기, 그리고 원망과 살기만이 가득한 자를 살려둔다면, 그것도 최상급 마족 전사들보다 강력한 힘을 자랑하는 자를 이대로 풀어준다면 세상에 있는 사람이란 사람들은 모조리 죽일지도 모르는 일이었다.

'어찌하여 마음이 이리도 흔들린다는 말인가. 허어······.'

다시금 잔잔한 호수 같은 모습을 돌아온 이스의 모습. 하지만 이스의 마음속은 여전히 풍랑이 몰아치는 듯 갈피를 잡지 못하고 있었다.

'아니지, 아니야. 이런 생각을 할 때가 아니야.'

흔들리는 마음을 다잡으려는 듯 이스는 고개를 몇 차례 흔들며 천천히 부채를 잡은 손을 테라에게 뻗었다.

'끝을 봐야지, 끝을.'

시간을 끌면 끌수록 마음만 흔들릴 것 같았다. 이스는 테라가 지금까지 저지른 만행들을 떠올리며 이 세계에 와서 가장 강력한 영검을 실행했다.

"뭐야? 왜 이렇게 오래 걸리는 거야?"

이스가 도시 속으로 들어간 것이 어느새 십여 분 가까이 흐르자 조용히 지켜보고 있던 리켄이 인상을 찡그리며 투덜거리기 시작했고 이클립스의 미간도 점차 일그러져 갔다. 어찌 보면 고작 십여 분밖에 되지 않은 짧은 시간이라고 할 수 있겠지만, 이스의 힘이라면 그것보다 이른 시간 안에 돌아와야 한다고 생각하는 둘이었다.

"거참, 노인네가 꼭 걱정하게 만들어요. 밖에 있는 사람도 생각해 줘야지 말이야. 이거야 원, 들어갈 수도 없고 말이야."

자신과 이클립스가 이스를 따라 들어갈 수 있다고 해봤자 방해만 될 것이고, 이스 혼자 해결하는 것이 더욱 빨리 끝낼 수 있을 것 같았지만 걱정이 되는 건 어쩔 수 없었다. 오랜 세월을 살아온 리켄조차 지금 같은 현상은 처음이었고, 이렇게 깊은 지하에 제법 커다란 도시가 세워져 있다는 소리도 들어보지 못했다. 게다가 겉으로 볼 때는 아무렇지도 않지만 마족 최강의 전사마저 접근하지 못한다는 건 눈으로 직접 보지 않았으면 절대 믿지 않을 일이었다. 이런 생소하고 어이가 없을 정도로 이상한 장면들 때문에 리켄의 마음속에선 이스에 대한 걱정이 점차 커져만 갔다.

'어머니를 불러볼까?

한참을 투덜거리던 리켄이 조용히 생각에 잠겼다. 어머니이자 드래곤 로드인 레오니아에게 지금 같은 이상한 현상을 보여주면 어떤 방법이 있지 않을까 하는 생각에서였다. 드래곤 로드에게만 전해진다는 마법. 그것에 대해 리켄이 알고 있는 것이라곤 항 워프 마법뿐이었다. 몇 번인가 워프를 통해 도망치려다 그 마법 덕택에 매를 벌었던 일로 드래곤 로드만의 마법이 있다는 사실을 알게 된 리켄이었다.

"그나저나… 어머니는 뭐 하고 있는 거야? 지금 이 난리가 났는데 말이야."

생각만 한다는 게 입 밖으로 자연스레 흘러나왔다. 사실 드래곤 로드가 종족 회의를 열어 대륙에서 벌어지는 일들에 대해 조사를 시작한 지도 꽤나 많은 시간이 흐른 뒤였다. 그리고 또 하나, 비록 주변 천여 킬로미터에 드래곤의 레어가 없다고 하지만 바로 얼마 전까지 지독한 기운이 주변으로 뻗어갔었다. 그런데도 리켄을 제외한 드래곤들은 누구 하나 눈을 씻고 찾아봐도 보이지 않았다.

"쯧쯧. 이렇게들 군기가 빠져서야… 내가 로드가 되면 니들은 다 죽음이야. 기다리고 있거라, 귀여운 것들. 드래곤 역사상 최고의 카리스마를 보유한 로드가 되어주지. 크흐흐."

"후우, 너는 정말……."

심각한 표정으로 이스가 들어간 도시를 바라보던 이클립스가 맥이 빠진다는 얼굴로 리켄을 돌아보았다. 이스가 들어가기는 했지만 낙관만 하고 있을 때가 아니었다. 아직까지도 주변을 가득 메우며 솟아오르는 조각들, 그리고 파랗게 변해 좀처럼 본래의 빛을 되찾지 못하고 있는 만월. 마치 악몽을 꾸는 것 같은 도시. 모든 상황이 좋지 않았고 앞으로 어떤 일이 벌어질지도 알 수 없었다. 그런데도 어린아이 같은 표정으로 혼자서 낄낄거리며 웃어대는 리켄이었으니 이클립스에게서 한숨이 흘러나오는 것은 당연한 수순이었다.

"짜식아, 급할수록 돌아가라는 말이 있다. 이럴 때일수록 느긋하고 편안한 마음을 가지고 침착하게 주변을 살펴야 하는 거란 말이지."

"하아……."

맞는 말이긴 했지만 조금 전에 보여줬던 리켄의 행동과는 전혀 어울리지 않는 말이었다. 이클립스는 더 이상 대꾸해 봤자 입만 아플 것 같아 슬며시 한숨을 내쉬며 고개를 돌려 버렸다.

"어쭈, 이게… 내가 쬐끔 다쳤다고 까부는… 응?"

성치 않은 몸으로 이클립스에게 시비 걸려던 리켄의 움직임이 순간적으로 멈춰졌다. 그런 그의 두 눈이 찢어질 것처럼 커다랗게 확대됐다. 그뿐이 아니었다. 한숨을 내쉬며 고개를 돌렸던 이클립스 역시 어깨를 움찔하며 리켄을 향해 돌아섰다.

"뭐, 뭐야?!"

경악에 찬 낮은 외침을 토하는 리켄의 아랫입술이 심한 경련을 보이고 있었다. 얼마 전 도시에서 느껴지던 지독한 기운과 똑같은 느낌이 피부에 와 닿았다. 아니, 당시엔 점차 사그라지던 기운이었지만 지금은 그때보다 더욱 엄청난 기운이 느껴졌다. 게다가 도시에서부터 느껴지는 게 아닌 주변 모든 곳이 순식간에 지독한 기운으로 가득 차버렸다.

"빌어먹을······."

두 주먹을 불끈 쥔 이클립스의 입에서 이빨이 갈리는 섬뜩한 소리가 흘러나왔다. 온몸의 피부가 따끔거리고 머리털이 쭈뼛쭈뼛 서는 것 같았다. 마족 최강의 전사인 자신이 순간이었지만 섬뜩한 느낌을 받았다는 것이 이클립스의 자존심을 자극한 모양인지 어느새 그의 두 눈이 피처럼 붉게 변해 있었다. 마치 연기 같은 검은 기운이 뭉실뭉실 피어나 그의 온몸을 휘감기 시작했고 불끈 쥔 두 주먹 부근으로는 검정색의 불덩어리가 이글거리며 타올랐다.

"머, 멈췄다?!"

"응?"

리켄의 떨리는 목소리가 들려오자 무섭게 변해 버린 이클립스가 천천히 고개를 돌려 그를 바라보았다. 리켄은 그러나 주변을 보느라 정신이 없는 듯했다. 피처럼 붉게 변한 이클립스의 두 눈이 리켄의 시선을 쫓았다.

"아니?!"

도시에서 시작돼 주변을 가득 메우며 솟아오르던 조각들. 그것들이 언제 멈췄는지 허공에 둥실 뜬 채 조금도 움직이지 않았다. 그리고 잠시 후.

꾸우우. 꾸우우우.

주변 여기저기서 이상한 소리가 들리기 시작했다. 아니, 소리가 들리는 것 같다고 생각된 순간 주변 모두가 기이한 소리들로 가득 찼다. 어떻게 들으면 신음 소리인 듯도 싶었고 달리 듣는다면 뭔가를 쥐어짜는 소리인 것도 같았다. 이클립스에게 가까이 다가오며 리켄이 입을 열었다.

"저, 저거… 저것들에서 들려오는 것 아냐? 맞지, 이클립스?"

주변에 멈춰 버린 조각들을 가리키며 말하는 리켄의 목소리가 조금이지만 떨리는 것 같았다. 그의 말대로 꾸우우 하는 기이한 소리는 분명 조각들에서 들리는 것 같았다.

"뭐지?"

잔뜩 일그러진 이클립스의 미간은 더 더욱 간격이 좁혀졌다. 마왕의 힘조차 넘어서 버린 자신에게까지 위협적으로 느껴지는 기운들. 그리고 무언가 심상치 않은 이상한 조짐을 보이는 조각들. 이클립스는 어느새 그가 할 수 있는 최대한의 힘을 준비하고 있었다.

'이놈들!'

전신이 검은 불꽃에 휩싸이고 두 눈은 피처럼 붉은빛을 뿜고 있었지만, 이클립스는 이성을 잃지 않았다. 그럴 때가 아니라는 걸 본능적으로 느끼고 있는 것이었다. 곁에 서 있던 리켄의 목소리가 들려왔다.

"이것들 설마 파괴신하고 연관된 건가?"

답을 구하기 위한 물음이 아닌 리켄의 혼잣말일 뿐이었다. 이클립스는 그러나 리켄의 혼잣말에 보일 듯 말 듯 고개를 끄덕였다. 파괴신의 부활을 위한 세 가지 열쇠 중 두 개를 가지고 있는 테라 일행들이었다. 만약 모든 열쇠를 모았다면 이런 쓸데없는 일은 할 필요가 없었기 때문에 아직까지 그들에게는 두 개의 열쇠밖에 없다고 생각할 수 있었다. 하지만 이상한 점도 있었다. 모든 열쇠를 모은 것이 아님에도 테라들은 파괴신과 연관된 것들을 움직이는 것 같았다.

'이건… 심상치 않다!'

빛의 신과 어둠의 신의 싸움 사이에 생겨난 파괴신. 그 때문에 빛과 어둠이 손을 합쳐 없애려 했으나 결국엔 모두가 소멸될 정도였다는 위험한 존재. 주변을 가득 메우며 기이한 소리를 흘려대는 것들이 파괴신과 연관되어 있다면 마왕의 힘을 넘어선 자신에게 위협적으로 느껴지는 것은 어쩌면 당연하다고 할 수 있었다.

'혼자서 어떻게 할 수 있는 문제가 아니다.'

자존심이 상하긴 했지만 이클립스 자신과 리켄. 이 둘에서 해결할 문제가 아닌 것 같았다. 생각이 정해지자 이클립스는 슬쩍 고개를 내려 이스가 들어간 도시를 바라보았다.

'이스님……'

파란 달빛을 받아 음산한 위용을 자랑하는 도시에서는 여전히 아무런 반응이 보이지 않았다. 이스에게 어떤 문제가 있는 것인지, 아니면 아직까지 테라를 찾지 못한 것인지 알 수 없었으나 이스의 빈자리가 새삼 크게 느껴지는 이클립스였다.

"킬리… 앗?!"

마냥 이스를 기다리는 것보다 킬리오드를 불러 마계에 이 사실을 알려 도움을 청하려던 이클립스의 동작이 멈춰졌다.

파르르르.

주변은 물론 하늘 높은 곳까지 가득하던 무수한 조각들이 갑작스레 요동 치기 시작했다. '꾸우우' 하는 기이한 소리 대신 조각들이 요동

치는 소리가 귀를 자극하며 주변을 가득 메웠다.

꾸국. 꾸구국…….

심하게 요동 치던 조각들이 기묘한 움직임을 보이며 꿈틀거렸다. 마치 검정색 자루 속에서 빠져나오려는 움직임 같았다. 한둘이 아니었다. 주변 모든 곳의 조각들 모두가 그런 움직임을 보이고 있었다.

"이놈들!"

쿠콰콰콰!

잠시 긴장한 표정으로 멍하게 주변을 바라보던 이클립스가 두 눈을 부릅뜨며 손을 휘저었다. 그러자 그의 주먹에서 타오르던 검은 불길이 폭풍처럼 쏟아지며 눈 깜짝할 사이에 주변을 훑어갔다.

"아, 아니?!"

이클립스의 얼굴이 경악으로 가득 차버렸다. 찰나의 순간에 주변을 휩쓸고 지나간 공격이었으나 그 위력만큼은 리켄조차 막기가 버거울 정도의 공격이었다. 혼신의 힘을 기울인 공격인 것이다. 그런데 변한 게 아무것도 없었다. 수많은 조각들 중 어느 하나 파괴된 것이 없었고 조금의 타격조차 입히지 못했다.

꾸구구구. 꾸구구구.

이클립스의 공격 때문인지 조각들 속에서 빠져나오려던 것 같은 이상한 움직임이 더 더욱 격렬해졌다. 그리고 점차 조각들의 모양이 어떤 형태를 이뤄갔다. 머리 부분과 몸통, 그리고 팔다리가 생겨났다. 약간 둔탁한 모양이었으나 인간의 형태와 비슷했고 크기는 대략 3미터 내외였다.

쿠콰콰콰콰……!

멍한 표정으로 좀처럼 정신을 차리지 못하는 이클립스의 옆에서 거대한 불길이 사방으로 쏘아졌다. 리켄이었다. 이클립스에게서 한동안 움직임이 없자 그가 나서서 마법을 사용한 것이었다. 자신의 레어 근처에서 가리트에게서 썼던 마법이었다. 본체에는 몇 년이 걸릴지 모르는 지독한 상처가 가득했지만, 마법만큼은 어렵지 않게 사용할 수 있었다. 다만 한 번씩 마법을 사용할 때마다 몸이 욱신거려 방어 마법이라면 모를까 공격 마법은 오랫동안 사용할 수 없었다.

"이, 이런… 젠장!"

리켄의 입에서 절로 욕지거리가 튀어나왔다. 앞뒤, 좌우를 훑으며 지나간 불길이 지난 자리엔 여전히 인간 형상의 시커먼 물체들이 자리하고 있었다. 이클립스의 힘조차 견디지 못한 판국에 리켄의 마법이 통한다는 게 이상한 일일 것이다.

"비, 빌어먹을!"

"어, 어떻게 하지?"

부서질 듯 이빨을 갈아대며 욕을 터뜨리는 이클립스와 그에게 답을 구하려는 리켄. 둘의 표정에서 막막함이 느껴졌다. 이런 상대는 처음이었다. 게다가 하나둘이라면 이스가 나타날 때가지 어떻게 버틸 수 있을 것 같았으나 상대는 몇만은 충분히 넘을 것 같은 어마어마한 숫자였다. 아직까지도 몸을 꿈틀거리는 것이 완전히 모습을 갖추기 위해선 조금 더 시간을 필요로 하는 것 같아 그나마 다행이었다. 만약 저 많은 것들이 한꺼번에 공격을 시작한다면 그것을 막아낼수 있을지 의문이었다.

"이스! 빨리 나와요, 이스~!"

도시를 향해 커다란 외침을 토하는 리켄의 목소리는 누구나 느낄 수 있을 정도의 다급함이 가득했다. 파괴신과 관련된 것이든 아니든 이스만 곁에 있어준다면 어떻게든 헤쳐 나갈 수 있을 것 같았다. 그러나 파란 달빛을 받아 음산하게 모습을 드러내고 있는 도시에선 이스의 모습은 눈을 씻고 찾아봐도 보이지 않았다. 그때였다.

"크으으… 끄으으으……."

지하 깊숙한 곳에서 들려오는 듯한 괴성이 들려왔다. 인간 형상의 검은 물체들에서 나오는 소리였다. 드디어 움직일 수 있는지 그것들 모두가 이클립스와 리켄을 향하며 낮은 괴성을 흘리고 있었다.

"빌어먹을!"

"이, 이런……!"

이곳에 걸어두었던 항 워프 마법은 이미 오래전에 와해되었다. 간단한 마법을 이용한다면 얼마든지 이곳에서 벗어나 안전한 곳으로 이동할 수 있는 리켄과 이클립스였다. 하지만 둘에게선 그런 마음은 조금도 없는 듯했다. 도망친다고 해봤자 시간만 잠시 연장하는 것뿐이었고 그렇다고 뾰족한 수가 생기는 것도 아니었다. 그리고 가장 중요한 것은 이스가 아직 나타나지 않는다는 점이었다. 이스만 놔두고 자신들만 살자고 도망친다는 건 이클립스와 리켄의 자존심이 허락하지 않았다.

"꾸워어어~"

오랫동안 괴성을 흘리던 검은 물체들이 비명 같은 외침을 토하며 이클립스와 리켄을 향해 쏟아져 왔다.

제43장 은빛의 날개(下)

슈슈슈슈.

하나하나의 움직임이 마치 빛살처럼 느껴질 정도였고 그것들이 주변을 움직일 때마다 공기를 가르는 지독한 파공성이 터져 나왔다. 보통 사람이라면, 아니, 오랫동안 수련을 쌓은 일류기사라도 고막이 파열될 정도였다.

"크윽! 큭!"

리켄의 어깨를 붙잡아 몸을 피하는 이클립스의 이빨이 부서질 듯 하얗게 맞닿아 있었다. 이클립스와 리켄의 최상급 방어막 가까이 검은 물체들이 스칠 때마다 지독한 충격파가 몸을 훑어갔다. 요리조리 몸을 피하며 이클립스가 외쳤다.

"레어에 가 있어, 리켄!"

검은 물체들의 속도가 믿을 수 없을 정도로 빠르긴 하지만 그렇게까지 위협적이진 않았다. 리켄만 아니라면 맞대응까지 할 수 있을 것 같았다. 리켄은 그러나 고개를 저었다.

"난 상관 말고 공격해. 이 정도는 충분히 견딜 수 있어."

"지금은 고집 부릴 때가 아니야, 리켄!"

이클립스가 버럭 소리쳤지만 리켄의 표정엔 변함이 없었다. 이클립스는 할 수 없다는 듯 뿌득 이빨을 갈며 피하는 데에만 정신을 집중했다. 가끔 한 번씩 이렇게 고집을 부리는 리켄은 결코 생각을 바꾸지 않았고, 그것을 이클립스가 모를 리 없었다. 이제 남아 있는 방법은 최대한 시간을 끌며 이스를 기다리는 것뿐이었다.

"응?!"

눈부신 속도로 검은 물체들의 공격을 피하던 이클립스가 돌연 움직임을 멈췄다. 그리고 그 순간, 이클립스와 리켄 주위에 하얀 빛들이 화살처럼 쏟아져 내렸다. 마치 눈부신 빛의 소나기가 폭풍처럼 몰아치는 것 같았다.

파사사사……

"꾸어억!"

"끄에에에~"

이클립스와 리켄을 향해 벌 떼처럼 공격을 가하던 인간 형상의 검은 물체들이 괴성을 토하며 소멸되었다. 혼신의 힘을 기울인 이클립스의 공격조차 아무런 상처 없이 막아내던 것들이 손가락보다 얇은 빛살에 먼지처럼 사라져 버렸다.

"이, 이게 무슨 일인… 응?"

너무도 갑작스런 상황에 리켄이 멍하게 주변을 둘러보다 이클립스를 향해 고개를 돌렸다. 순간 리켄의 얼굴에 의아함이 가득 피어올랐다. 이클립스의 표정이 조금 전보다 더욱 일그러져 있었다. 하얗게 드러난 이빨은 연신 뿌드득 하는 소리를 뿜어댔고 피처럼 붉게 변해 버린 눈동자는 찢어질 듯 커다랗게 떠 있었다. 앙다물린 이빨 사이를 비집고 이클립스의 목소리가 흘러나왔다.

"에… 리… 엘……!"

"뭐?!"

깜짝 놀란 리켄이 이클립스의 시선을 쫓아 위를 향해 고개를 들었다. 파랗게 빛나는 만월 밑으로 발목 아래까지 내려오는 기다란 금발 머리를 한 천계의 수장 에리엘의 모습이 눈에 들어왔다.

파팟. 파파팟.

리켄이 고개를 들고 잠시 후 에리엘의 주위로 셀 수 없이 많은 하얀 빛무리들이 나타나며 천계의 전사들이 모습을 드러냈고, 그 때문인지 주변에 가득하던 인간 형상의 검은 물체들이 움직임을 멈추고 있었다. 소나기처럼 쏟아지는 빛살에 무수한 검은 물체들이 죽어 나갔지만 극히 일부분일 뿐이었다.

"이놈, 에리엘!!"

"착각하지 말아요, 이클립스. 우리 천계는 결코 저자들과 한패가 아니에요."

"뭣이?!"

에리엘을 향해 달려들려던 이클립스가 무감정하게 흘러나오는 에리엘의 대답에 간신히 이성을 되찾을 수 있었다. 무표정한 얼굴로 에리엘이 말을 이었다.

"저들은 파괴신과 연관된 자들. 어째서인지 저들에겐 우리 천계는 물론 마족들의 힘도 통하지 않아요. 하지만 방법이 없는 건 아니지요."

말을 마친 에리엘이 슬쩍 손을 흔들자 기다란 하얀 물체가 빠르게 날아와 이클립스 앞에 도착했다. 검날은 물론 손잡이까지 은으로 되어 있기는 하지만 어디서나 어렵지 않게 볼 수 있는 평범한 형태의 롱 소드였다. 에리엘의 말이 이어졌다.

"어떤 이유인지 모르겠지만, 은(銀)으로 된 무기만이 저들에게 타격을 줄 수 있어요. 그것에 힘을 불어넣어 사용하면 위력은 더욱 강해지지요. 우리 천계가 알고 있는 것은 이것이 전부예요."

"이……!"

미간을 찡그릴 뿐 이클립스는 대답하지 않았다. 에리엘과 많은 천계 전사들의 출현은 이곳까지 동행한 리리안과 키리가 연락했을 테니 이상한 일은 아니었다. 한데 어째서 자신에게 그런 비밀을 알려주는 것인지 의아했다. 그런 이클립스의 마음을 알기라고 한 듯 에리엘이 힘없는 미소를 지으며 말을 이었다.

"오래전 빛과 어둠의 싸움에서도 파괴신에 대항하기 위해 빛과 어둠이 힘을 합쳤지요. 지금 역시 비슷한 상황. 안타까운 사실이지만, 우리 천계만의 힘으로는 저들을 막을 수 없어요. 그리고 마계 역시 마찬가지일 것."

"뭐야? 저놈들 말고 또 있다는 말이야?"

"그건 저도 잘 모른답니다."

리켄의 물음에 무겁게 고개를 가로젓는 에리엘의 표정이 심각하게 변했다. 파괴신이 부활한 것이 아님에도 그것과 연관된 자들이 나타났다. 그녀가 알고 있는 것이라곤 로브의 인물이(테라) 파괴신을 부활시킬 수 있는 열쇠를 모은다는 것. 그리고 얼마 전 첫 번째 열쇠에 이어 두 번째 열쇠까지 얻었다는 것뿐이었다. 만약 그들이 모든 열쇠들을 손에 넣었다면 지금 보이는 현상보다 더한 일들이 벌어져야 정상일 것이었다. 파괴신이 부활할 것이고, 주변에 가득한 검은 형상들보다 더더욱 강한 것들이 세상에 나타날 것이다. 이클립스와 리켄 역시 비슷한 생각을 하고 있었다.

"한 배를 탔다는 말씀이로군."

슈욱. 슈우우…….

에리엘의 말이 끝나고 잠시 후, 서쪽 하늘 부근에서 타원 형태의 검정색 그림자들이 무수히 나타나며 흑색 복장의 인물들이 모습을 드러냈다. 어림잡아도 수천이 넘는 숫자였고 이클립스와 리켄, 그리고 천계의 인물들에게도 익숙한 자들이었다.

"킬리오드, 앤디킬……."

"마왕의 친위대가 모두!"

킬리오드를 선두로 마왕의 4대 친위대들과 마계 서열 일만 위에 들어가는 최상급 마족들이 모두 모습을 드러내자 이클립스의 얼굴이 멍하게 변해 버렸다. 천계는 모르지만, 마계의 최상급 마족들이 모두 인간 세상에 나타난 건 마계 역사상 처음 있는 일이었다. 거기에 마왕의 4대 친위대가 함께 움직인다는 것은 마왕의 의지가 담겨 있다는 말이었다.

씁쓸한 미소를 지으며 에리엘을 바라보던 킬리오드가 이클립스를 향해 입을 열었다.

"이클립스님, 마왕님의 전갈입니다. 파괴신과 관련된 자들이 모두 없어질 때까지 천계와의 반목을 금하라는 명입니다. 그리고 이번 명령만큼은 이클립스님께서도 들어주길 부탁드린다고 말씀하셨습니다."

"이클립스, 마왕님의 명을 받들겠습니다."

허공에 뜬 채로 한쪽 무릎을 꿇으며 고개를 조아리는 이클립스였다. 에리엘의 갑작스런 출현에 잠시 이성을 잃기는 했지만 지금은 그럴 때가 아니었다. 주변에 가득한 검은 형체들도 그렇지만 앞으로 어떤 일이 벌어질지 모르는 일이었기에 에리엘에 대한 분노는 잠시 뒤로 미룰 수밖에 없었다. 그리고 비록 부탁한다는 말을 빌어 명령을 전달하기는 했지만, 마왕이 자신에게 명을 내린 것은 이번이 처음이었다. 지금까지 단 한 번도 내린 적이 없는 마왕의 명령이었기에 반드시 따르고 싶었고 따라야만 했다.

"빌어먹을……."

자세를 바로 하며 이클립스는 앞쪽에 둥실 떠 있는 롱 소드를 잡아 반으로 잘라 버렸다. 순간 반으로 잘려진 롱 소드가 순식간에 녹아 이클립스의 주먹 부근에서 타오르는 묵빛 불꽃 속으로 빨려 들어갔다.

"이 버러지 같은 것들!"

쿠우우.

이클립스의 시선이 주변에 가득한 검은 물체들에게 향해지자, 그의 두 주먹에서 시커멓게 타오르던 검은 불길이 맹렬한 기세로 솟아올랐다. 처음 팔꿈치 부근까지 이글거리던 불길이 어깨를 한참 지나 이클립스의 키만큼이나 높게 치솟았다.

"크아앗~!"

주변을 쩌렁쩌렁하게 울리는 이클립스의 커다란 기합을 시작으로 한동안 주춤하던 인간 형태의 검은 물체들이 움직이기 시작했고, 하늘에 가득하던 천계 전사들과 마족들 역시 공격을 시작했다.

쿠쿠쿠.

"꾸웨엑~"

"끼에에에에~"

순식간에 주변 하늘이 어지럽게 변하며 검은 물체들의 비명으로 가득 차버렸다. 에리엘과 천계 전사들의 움직임도 현란하고 매서웠다. 한 명의 천계 전사가 순식간에 대여섯 이상의 검은 물체를 없애 버렸고, 카린느가 빠진 천계 8대 수호 전사들은 그보다 몇 배가 넘는 숫자를 가볍게 처리했다.

"으음."

천계의 수장만이 사용한다는 빛의 검으로 근처에서 덤벼들던 검은 물체를 한 번에 백여 마리 이상 없애 버린 에리엘이 잠시 공격을 멈추고 마족들을 향해 고개를 돌렸다. 그런 그녀의 미간이 깊은 주름을 만들며 좁혀졌다.

8대 수호 전사를 제외하고도 이곳에 함께한 전사들은 천계에서 가장 알아주는 실력자들로 구성되었고, 이들은 천계 전력의 반 이상이라고 할 수 있었으며 지난 세 번에 걸친 마계와의 전쟁을 승리로 이끈 장본인들이었다.

한데 마족들의 움직임이 믿을 수 없을 정도였다. 마왕의 4대 친위대를 제외하고도 마족 하나가 검은 물체들을 순식간에 백여 마리 이상을 없애 버렸다. 거기에 이클립스의 주변 몇백여 미터 안에 있던 검은 물체들은 눈 깜짝할 사이에 소멸돼 버렸다. 란스하르드 왕국에서 봤던 것보다 더욱 엄청난 이클립스의 모습에 절로 고개가 저어질 지경이었다.

"후우……."

악귀처럼 움직이는 이클립스의 모습에 에리엘의 입에서 낮은 한숨이 흘러나왔다. 이제 1년 반 정도 남아 있는 마계와의 전쟁. 하지만 이렇게 가다가는 전쟁의 승패는 불을 보듯 뻔한 결과를 가져올 것 같았다. 마족들과 천계 전사들 사이의 실력 차도 실력 차였지만, 마계에는 이클립스가 있었다. 이제 자신조차 상대할 수 없을 정도로 강해진 이클립스라면, 마왕이라는 존재는 이클립스보다 더욱 강할 것이라는 생각이 들었다. 마왕이 자신의 수하보다 약하다는 건 있을 수 없는 일이었기 때문이다.

'이럴 때가 아니지.'

한동안 한숨을 내쉬며 고개를 흔들던 에리엘은 잡생각을 지우며 다시금 빛의 검을 고쳐 잡고 몸을 움직였다. 지금은 죽여도 죽여도 끝없이 몰려드는 검은 물체들을 해치우는 게 먼저였다.

"히야~ 장관이네~"

순식간에 판도가 변하자 리켄은 허공에서 한가로이 주변을 둘러보고 있었다. 하얗게 반짝이며 공격하는 천계의 전사들과 시커먼 공격마법 위주의 마족들. 검은 물체들의 듣기 싫은 비명만 아니라면 인간들이 축제 때 폭죽을 터뜨리는 것보다 더욱 멋진 모습이 연출되고 있었다. 다만 검은 물체들의 숫자가 너무 많다는 점이 마음에 걸렸다. 일만이나 되는 최상급 마족들과 천계와의 전쟁 때가 아니라면 결코 함께 행동하지 않는다는 마왕의 4대 친위대, 거기에 이클립스와 천계 전사들까지. 이쪽의 숫자 역시 만만치 않았고 실력 역시 월등했다. 그런데도 검은 물체들의 숫자가 별반 줄어드는 것 같지 않았다.

여전히 이스가 들어갔던 도시에서는 아무런 변화도 보이지 않았다. 조각들이 솟아오르지도 않았고 작은 변화조차 없었다. 그런데도 마치 허공에서 새로 생겨나는 것처럼 검은 물체들의 숫자가 여전히 대단한 위용을 뽐내고 있었다.

"으응?"

마치 관광객인 양 여유로운 표정으로 주변 하늘을 둘러보던 리켄이 돌연 미간을 찡그리며 왼편으로 고개를 꺾었다.

"쯧."

보이는 것은 끝없이 이어져 있는 크고 작은 산봉우리들뿐이었다. 리켄은 그러나 무엇 때문인지 못마땅하다는 표정이었고, 급기야 혀까지 차며 고개를 내저었다. 그리고 잠시 후 리켄의 모습이 순식간에 사라졌다.

"뭐 하는 거예요, 이런 곳에 숨어서?"

워프를 이용해 리켄이 도착한 곳은 이클립스 등이 치열하게 싸움을 벌이는 곳으로부터 대략 10여 킬로미터 떨어진 곳으로 제법 높다란 산의 정상 부근이었다. 그런 그의 앞으로 십여 명의 인물들이 나무나 바위 근처에 몸을 숨기고 있다가 리켄을 발견하고는 천천히 모습을 드러냈다. 뾰족한 귀의 엘프들이 다섯 명, 인간이 세 명에 드워프가 네 명이었다.

이들 모두는 드래곤이었고, 엘프들 중 한 명은 리켄의 어머니인 레오니아였다. 수많은 천계 전사들과 일만의 마족들이 싸움을 벌이고 있으니 아무리 주변에 드래곤의 레어가 없다고 하더라도 눈치 채지 못할 그들이 아니었다.

"천족하고 마족들이 저렇게 싸우고 있는데 계속 구경만 하고 있을 거예요?"

어머니 앞에선 항상 주눅 들던 리켄이었는데 지금은 상당히 의연해 보였다. 다른 일족들이 있는 앞이기에 맞을 일도 없긴 했지만, 무엇보다 이스와 이클립스, 그리고 마족들과 천족들까지 싸우고 있는 와중에도 이렇게 계속 지켜보는 것이 마음에 들지 않았던 것이다. 비록 세이트란 대륙의 모든 드래곤들을 합한다고 해도 천족이나 마족들의 숫자에 턱없이 모자라기는 하지만, 드래곤이 둘 이상 모이면 그 힘은 몇 배나 상승된다. 그동안 천계의 수장인 에리엘이 드래곤 로드인 레오니아를 못마땅하게 여기면서도 힘으로 밀어붙이지 못한 것이 바로 그 이유 때문이었다.

"어미 혼자서 결정할 문제가 아니야."

찬바람이 일 것 같은 냉정하고 차가운 목소리로 대답하는 레오니아. 허리 아래까지 내려오는 기다란 적발 머리칼에 육감적인 몸매를 돋보이게 하는 적빛 원피스가 파란 달빛을 받아 한층 아름답게 빛나고 있었다. 하지만 말투와 표정과는 달리 리켄을 향한 그녀의 눈초리는 아들에 대한 걱정으로 가득했다.

"그럼 더 잘됐네요. 여기 다른 일족의 수장들이 모두 왔으니까 여기서 바로 결정하면 되잖아요?"

걱정이 가득한 레오니아의 눈빛에도 리켄은 더욱 미간을 찡그리며 고함 치듯 말했다. 그의 말처럼 이곳에는 각 일족을 대표하는 수장들이 모두 함께 자리하고 있었다. 비록 엘프나 드워프 같은 모습을 하고 있었지만, 그들에게서 느껴지는 기운은 리켄도 익히 잘 알고 있는 자들이었다. 게다가 드래곤 로드까지 함께였으니 결정을 내린다면 곧바로 모든 드래곤들에게 명령이 하달될 것이었다. 하지만 레오니아는 고개를 흔들었다.

"그렇게 쉽게 결정할 일이 아니야, 리켄."

"뭐가 쉽게 결정할 일이 아닌데요? 지금 이것저것 따질 때가 아니잖아요!"

　레오니아의 대답에 리켄이 버럭 외치며 그녀 가까이 다가갔다. 도무지 이해가 가지 않았다. 천계의 '천' 자만 들어도 이성을 잃고 악귀처럼 변하는 이클립스조차 저들에게 맞서기 위해 에리엘과 함께 싸우고 있었고, 다른 마족과 천족들 모두 마찬가지였다. 파괴신이 부활한다면 모든 것이 끝장이기에 두 앙숙이 손을 맞잡은 것이었다. 그런데도 레오니아는 고개를 흔들고 있었고 주변에 있는 다른 일족의 수장들 역시 레오니아와 비슷한 생각들을 하고 있는지 그녀의 말에 고개를 끄덕이고 있었다.

　"리켄, 마족과 천족과는 달리 우리 드래곤 일족의 숫자는 많지 않아. 만약 이번 싸움에서 우리 드래곤들이 심각한 타격을 입는다면 우리들의 입지만 작아질 뿐이지."

　레오니아의 뒤쪽에서 황금색 머릿결의 드워프 하나가 느린 걸음으로 다가왔다. 아름다운 들꽃 문양이 황금으로 수가 놓여진 검녹색 상하의에 같은 색의 부츠 차림을 한 남성 드워프였다. 그러나 그의 실제 모습은 골드 드래곤이었으며 가라파제라는 이름으로 불리는 골드 일족의 수장이었다. 레오니아에게 닿아 있던 리켄의 시선이 가라파제에게로 옮겨졌다.

　"함부로 나서지 마라, 가라파제. 내 몸이 비록 상처를 입었다고 하나 네놈 정도는 얼마든지 찢어 죽일 수 있다."

　리켄의 두 눈에서 무서운 광기가 번들거리자 다가오던 가라파제의 몸이 움찔거리며 멈춰졌다. 가라파제가 비록 골드 일족의 수장이기는 하나 리켄보다 삼백 년 후에 태어났다. 또 같은 에인션트 급이라고 해도 레드 드래곤 역사상 가장 강력한 공격력을 자랑하는 리켄에게는 적수가 되지 못했다.

"리켄, 그 무슨 말버릇이니!"

레오니아가 무서운 표정으로 리켄을 다그쳤지만 리켄의 표정엔 변함이 없었다. 레오니아에게 고개를 돌리며 리켄이 입을 열었다.

"우리 드래곤들이 그동안 한 게 뭔데요? 천계와 마계까지 손을 잡고 싸우는 판국에 멀리서 구경만 하시겠다? 그러다 파괴신이 부활하면 '이제 다 끝났군' 하면서 죽기만을 기다릴 겁니까?"

"리켄!"

레오니아의 눈빛이 험악하게 변했다. 아무리 사랑하는 아들이라고는 하지만 다른 일족의 수장들이 모두 있는 곳에서 이렇게까지 함부로 한다면 로드의 위치가 흔들리게 된다. 그러나 레오니아의 무서운 모습에도 리켄은 흔들리지 않았다.

"드래곤 로드라는 자리가 그렇게 좋은 겁니까? 여기저기 눈치만 살피는 자리가 뭐가 그렇게 좋은 건데요?"

"닥치지 못해!"

"쳇."

더 이상 있어봤자 시간만 낭비할 것 같자 리켄은 한차례 다른 일족의 수장들을 노려본 후 곧바로 몸을 돌려 이클립스가 있는 곳을 향해 몸을 날렸다. 레오니아가 무서운 모습으로 돌아오라며 외쳐 댔지만 리켄은 고개조차 돌리지 않았다.

"익!!"

두 주먹을 불끈 쥐고 부르르 어깨를 떨 뿐 레오니아는 아무런 제재도 가하지 못했다. 생각 같아선 마법을 이용해 리켄을 잡아 벌을 가하고 싶었지만, 그녀는 결국 그렇게 하지 못했다.

"리켄의 말에도 일리가 있습니다, 로드. 비록 다른 수장들이 반대한다고 해도 지금 상황이 좋지 못하다는 건 사실입니다."

한쪽에서 리켄의 생각을 지지하며 검정색 복장의 엘프가 다가왔다. 다크 드래곤 일족의 수장인 드레이라였다. 그녀가 리켄을 지지해 준 것은 모두 레오니아의 체면을 살려주기 위해서였다. 그것은 또 차기 드래곤 로드 직을 위해서이기도 했다. 드레이라의 말이 이어졌다.

"모든 드래곤들을 동원시키지 않고 여기 있는 수장들만 나선다면 실리도 얻을 수 있다고 생각해요, 로드."

드레이라의 말이 옳다고 여겼는지 주변에 서 있던 인물들이 슬쩍슬쩍 고개를 끄덕이며 레오니아를 바라보았다. 이제 결정은 드래곤 로드가 내릴 때였다. 그러나 레오니아는 심각한 표정으로 천족과 마족이 검은 물체들과 맞서 싸우는 장면만 바라볼 뿐 이렇다 할 결정을 내리지 않았다.

"헤에?"

레오니아가 심각한 고민에 빠져 있을 때 리켄은 어느새 이클립스 가까이 도착해 있었다. 그가 어머니를 만나고 있을 시간 동안 이클립스와 다른 마족, 그리고 천족들은 한시도 쉬지 않고 공격했었다. 그런데 리켄이 돌아왔을 때 주변 상황은 그다지 변한 게 없어 보였다. 이클립스와 다른 이들의 월등한 실력이었다면 최소한 절반 정도는, 아니, 3분의 1 정도는 없어졌어야 정상일 검은 물체들의 숫자가 마치 시간을 돌려놓은 것처럼 변함이 없었다. 어이없다는 표정으로 리켄이 이클립스를 향해 말했다.

"뭐, 뭐야, 저것들? 어디서 계속 나오는 거야?"

"하악, 하악."

"아니?!"

이클립스의 입에서 연신 거친 숨이 토해졌다. 상당히 지친 기색이 완연했다. 슬쩍 주변을 둘러보니 다른 이들도 마찬가지였다. 에리엘은 허리를 숙인 채 숨을 골랐고 다른 천계 전사들이나 마족들의 움직임이나 공격 역시 현저하게 느려져 있었다. 그나마 다행인 것은 검은 물체들의 움직임 역시 눈에 띄게 느려졌고 천족이나 마족들을 향해 공격하는 것도 훨씬 느린 속도라는 점이었다.

"어, 어떻게 된 거야, 이클립스?"

"하악, 하악. 저, 저놈들… 죽여도 죽여도 계속 나타난다. 빌어먹을!"

"뭐?"

이클립스의 대답에 리켄은 다시금 주변을 주의 깊게 살펴봤다. 천계 전사나 마족들에 의해 죽어 나가는 인간 형상의 검은 물체들. 하지만 어느 순간 비슷한 숫자의 물체들이 빈 하늘을 메우는 것 같았다. 너무도 많은 숫자의 물체들이 하늘을 가득 뒤덮고 있었기에 어디서 다시 모습을 드러내는 것인지조차 알 수 없을 지경이었다.

"젠장!"

절로 욕지거리가 입 밖으로 튀어나오는 리켄이었다. 이렇게 가다간 한도 끝도 없을 것 같았다. 마족과 천계 전사들이 아무리 월등한 실력을 발휘한다고 해도 결국엔 지칠 것이고 그렇게 된다면 결코 이길 수 없는 싸움이었다.

"이스~ 빨리 나오라니까요, 이스~!"

한참 동안 주변을 둘러보던 리켄이 고개를 내려 이스의 이름을 외쳐 댔다. 이곳에서 도망가지 않는 한 남아 있는 방법은 어서 빨리 이스가 나오는 것뿐이라고 생각했다. 어쩌면 이스가 나온다고 하더라도 쉽게 처리하지 못할 수도 있겠지만, 리켄의 뇌리에 떠오르는 마지막 방법은 오직 이스뿐이었다.

"어서 나와요. 거기보다 여기가 급하다니까요, 이스~ 응? 이, 이클립스!"

몇 번이나 이스를 불러 외치던 리켄이 돌연 이클립스를 돌아보았다. 이클립스 역시 리켄의 이상한 반응에 도시를 향해 시선을 내린 상태였다.

"아니?"

도시에서 이상한 움직임이 포착됐다. 도시의 중앙 부근이 순간적으로 꿈틀거리며 묘하게 움직이기 시작했다. 그리고 잠시 후 눈부신 빛이 도시 중앙에서 뿜어져 나왔다.

콰콰쾅~!

"으윽!"

도시에서 빛이 번뜩인 순간 고막이 터질 것 같은 굉음이 터져 나왔다. 리켄과 이클립스는 격한 신음을 토하며 눈을 가렸고 주변에 가득하던 마족들과 천계 전사들 역시 깜짝 놀라며 급히 사방으로 몸을 피했다.

쿠우우우―

빛이 사라지고 요란한 폭발음이 서서히 사그라들 무렵 매서운 폭풍이 몰아쳤다. 빛이 뿜어져 나왔던 도시에서부터 몰아치는 폭풍이었다.

"이스!"

맹렬하게 몰아치는 폭풍 속에서 이스의 이름을 부르는 리켄의 밝은 목소리가 들려왔다. 이클립스는 눈을 가리고 있던 팔을 서둘러 내려 리켄의 시선을 쫓았다. 드디어 이스가 나온 모양이었다.

"이스님… 아, 아니?!"

밝아지려던 이클립스의 얼굴이 순간적으로 굳어버렸다. 대략 백여 미터 아래쪽으로 하얀 옷자락과 기다란 백발을 나부끼며 서 있는 이스의 모습이 보였다. 한데 이스의 모습이 이상했다. 하얗게 드러난 이빨이 부서질 듯 맞닿아 있었고 미간은 잔뜩 일그러져 깊은 굴곡을 드러냈다. 그리고 또 하나, 이스의 왼손이 심장 부근의 옷자락을 강하게 움켜쥔 모습이었다.

"서, 설마?!"

무언가에 깜짝 놀란 듯 이스를 바라보는 이클립스의 아랫입술이 부르르 떨려왔다. 란스하르드 왕국에서부터 시작된 이스의 고통. 그것 때문에 마계에서 닥터 루드리오에게 진찰까지 받았던 일이 떠올랐다. 그리고 지금 이스의 모습은 분명 그것 때문인 것 같았다.

"이스님~!"

"움직이지 말거라."

자신의 이름을 외치며 다가오려는 이클립스를 향해 이스가 고개를 흔들며 말했다. 대답하는 이스의 목소리에 고통을 참는 듯한 느낌이 역력히 드러났다.

"이스님, 괜찮으십니까?"

"이스, 왜 그래요, 이스?"

움직이지 말라는 이스의 말에도 이클립스와 리켄이 걱정스런 표정으로 그에게 다가갔다. 하지만 이스는 그들에겐 시선도 주지 않고서 정면을 노려보고 있었다. 이클립스와 리켄의 시선이 자연스럽게 이스의 시선을 쫓았다.

"저자는?!"

나이를 알 수 없을 것 같은 수많은 주름에 하얀 머리와 사각 모양 수염의 노인이 오십여 미터 앞쪽에서 이스를 노려보고 있었다. 이클립스와 리켄에겐 생소한 외모였다. 하지만 그가 누구인지는 둘 모두 단번에 알아차릴 수 있었다. 몇 번이나 겪어봤던 지독한 기운. 바로 테라의 것이었다.

"크으으… 크으으으……."

테라의 얼굴은 이스보다 더욱 일그러져 있었다. 그도 그럴 것이 테라의 왼쪽 어깨 부근이 깨끗하게 잘려져 있었다. 이상한 것은 잘려진 어깨 부위와 입가에서 시커먼 액체가 흐른다는 점이었다.

"이놈의 늙은이가… 크으윽!"

살기가 가득한 눈초리로 노려보며 테라가 중얼거리자 그의 몸 주변에서 시커먼 연기 같은 것이 피어올라 뱀처럼 꿈틀거리며 그의 몸을 휘감았다. 맹렬하게 몰아치는 폭풍에는 조금도 영향을 받지 않는 것 같았다.

"으으음."

테라의 기운이 폭발적으로 강해지자 이스가 신음을 흘리며 이클립스와 리켄의 앞으로 나왔다. 도시 속에서 테라를 만나 강력한 영검을 사용하려 했을 때 갑작스레 고통이 시작됐고 영검은 펼치지도 못했다. 그나마 다행한 것은 란스하르드 왕국 때처럼 정신을 잃을 정도의 고통이 아니라는 점이었지만 정신이 가물거려 제대로 된 영검은 펼칠 수 없었다.

"이스님, 저놈은 제가 처리하겠습니다."

"아니다. 저자는 이 할아비가……."

다가오려는 이클립스를 막으며 이스가 무겁게 고개를 흔들었다. 영검을 시행하려 했을 때 시작된 고통. 그리고 그때부터 테라의 공격이 시작됐었다. 결코 쉽게 피할 수 있는 공격이 아니었다. 이미 이클립스를 능가할 정도의 테라였기에 한순간도 방심할 수 없었다.

그렇게 테라의 공격을 피하던 이스는 혼신의 힘을 기울여 테라를 향해 영검을 펼쳤다. 하지만 지독한 고통이 정신을 흐리게 했기 때문에 이스의 영검은 테라의 한쪽 어깨를 스치며 하늘로 허무하게 사라져 버렸다. 그것 때문에 도시의 외곽을 둘러싸고 있던 보이지 않던 막이 사라진 것이었다.

"이스님, 이곳에서 잠시 물러나는 것이 좋을 것 같습니다."

강해진 테라의 힘은 이클립스 역시 느끼고 있었다. 서로 맞서 싸운다고 해도 승리를 장담하기 어려운 상대였다. 게다가 지금은 지칠 대로 지친 상태였기에 그리 오랫동안 버티지도 못할 것이었다. 때문에 이스의 고통이 사라질 때까지 잠시 자리를 피하는 게 좋을 것 같았다. 그러나 이클립스의 말이 끝난 순간 테라에게서 거대한 크기의 검은 그림자가 덮쳐 왔다.

콰콰쾅!

"크윽!"

지축을 울리는 굉음이 터져 나왔다. 그 충격파에 리켄과 이클립스의 신형이 수백 미터나 밖으로 튕겨갈 정도였고 주변에 가득하던 검은 물체들은 물론 마족과 천족들까지도 날아가 버렸다.

"으음……."

신음을 토하기는 했으나 별반 다친 곳이 보이지는 않았다. 다만 이스가 입고 있는 옷이 조금이지만 검게 그슬렸다. 너무도 지독한 고통 때문에 의식이 흐려지는 상황이었고 시야조차 점차 흐려질 정도였다. 게다가 고통이 점차 강해지고 있었다.

"이, 이 늙은이가!!"

혼신의 일격을 쏟아 부었는데도 그저 한쪽 옷자락만 살짝 그슬린 이스의 모습에 누런 이빨을 갈아대는 테라였다. 그나마 이스의 호흡이 눈에 띄게 거칠어졌고 허리까지 점차 숙여지는 것이 다행이라고 생각한 테라였다. 그의 공격 때문이 아닌 심장 부근에서 시작된 고통이 원인이라는 걸 테라가 알 리 없었다.

"크크크. 이제 마지막이다, 늙은이!"

잠시 분노를 토하던 테라가 슬쩍 하늘을 바라본 후 다시금 이스를 향해 시선을 가져갔다. 하늘 정중앙엔 여전히 파란 만월이 아름다운 자태를 뽐내고 있었다. 아니, 변한 것은 없지 않았다. 얼마 전보다 두 배 이상은 훨씬 강해진 달빛이었고 그것을 본 후 테라의 표정이 잔인하게 변했다.

"카아아앗!!"

남아 있는 한쪽 손을 이스에게 뻗으며 테라가 괴성을 터뜨렸다. 그 순간, 저 멀리까지 날아갔던 인간 형상의 검은 물체들이 눈부신 속도로 이스를 향해 쏟아져 왔다. 이스는 그러나 피하지 못했다. 아니, 간신히 고개를 들려던 이스의 눈꺼풀이 테라의 커다란 함성이 끝난 순간 천천히 감겨졌고 손에 잡고 있던 부채도 힘없이 바닥으로 떨어졌다.

파파파팍.

수많은 조각들이 의식을 잃고 쓰러지려던 이스의 몸 위로 포개졌다. 그리고 그것은 눈 깜짝할 사이에 웬만한 집보다 커다란 크기로 변해 버렸다.

"이, 이스님!"

충격파로 수백 미터나 떨어졌던 이클립스가 정신을 차렸을 땐 이스의 몸 주위로 셀 수 없이 많은 인간 형상의 검은 물체들이 쏟아질 때였다. 이클립스는 곧바로 몸을 날려 이스를 향해 날아갔다. 지친 상태에서 폭발의 충격파까지 받은 이클립스였지만 움직임은 믿을 수 없을 정도로 빨랐다. 이클립스의 신형이 백여 미터 앞까지 도달했을 때였다.

번쩍— 콰쾅!

이스의 몸 위로 덕지덕지 붙어 있던 커다란 물체에서 눈부신 빛과 함께 거대한 폭발이 터져 나왔다. 얼마 전에 보여줬던 테라의 폭발보다 수십 배 이상이나 될 것 같은 어마어마한 폭발이었다. 백여 미터까지 도착했던 이클립스의 몸이 다시금 뒤로 밀려 나갔다. 이클립스는 그러나 몸은 뒤로 밀려갔지만 시선만큼은 이스가 있을 허공에서 조금도 움직이지 않았다.

"아······."

이클립스의 눈이 찢어질 것처럼 커다랗게 떠졌고 반쯤 벌려진 아랫입술은 눈에 띄게 떨리고 있었다. 이스의 모습은 보이지 않았다. 크고 작은 파편들이 불길에 휩싸이며 바닥으로 떨어졌을 뿐 그 어디에서도 이스의 모습은 보이지 않았다.

'아버지, 형······.'

수없이 떨어지는 폭발의 잔해. 그 모습이 마치 전대의 마왕이었던 아버지와 형인 세이제리스의 마지막 모습 같았다. 아니, 이클립스의 눈에는 폭발의 잔해가 아버지와 형의 것처럼 비춰지고 있었다.

"크카카, 크카카카~"

폭발이 사라지고 싸늘할 정도의 적막감이 감도는 주변을 테라의 커다란 웃음이 메워갔다. 멀리 떨어져 있던 천계의 전사들은 물론 마족과 리켄 모두 경악에 찬 시선으로 이스가 있었던 자리를 바라보고 있을 뿐 누구 하나 입을 열거나 움직이는 이가 없었다.

"크카카, 가소로운 마족들과 천족들. 크크. 이제 네놈들 차례… 응?"

한참 동안이나 미친 듯이 광소를 터뜨리던 테라가 주변을 바라보며 살기를 뿜어댔다. 그런 그의 움직임이 순간적으로 멈춰졌다. 한쪽에서 갑작스레 커지는 거대한 기운 때문이었다.

"저, 저건……?"

테라의 시선이 닿아 있는 곳, 그곳에 있는 자는 마치 넋이 나간 듯한 표정으로 멍하게 허공을 응시하고 있는 이클립스였다. 시뻘겋게 빛을 발하던 눈도, 하얗게 드러난 이빨도 보이지 않았고 몸을 휘감던 검은 기운도 없었다. 멍한 표정만 제외하면 평소에 이스와 리켄과 함께할 때의 이클립스였다. 그런데 이클립스의 기운이 테라가 깜짝 놀랄 만큼 믿을 수 없을 정도로 강해지고 있었다.

"아버지… 형… 이스님……."

이클립스의 입에서 낮은 중얼거림이 흘러나왔다. 풀려 버린 그의 눈동자는 이미 주변을 보고 있지 않았다. 그에게 보이는 건 아버지와 형, 그리고 이스의 마지막 모습뿐이었다.

"아버지, 형, 이스님… 이스님…… 큭… 으……."

멍하던 이클립스의 얼굴이 조금씩 일그러지기 시작했다. 눈의 빛깔이 서서히 피처럼 붉게 변해갔고 꽉 쥐어진 두 주먹이 부들부들 떨려왔다.

쿠우우.

"아, 아니?!"

갑작스레 엄청난 폭풍이 몰아치자 깜짝 놀란 테라가 주변을 두리번거렸다. 그가 있던 도시에서 터져 나오는 폭풍은 아니었다. 그것보다 몇 배나 강한 폭풍이 순간적으로 몰아치기 시작했고, 그것은 마치 이클립스에게 집중되는 것 같았다. 하늘에서 흘러가던 구름들이 눈 깜짝할 사이에 와해될 정도였다.

번쩍, 콰콰쾅~!

폭풍과 함께 거대한 굵기의 뇌전이 대지에 작렬하며 굉음을 쏟아냈다. 구름조차 없었음에도 대지의 이곳저곳에 셀 수 없이 많은 뇌전들이 작렬했고 그것은 끊이지 않고 이어졌다. 갑작스레 시작된 폭풍은 시간이 지나며 그 위력이 강해져 마치 무수한 칼날의 바람이 몰아치는 것 같았다.

"으아아아아~!!"

몰아치는 폭풍 속에서 이클립스의 커다란 괴성이 터져 나왔다. 분노를 참지 못하고 터뜨리는 그런 괴성이 아니었다. 마치 지독한 고통 때문에 터뜨리는 비명처럼 들렸고 그것은 오래도록 멈추지 않고 이어졌다.

휘이이—

얼마가 지났을까. 눈을 뜰 수조차 없을 정도로 몰아치던 폭풍과 수없이 떨어지던 뇌전들이 감쪽같이 사라지며 가벼운 바람이 대지를 훑어갔다.

"아니?!"

거센 폭풍에 하나밖에 남지 않은 팔로 얼굴을 가리던 테라에게서 경악에 찬 외침이 토해졌다. 그의 얼굴은 무언가에 깜짝 놀란 것 같은 표정이었다. 테라만이 아니었다. 주변 멀리 떨어져 있던 마족들과 천계의 전사들. 이들 모두의 표정이 테라만큼이나 놀란 얼굴들이었다.

"저, 저건……?!"

떨리는 목소리로 중얼거리는 에리엘. 주변 모든 이들보다 그녀가 가장 놀란 것 같았다. 아니, 놀라움을 넘어서 경악에 가까운 얼굴이었다. 그녀와 천계 전사들 그리고 마족들과 테라. 이들 모두가 바라보는 것은 이클립스였다.

"하악… 하악… 하아……."

쿠우우우.

허리를 숙이고 거친 숨을 토하는 이클립스의 주변 수십 미터가 타오르는 용광로처럼 이글이글거리고 있었다. 하지만 그것 때문에 모든 이들이 놀라는 게 아니었다. 이클립스의 등 뒤로 보이는 눈부신 날개 때문이었다. 족히 3, 4미터가 넘을 것 같은 기다란 한 쌍의 날개가 이클립스의 등 뒤에 달려 있었다. 눈이 부실 정도로 새하얀 날개였다.

─순백의 날개를 가진 자.

─슬픔과 사랑을 아는 자.

"설마… 설마……?!"

에리엘의 아랫입술이 부들부들 떨려왔다. 천계에서 받았던 라 샤이테의 계시. 그것엔 분명 순백의 날개를 가진 자였다. 너무도 명확하지 않고 두 문장만 떠올랐던 터라 조금 전까지도 잊고 있었던 계시였다. 한데 이클립스의 모습이, 그의 등에 보이는 새하얀 날개를 보자 계시가 떠올랐다. 두 번째 문장, '슬픔과 사랑을 아는 자'는 인정할 수 없었지만 이클립스의 등에 보이는 것은 순백의 날개가 분명했다.

"어, 어째서 마족 따위에게… 어째서……."

믿을 수 없다는 듯 커다랗게 떠졌던 에리엘의 눈망울로 절망의 빛이 역력히 드러났다. 다른 건 인정하지 않아도 피부로 느껴지는 이클립스의 힘. 그 힘은 얼마 전에 느꼈던 이클립스의 힘과는 천지 차이였다. 이젠 자신이 직접 모든 천계 전사들을 이끌고 싸운다고 하더라도 이클립스 한 명을 당해내지 못할 것 같았다.

"하아. 하아… 하아……."

허리를 숙이고 오랫동안 거친 숨을 토하던 이클립스가 천천히 고개를 들었다. 호흡은 제법 안정을 되찾은 것 같았으나 상당히 힘들어하는 기색이었다.

"하아, 하아… 이놈……."

힘겹게 고개를 든 이클립스의 시선이 천천히 테라를 향해 옮겨졌다.

외전 마왕의 권능(權能)

휘이이이.

아무것도 보이지 않는 거무튀튀한 대지 위를 힘없는 바람이 훑어가며 뿌연 먼지를 사방으로 흩트렸다. 끝이 보이지 않을 정도로 뻗어 있는 회색 빛 하늘과 검은 대지. 오직 마계에서만 볼 수 있는 척박하고 삭막한 광경이었다.

사람들의 시간으로 2년, 그리고 이곳 마계의 시간으로 20년 전.

이곳에서는 사람들의 상상을 초월하는 거대한 전쟁이 벌어졌었다. 천계와 마계 사이에 정기적으로 벌어지는 전쟁이었다. 그 전쟁의 여파로 마계의 주인인 마왕이 죽었고 다른 마족들 모두가 생을 마감했다. 하지만 훤히 트여 있는 대지의 어디에서도 전쟁의 상흔은 조금도 찾아볼 수 없었다. 웅장하고 거대한 크기를 자랑하던 마왕의 성도, 셀 수 없이 무수히 많았던 마물들도, 살아 움직이는 것은 단 하나도 보이지 않았다.

슈욱.

아무것도 보이지 않던 대지 위로 타원형의 기다란 것이 생겨나더니 이내 두 인물이 그곳을 빠져나왔다. 마족들 중 상급 마족들만이 사용한다는 차원 이동 홀이었다.

휘이이이.

차원 이동 홀을 빠져나온 두 인물은 스산히 불어오는 바람을 맞으며 조용히 주변을 바라보았다. 20대 초반쯤 됐을 늘씬한 키에 멋진 용모의 청년과 이제 10세도 되지 않았을 귀여운 꼬마 아이였다.

"아무것도 없네요."

아무런 말 없이 주변을 둘러보기를 십여 분. 멀리 보이는 지평선에 시선을 고정한 채 자그마한 꼬마 아이가 속삭이듯 중얼거렸다. 힘이라곤 조금도 느껴지지 않는 꼬마 아이의 목소리가 마치 한숨처럼 들려왔다. 이 작은 아이의 이름은 드세이라. 전대의 마왕이 가장 아꼈던 부하이자 혈육, 마족 최강의 전사라는 이름으로 칭송받던 세이제리스의 아들이었다.

"지금은 아무것도 없지만……."

꼬마의 목소리에 허리 아래까지 내려가는 기다란 머리의 청년이 부드러운 미소를 지으며 시선을 내렸다. 윤기가 흐르는 기다란 머릿결에 짙은 속눈썹과 아름다운 눈망울. 미녀가 울고 갈 만큼이나 아름답고 섬세하게 생긴 외모의 소유자였다. 그러나 외모만 그렇게 비칠 뿐 실상 그는 드세이라와 함께 전대 마왕의 마지막 혈육인 이클립스였다.

조용히 중얼거리던 이클립스가 잠시 말을 끊은 후 드세이라의 앞에 한쪽 무릎을 꿇으며 고개를 조아렸다.

"이제 곧 마왕님께서 새롭고 훌륭한 마계를 만드실 것입니다. 그리고 전보다 더욱 거대하고 웅장한 마왕성이 지어질 것이고, 저 천계의 창녀들에겐 결코 지지 않을 강력한 마족들이 마왕님에 의해 이 축복받은 대지 위에 가득할 것입니다, 마왕님."

"에……?"

이클립스의 갑작스런 행동에 드셰이라가 멍한 표정으로 고개를 돌렸다. 바로 얼마 전까지, 레드 드래곤인 리켄의 레어에 있을 때까지도 자신의 이름을 불러주었던 이클립스가 갑자기 '마왕'이라는 호칭을 사용하자 어리둥절한 얼굴이었다.

"그, 그게 무슨 말씀이세요, 작은아버지. 마왕님이라니요?"

"네, 마왕님. 이제 이 마계의 주인은 바로 마왕님이십니다."

"그런……."

드셰이라의 표정이 묘하게 변해 버렸다. 이클립스의 행동과 말을 어떻게 받아들여야 하는지 갈피를 잡지 못하는 것 같았다.

"마왕은 어떻게 되는 건데요?"

"에……?"

한동안 잠잠하던 드셰이라의 말에 숙였던 고개를 번쩍 든 이클립스의 얼굴에 난감함이 비쳐졌다. 그가 알고 있는 것은 마왕이 죽는다면 마계의 시간으로 백 년에서 이백 년 사이에 마계의 어느 한구석에서 새로운 마왕이 탄생한다는 것이었다. 그리고 만약 마왕의 혈육이 살아 있다면 그자가 마왕의 권능을 이어받는다고 알고 있었다. 하지만 지금은 이클립스 자신과 드셰이라, 마왕의 혈육이 둘뿐이었다.

"어떻게 해야 마왕이 되는 건데요?"

어색한 표정만 지을 뿐 이클립스에게서 아무런 대답이 나오지 않자 드셰이라가 다시금 입을 열었다. 하지만 이클립스의 표정은 더 더욱 굳어갈 뿐 이렇다 할 대답이 나오지 않았다. 어떻게 마왕의 권능이 생기는 것인지, 어떻게 해야 마왕이 되는 것인지 그 누구도 알려주지 않았기에 알 턱이 없었다.

"그, 그건 저도 잘 모르겠습니다, 마왕님."

"피~"

고개를 흔들며 자리에서 일어서던 이클립스가 어색한 미소를 지어주자 드셰이라의 입술이 뾰로통하게 삐져 나왔다. 이클립스가 웃으며 말을 이었다.

"후후후. 하지만 마왕님, 분명한 건 앞으로 마왕님께서 이 마계를 이끌어가실 거라는 점입니다. 부디 훌륭한 마왕이 돼주십시오."

형 세이제리스의 부탁. 그것은 드셰이라로 하여금 마왕의 권능을 이어받게 해달라는 부탁이었다. 그리고 그것만큼은 무슨 수를 써서라도 반드시 들어주고 싶은 이클립스였다. 마왕은 물론 모든 마족들로부터 조롱 섞인 눈총을 겪은 이클립스를 가장 따스하게 대해주었던 이가 바로 세이제리스, 형이었기 때문이고 그에게 남긴 처음이자 마지막 부탁이었다.

"그런데 작은아버지?"

"네. 말씀하십시오, 마왕님."

"우리 어디서 지내요?"

주변을 둘러보며 말하는 드셰이라의 목소리에 근심이 가득 어려 있었다. 얼마 전까지, 이곳 마계에 도착하기 전까지 레드 드래곤 리켄의 레어에서 지냈던 드셰이라였다. 언제나 따뜻하고 포근한 레어였다. 폭신한 카펫과 잠시만 누워도 새록새록 잠이 올 것 같은 감미로운 침대.

리켄의 레어에 있던 시간이 불과 2년밖에 되지 않았지만 레어의 따스함과 포근함은 절대로 잊지 못할 것 같았다.

"휴우, 그렇군요."

드셰이라의 말에 휘파람을 툴며 고개를 흔드는 이클립스였다. 드셰이라와 달리 그에겐 조금도 낯설지 않은 곳이었다. 하지만 아직 드셰이라는 마족으로서의 각성조차 하지 못한 어린아이였다. 마족의 힘은 커녕 조그만 사고라도 당하는 날엔 생명이 위태로울 수도 있었다. 게다가 이제 얼마 있으면 마계의 여름이 다가온다. 며칠 간격으로 쏟아지는 지독한 소나기를 드셰이라가 맞기라도 하는 날에는 각성조차 하지 못하고 생을 마감할 수 있었다.

"잠깐 리켄 아저씨한테 갔다가 오면 안 될까요, 작은아버지?"

잠이 오는 모양인지 이클립스를 돌아보는 드셰이라의 눈에 졸음이 가득했다. 그러나 이클립스는 냉정한 표정으로 고개를 저었다.

"안 됩니다, 마왕님. 이제 마왕님께선 이곳 마계의 주인이십니다. 조금 힘들고 어렵다고 회피하시면 안 됩니다. 그래야만이 보다 강력한 마왕이 되실 수 있고 그만큼 강력한 부하들을 얻을 수 있습니다."

"알았어요."

대답하는 드셰이라의 표정이 사뭇 진지하게 느껴졌다. 냉정하게 거부하는 이클립스의 말에 실망할 수도 있었지만, 드셰이라의 얼굴과 말투에서는 그런 것은 조금도 느껴지지 않았다.

"하지만 아직 차가운 바닥은 몸에 좋지 않습니다."

귀엽게 고개를 끄덕이는 드셰이라가 대견한지 부드러운 눈길로 잠시 바라보던 이클립스가 기다란 망토를 벗어 차가운 바닥에 깔았다. 제법 두툼하고 넓어 몇 명이라도 누워 잘 수 있는 크기였다. 망토는 일반 상점에서 구할 수 있는 보통 망토가 아니었다. 웬만한 공격쯤은 아무런 상처도 없이 받아내고 충격을 흡수하며 추위와 더위를 완벽히 차단할 수 있는 망토였다.

"이곳에 누워 주무십시오. 마왕님께서 각성을 하는 그날까지 이 이클립스가 곁에서 떠나지 않고 지켜 드리겠습니다."

"고맙습니다, 작은아버지."

이클립스가 깔아준 망토 위에 누운 드셰이라는 이내 눈을 감고 새록새록 잠이 들었다. 리켄의 레어에 있을 당시 항상 낮잠을 잤던 시간 때였다. 이클립스가 곁에 앉아 드셰이라의 머릿결을 부드럽게 쓰다듬어 주었다.

"훌륭한 마왕님이 되실 때까지… 언제까지나 제가 곁에서 지켜 드릴 겁니다."

이클립스의 말을 듣기라도 한 듯 잠든 드셰이라의 얼굴에 환한 미소가 피어올랐다. 앞으로 마왕이라는 무거운 짐을 짊어지고 후에 있을 천계와의 전쟁에 대비해야 하는 부담 같은 것은 조금도 느껴지지 않는 천진난만한 얼굴이었다.

"후우……."

오랫동안 드셰이라의 머릿결을 쓰다듬던 이클립스가 긴 한숨을 내쉬며 고개를 들었다. 그의 앞으로는 여전히 그 끝을 알 수 없을 정도로 뻗어 있는 드넓은 대지와 검회색 하늘이 펼쳐져 있었다.

"다녀왔습니다."

차원 이동 홀을 열고 도착한 이곳, 원래는 굳건한 성벽과 수많은 첨탑들이 들어차 있을 마왕성의 자리였다.

"아버지, 형……."

이클립스의 눈동자가 조금씩 흔들렸다. 마계의 시간으로는 20년이 흐른 뒤였으나 리켄의 레어에 있었던 이클립스에게는 불과 2년 전의 일이었다. 아버지와 형이 죽음을 맞이했던 그 자리를 바라보고 있자 절로 눈시울이 붉어지는 이클립스였다. 하지만 그의 상념은 오래가지 않았다.

우우웅.

갑작스레 귀가 웅웅거리는 듯한 소리가 들려오자 벌떡 자리에서 일어선 이클립스가 잔뜩 경계의 눈초리로 주변을 둘러보았다. 그가 마계에 있었을 때에도 들어보지 못한 이상한 울림이었기 때문이다.

"서, 설마……?!"

웅웅거리는 울림은 여전히 계속되고 있었다. 하지만 그 발원점이 어디인지, 무엇 때문에 그런 소리가 들리는 것인지 이클립스로서는 알 길이 없었다. 그렇게 잠시 주변을 둘러보던 이클립스가 빠른 속도로 고개를 들었다.

"아닌데……."

이클립스가 하늘을 바라본 것은 혹시나 있을지 모르는 천계의 전사때문이었다. 천계와의 문은 오래전에 닫혀 버린 상태였지만 그래도 모르는 일이었다. 천계로 돌아가지 않고 이곳에 한 무리의 전사들을 남겼을지도 모르는 일이었기 때문이다. 하지만 짙은 검회색 하늘의 어디에서도 천계 전사들의 기운은 느껴지지 않았다.

"도대체 뭐지?"

하늘도 아니었고 대지도 아니었다. 하지만 웅웅거리는 울림은 조금씩 커져 갔다. 마치 마계 전체가 울고 있는 그런 느낌이었다. 이클립스는 잔뜩 긴장한 채 슬쩍 드셰이라를 바라보았다. 가슴이 울렁거릴 정도의 울림이었는데도 드셰이라는 잠에서 깨지 않았다.

슈우우우.

이클립스가 잠시 시선을 돌린 순간 그의 앞쪽 멀리서 거대한 빛덩어리가 솟아나 느린 속도로 다가왔다. 작은 집 한 채만한 크기였고 검푸른 빛을 머금은 빛덩어리였다.

"뭐, 뭐지?!"

점차 다가오는 빛덩어리. 이클립스 역시 처음 보는 것이었다. 그러나 이클립스의 뇌리로 순간 뭔가가 떠올랐다. 이곳은 마계였고 천계와의 문은 오래전에 닫혀 버렸다. 그렇다면 또 다른 누군가가 마계에 위해를 가할 리는 없었고, 지금 느껴지는 빛덩어리 역시 그럴 것이라 느껴졌다.

"이, 이 느낌은!!"

점차 다가오는 검푸른 빛덩어리에서 매우 친숙한 기운이 느껴졌다. 그리고 그 친숙한 기운이 바로 전대의 마왕이었던 아버지의 느낌과 흡사하다는 것을 깨달을 수 있었다.

'저것이 마왕의 권능인가! 새로운 마왕을 결정하려는 것인가!'

이렇게 판단할 수밖에 없었다. 그리고 자신의 생각이 거의 확실할 것이라고 이클립스는 생각했다.

"새로운 마왕의 탄생인가?!"

잔뜩 긴장하던 이클립스의 얼굴에 진한 미소가 피어올랐다. 서서히 다가오는 검푸른 빛덩어리에 대한 경계심은 이미 없어진 지 오래였다. 새로운 마왕의 탄생을 눈앞에서 지켜볼 수 있다고 생각하자 왠지 가슴이 터질 것 같았다. 이클립스는 아직까지 잠에서 깨어나지 않는 드셰이라를 흘낏 바라본 후 천천히 뒤쪽으로 물러섰다. 커다란 빛덩어리였기에 혹시나 방해가 되거나 다른 부작용이 따를까 걱정해서이다.

슈우우우—

"응?"

다가오던 빛덩어리가 십여 걸음 앞에서 갑자기 방향을 바꾸자 이클립스의 눈동자가 커다랗게 확대됐다. 지금까지는 그와 드셰이라를 향해 다가오던 빛덩어리였다. 한데 갑자기 이클립스를 향해 방향을 바꾸는 것이었다.

"거부합니다!"

조금씩 뒤로 물러서며 이클립스가 커다랗게 외쳤다. 그저 빛덩어리였고 그것이 생각을 하거나 말을 하지는 못할 것이었다. 그러나 이클립스에게 터져 나온 외침은 존칭이었다. 이클립스 스스로도 어째서 존칭으로 빛덩어리를 대하는 것인지 얼핏 의문이 들었지만, 왜인지 그래야만 할 것 같은 느낌이었다.

슈우우우—

마치 정지하라는 듯 앞쪽으로 손을 뻗으며 거부한다고 외친 이클립스였다. 하지만 느린 속도로 거리를 좁혀오는 빛덩어리는 조금도 멈칫거리지 않고 이클립스를 향해 다가왔다.

"거부합니다. 저기 계신 저분이 마왕의 권능을 이어받으실 분입니다. 저분이야말로 이 마계를 천계 따위에 결코 패하지 않는 강력한 마계로 이끌 수 있을 것입니다."

마왕의 권능이 자신을 택하려는 것 같자 이클립스는 연신 뒤로 물러서며 드셰이라를 가리켰다. 자신은 각성을 했고 드셰이라는 그렇지 못했다. 어쩌면 마왕의 권능을 줄 것 같은 빛덩어리가 그것 때문에 자신을 택하려는지 모를 일이었다. 드셰이라를 가리키며 이클립스가 다시금 커다랗게 외쳤다.

"저분은 마족 최강 전사의 아들입니다! 아직 저분이 각성을 하지 못해서 그렇지 각성만 한다면 저보다 더욱 뛰어난 전사가 되실 겁니다! 새로운 마계를 위해, 결코 천족 따위에게 지는 일이 없게 하기 위해서라도 저분이 새로운 마왕이 되셔야 합니다!!"

피를 토하는 듯한 이클립스의 외침에 다가오던 빛덩어리가 자리에 멈춰 섰다. 하지만 그것도 잠시, 멈췄던 빛덩어리가 다시금 이클립스를 향해 다가왔다.

"거부한다고 말씀드렸습니다~!!"

훌쩍 뒤로 십여 걸음이나 물러선 이클립스가 두 눈을 무섭게 치떴다. 굳은 의지와 지독한 살기가 감도는 눈빛이었다.

"정녕 저를 택하시겠다면……."

잠시 무서운 눈초리로 빛덩어리를 노려보던 이클립스가 한쪽 손을 들어 이마 부근으로 가져갔다. 순간 그의 손바닥 주변으로 시커먼 기운 생겨나 맹렬하게 회오리쳤다. 이클립스의 외침이 이어졌다.

"형님과의 약속을 지키지 못할 바에야 스스로 목숨을 끊어버리겠습니다! 혈족의 약속도 지키지 못하는 자가 어찌 마왕의 권능을 이어받겠습니까?!"

진심으로 죽음을 택하려는 이클립스의 행동에 마치 그의 마음을 읽기라도 한 듯 검푸른 빛덩어리가 다시금 움직임을 멈췄다. 그리고 잠시 멈춰 섰던 빛덩어리는 이내 아직까지 잠에서 깨지 못하고 있는 드세이라를 향해 다가갔다. 주변을 쩌렁쩌렁 울리는 이클립스의 외침과 환하게 빛을 밝히는 빛덩어리조차 드세이라의 잠을 깨우지 못했다. 마치 어떤 마법에 걸린 아이처럼 깊은 잠에 빠져 있는 듯한 모습이었다.

"감사합니다."

돌아서는 빛덩어리를 향해 이클립스가 한쪽 무릎을 꿇으며 고개를 조아렸다. 왠지 아버지와 비슷한 친숙한 느낌, 아니, 이 마계를 이끄는 보이지 않는 힘일지도 모르기에 예를 취하는 게 도리일 것 같았다.

—녀석······.

숙여진 이클립스의 눈망울이 커다랗게 떠졌다. 마치 아버지의 목소리가 들려온 것 같았다. 이클립스가 고개를 들어 주변을 확인하려 했을 때 눈부신 빛이 번뜩였다.

번쩍.

"끄아아아~"

빛과 함께 드세이라의 입에서 찢어질 듯한 비명이 터져 나왔다. 세이제리스의 아들답게 웬만한 상처에는 눈살 한번 찌푸리지 않던 드세이라의 비명. 이클립스는 그러나 손가락 하나 움직이지 않았다. 지금은 그 어떤 도움도 줄 수 없다는 걸, 그리고 도움을 준다면 오히려 해가 될 것 같은 느낌이 들어서였다.

쿠쿠쿠쿠쿠—

드세이라의 비명이 터진 순간 엄청난 폭풍이 몰아쳤다. 시야로 보이는 모든 대지가 요동 쳤고 짙은 검회색 하늘은 소용돌이처럼 맹렬하게 움직였다. 수많은 뇌전이 대지에 작렬했고 어마어마한 폭발이 연이어 터졌다. 대지와 하늘이, 아니, 모든 마계가 새롭게 탄생하려는 마왕을 축복하는 것 같았다.

그렇게 150일이 물처럼 지나갔을 때 갑작스레 시작된 폭풍과 지진, 낙뢰와 수많은 폭발이 감쪽같이 사라져 버렸다.

"마, 마왕··· 님?!"

모든 것이 사라졌을 때 대지 위로 우람한 덩치의 사내가 석상처럼 우뚝 서서 자신의 몸을 바라보는 장면이 이클립스의 시야에 들어왔다. 커다란 키에 강철 같은 근육과 강렬함이 절로 느껴지는 날카로운 눈매. 드셰이라, 아니, 새롭게 마왕의 권능을 이어받은 마왕이었다.

"자, 작은아버지?!"

오랫동안 자신의 몸을 바라보던 마왕이 떨리는 눈초리로 이클립스를 바라보았다. 앳되고 가느다랗던 목소리가 어느새 굵게 변해 있었다. 또한 마왕에게서 느껴지는 기운은 예전의 드셰이라와는 비교조차 될 수 없을 정도로 강대했다.

"이클립스가 마왕님을 알현합니다."

한차례 진한 미소를 보여주던 이클립스가 바닥에 무릎을 꿇으며 깊숙이 고개를 조아렸다. 드디어 주인이 없던 마계에 새로운 마왕이 탄생했다. 무너졌던 마계가 새로이 꿈틀거리며 활동을 시작하는 순간이었다.

"우워어어~"

떨떠름한 표정으로 이클립스를 바라보던 마왕이 이내 가슴을 활짝 펴며 커다란 외침을 토해냈다. 마계 전체에 마치 그의 외침이 뻗어 나가는 것 같았다.

"우워어어어~!"

새로운 마왕의 탄생을 만천하에 알리려는 듯 마왕의 외침은 오래도록 이어졌다.

〈4권 끝〉